의료인을 꿈꾸는 연세인들,

세계를 품다

의료인을 꿈꾸는 연세인들,

세계를 품다

2019년 2월 11일 초판 1쇄 인쇄
2019년 2월 18일 초판 1쇄 발행

엮은이 | 연세대학교 의료원 원목실
펴낸이 | 김영호
펴낸곳 | 도서출판 동연
등   록 | 제1-1383호(1992. 6. 12)
주   소 | 서울시 마포구 월드컵로 163-3
전   화 | (02)335-2630
전   송 | (02)335-2640
이메일 | yh4321@gmail.com

ISBN 978-89-6447-481-5 03810

의료인을 꿈꾸는 연세인들,
세계를 품다

연세대학교 의료원 원목실 엮음

동연

내가 진실로 진실로 너희에게 이르노니
한 알의 밀이 땅에 떨어져 죽지 아니하면
한 알 그대로 있고
죽으면 많은 열매를 맺느니라

요한복음 12장 24절

모든 것이 하나님의 은혜

우리 연세대학교 의료원이 대한민국을 대표하는 의료선교 기관임은 잘 알려져 있습니다. 지난 135년의 시간 동안 수많은 선배와 동료들이 의료선교에 대한 짙은 사명감 아래, 자신의 노력과 헌신을 다해 주어진 역할을 완수하고자 노력해왔습니다.

우리에게 부여된 의료선교 기관이라는 사명을 앞으로 대한민국 의료를 이끌어 갈 후배들에게 전함은 기관의 정체성을 선명하게 만들어 준다는 점에서 매우 중요합니다.

연세대학교 의료원은 의료선교 기관으로서 부여받은 책무를 의대 · 치대 · 간호대 학생들에게 보다 효율적으로 전하기 위해 연세 의대 출신 의료선교사들이 활동하는 몽골과 베트남 의료선교 투어를 진행했습니다.

이번에 활자화 된『의료인을 꿈꾸는 연세인들, 세계를 품다』는 몽골과 베트남에서 진행된 의료선교투어에 참여했던 학생들의 생생한 경험들을 담아내고 있습니다.

학생들은 안락한 가정과 학교생활에서 벗어나, 낯선 이국땅에서 연세의료원이 부여 받은 사명에 대해 깊이 생각해볼 수 있는 시간을 가졌습니다.

열악한 현지 의료현장에서 의료사역의 길을 묵묵히 걷고 있는 동문 의료선교사들의 삶을 경험했고, 겉모습은 조금 다를지라도 질병과 질환에 고통 받는 환자들의 삶을 접하며 의료인으로서의 자세를 가다듬었으며, 하나님께서 준비하신 은혜를 접하고 경험하면서 의료선교 기관에 속한 학생으로서의 길을 생각해보기도 했습니다.

"환자들은 우리의 도움을 필요로 하는 약한 존재이다. 방관적인 태도를 취할 것이 아니라 내가 먼저 나서서 그들의 아픔과 상처를 나의 것으로 여기고 보듬어 줄 수 있는 기독교적 가치관에 부합하는 태도를 명심하고자 하였다"라고 밝힌 참가 학생의 소감을 통해 이번 의료선교 투어가 참여 학생들에게 얼마나 큰 감동으로 다가갔는지를 짐작할 수 있습니다.

연세대학교 의료원이 의료선교에 힘을 다함은 우리의 현재가 바로 '하나님의 은혜' 임을 기억하기 때문입니다. 그렇기에 지금까지 끊임없이 이어 온 의료선교와 선한 사업을 계승하여 우리의 이웃들에게 하나님의 사랑을 전하기 위해 최선을 다할 것입니다.

의료선교현장을 직접 방문하여 선교 현장에서 많은 것을 느끼고 배워 온 학생들이 주어진 의료인의 길을 더욱 열심히 걸어가 주길 바랍니다.

의료선교투어 기획과 시행은 물론, 보고서 작성과 책 발간에 이르기까지 일련의 모든 과정에 수고로움을 다해주신 정종훈 교목실장님을 비롯한 의료원 원목실 교직원 여러분들께 감사드립니다.

또한, 이 순간에도 세계 각지의 의료현장에서 연세대학교 의료원의 사명을 드높이는데 열과 성을 다하고 계신 동문선교사 분들께 깊은 감사를 드리며, 앞으로 학생들에게 삶의 이정표가 될 보고서 출판을 진심으로 축하합니다.

감사합니다.

2019년 2월 1일
연세대학교 의무부총장 겸 의료원장
윤도흠

세계가 우리의 일터다

알렌 박사가 조선 땅에 입국한 것은 1884년이었다. 그는 의료선교에 대한 열정을 갖고 중국에 갔으나, 그곳에서 선교 활동을 하는 것이 여의치 않자 조선 주재 미국 공사관의 공의로 선교 현장을 바꾸었다. 그가 조선에 입국한지 얼마 되지 않았을 때, 갑신정변이 일어났다. 그는 정변으로 자상을 입은 민영익 대감을 치료한 것을 기회로 삼아서 이듬해 1885년 한국 최초의 서양식 병원 광혜원을 개원했다. 이 모든 이면에는 하나님의 인도하심이 있었고, 알렌 박사의 선교열정과 헌신이 있었다.

언더우드 목사는 어린 시절부터 인도 선교를 꿈꾸었다. 그러던 중 척박한 조선을 알게 되었고, 연민 가운데 조선에 갈 선교사를 찾다가 스스로 조선의 선교사로 자원했다. 그는 1885년 알렌 박사를 돕는 광혜원의 보조의사로 입국해서 복음전도의 열정 하나로 기독교 선교의 문을 열었고, 연희전문을 설립해서 오늘의 연세대학교를 이루는 초석이 되었다. 현재 연세대학교의 입지 좋은 신촌 캠퍼스는 '언더우드 타이프라이터' 회사를 운영하던 그의 형이 기부한 거액의 기금으로 조성된 것이다.

에비슨 박사는 찢어지게 가난한 가정에서 태어나 힘겨운 청소년기를 거쳐 토론토 의과대학의 교수로 자수성가한 분이었다. 그는 토론토 시장의 주치의를 겸할 만큼 인정받는 의사였기에 부와 명예를 한 몸에 지닐 수 있었다. 하지만 그는 조선 땅에 의료선교사가 절실히 필요하다는 언더우드 목사의 호소에 감동을 받아 만삭의 아내와 세 자녀를 데리고 1893년 조선에 입국했다. 그는 광혜원을 개명한 제중원의 4대 원장으로 취임해서 세브란스병원으로 발전시켰고, 1935년 은퇴하기까지 세브란스의전과 연희전문, 양교의 교장을 18년간 겸직했다.

알렌 박사와 언더우드 목사는 20대 중반에, 에비슨 박사는 30대 초반에 조선에 입국해서 한국 최초의 병원과 학교 그리고 교회를 세우는데 크게 기여했다. 이들 선교사들이 없었다면, 국민의 신뢰 가운데 최고의 평가를 받고 있는 세브란스병원도, 사학 최고의 명문 연세대학교도, 한국 개신교 역사에서 모교회(母校會)라 불리는 새문안교회와 남대문교회도 이 땅에 존재하지 않았을 것이다. 이들 선교사들은 하나같이 안락한 삶을 뒤로하고, "예배드릴 예배당도 없고 학교도 없고 그저 경계와 의심과 멸시와 천대함이 가득한 곳" 조선이 "머지않아 은

총의 땅"이 될 것이라 믿고, 자신들의 젊음과 인생 전체를 아낌없이 헌신했던 분들이다.

우리 연세대학교, 연세대학교 의료원, 세브란스병원을 비롯한 의과대학과 치과대학과 간호대학은 이들 선교사들에게 사랑의 큰 빚을 지고 있다. 연세대학교의 의과대학, 치과대학, 간호대학의 재학생과 졸업한 동문들은 자신들의 현재가 결코 우연이 아님을 기억하면서, 지난 134년 동안 선교사들에게 받은 사랑의 빚을 갚아나가야 한다. 선교사들은 그들 삶의 지평을 자기 나라로 제한하지 않고 조선으로 확장했다. 그들은 이기적인 민족주의에 매몰되지 않았고, 하나님의 형상에 근거한 사해동포주의를 견지했다. 그들은 "예수 천당, 불신지옥"식의 영적인 구원에 머물지 않았고, 삶의 질과 환경을 고양시키는 사회구원을 추구했다.

그러므로 우리는 백락준 선생께서 말씀하신 것처럼, "연세의 연세, 민족의 연세, 세계의 연세"라는 자기 정체성을 이루어야 한다. 우리 연세인들은 연세의 설립정신인 기독교의 사랑과 희생과 헌신의 정신을 자신의 삶에 체화시켜야 하고, 진리 안에서 참다운 자유를 추구해야 한다. 우리 연세인들은 학연으로 자신의 이해관계를 얻으려하기보다는 민족 전체를 품고 이끄는 대자적인 비전을 가져야 한다. 뿐만 아니라 세계로 나아가 시대정신을 읽고 세계를 선도하는 섬김의 리더십을 발휘해야 한다. 연세는 자기만을 위한 존재가 아니라 타자를 위한 연세이며, 민족과 세계를 위한 연세이기 때문이다.

우리 연세의료원의 교목실은 의과대학, 치과대학, 간호대학 학생들을 대상으로 지난 2년간 의료선교투어를 진행했다. 내가 교목실장으로서 의료선교투어 프로그램을 만든 목적은 무엇보다 학생들의 선교 의식을 고취하기 위함이었다. 조선에 왔던 알렌 박사와 언더우드 목사 그리고 에비슨 박사처럼 학생들에게 선교 열정을 도전함으로써 이제는 우리가 받은 사랑의 빚을 갚아야 함을 인지했기 때문이다. 연세인으로서 해외에서 활동하는 동문 선교사의 생활과 사역을 경험하고, 이해를 도모함으로 선교협력자의 역할을 함양하기 위함이었다. 고독하기 쉬운 해외 선교사들이 후배들의 방문을 통해서 위로와 격려를 받고, 보람을 거두기를 원했기 때문이다. 투어에 참가한 학생들이 의료선교의 현장을 경험하고 의료선교를 이해함으로 삶의 안목을 확장하기 위함이었다. 설사 의료선교사가 되지 않는다 할지라도, 삶의 뜨거운 열정을 어디에서 일하든 발휘해야 한다고 여겼기 때문이다. 나아가 의료선교사로서의 가능성과 비전을 직접 체득하도록 하기 위함이었다. 다른 누군가가 아니라 바로 자신이 세계의 열악한 지역에서 하나님의 부름을 받은 선교사로서 사역하는 것이 자신의 사명이 될 수 있음을 도전하고 싶었기 때문이다.

나는 의료선교 투어에 참가한 학생들이 의료선교 투어를 준비하고 진행하고 평가하는 일련의 과정을 통해서 소중한 만남의 기회를 얻기를 소망한다. 그들은 의과대학, 치과대학, 간호대학이라는 자신의 전공을 넘어서 마음과 뜻을 모아 서로 협력하는 가운데 평생의 동지들이 되면 좋겠다. 열악한 선교 현장을 경험하면서 자신이 섬겨야 할 삶의 현장과 태도가 무엇이어야 할지 고민할 수 있으면 좋겠다. 한국

문화와는 다른 선교지역의 문화를 통해서 삶의 다양한 방식이야말로 삶의 폭을 넓혀주는 기회가 됨을 인식하면 좋겠다. 그리함으로 지난 134년 동안 연연히 이어지고 있는 세브란스의 정신을 깊이 경험하고, 세브란스만이 보여줄 수 있는 세브란스의 형상을 멋들어지게 만들어 가면 좋겠다.

그동안 의료선교 투어를 위해서 수고한 분들을 나는 잊을 수가 없다. 의료선교 투어를 기획하고, 학생들을 지도하며, 학생들과 해외 현장에서 모든 일정을 함께 꾸렸던 신광철 목사의 수고는 누구보다 으뜸이다. 그가 기도하며 뿌린 씨앗이 언젠가는 30배, 60배, 100배의 결실로 학생들의 삶을 통해 거두어질 것이다. 의료선교 투어의 첫 번째 현장이었던 몽골의 코디네이터로서 내실 있는 선교 투어를 위해서 아낌없이 수고했던 지금은 연세의료원 의료선교센터의 본부 선교사가 되신 최원규 선교사께 깊은 감사의 마음을 전한다. 두 번째 의료선교 투어를 위해서 베트남 현지의 의료선교사로서 코디네이터를 기꺼이 수락함으로 일정 하나 하나까지 세심하게 챙겨주신 김시찬 선교사께도 머리 숙여 감사의 마음을 전한다. 코디네이터로서 수고하신 두 분 선교사들의 후배들에 대한 사랑과 열정은 참가한 학생들에게 감동과 도전, 그 자체였다. 이 책을 읽을 만한 좋은 책으로 구성하여 출판해주신 동연출판사의 김영호 대표와 관계자들께도 감사한다. 앞으로도 연세의료원 교목실이 주관하는 의료선교 투어 프로그램이 의과대학, 치과대학, 간호대학 학생들에게 의미 있는 프로그램으로 우뚝 자리매김할 수 있기를 간절히 바라면서, 이 글을 읽는 모든 독자에게 하나님의 크신 은총과 인도하심이 함께하기를 축원한다.

2019년 2월 1일
연세의료원 교목실장 정종훈

2장 _ 참으로 많은 것을 느끼고 돌아왔다

3장 _ 몽골 의료선교 투어를 마치면서

제1부

끝없는 초원의
몽골을 품다

몽골
의료선교 투어
개요

1. 목적

_ 의과대, 치과대, 간호대 학생들의 선교의식을 고취시킨다.

_ 선교사의 생활과 사역을 경험하고 이해를 도모하여 선교협력자로서의 역할을
  함양한다.

_ 의료선교의 현장에서 실제적으로 의료 봉사함으로 의료선교에 대한 이해와
  안목을 넓힌다.

_ 단기선교를 통하여 장기선교사로서의 가능성 및 비전을 확인한다.

2. 안내

_ 방문국가 : 몽골

_ 파송기관 : 연세의료원 원목실

_ 방문예정 : 2017년 8월 13일(일) ~ 19일(토)

_ 소요일수 : 6박 7일

_ 참석인원 : 12명(의과대 4명, 치과대 4명, 간호대 4명/지원자 및 단과대 추천)

_ 현지 코디네이터 : 최원규 선교사(연세의료원 파송)

_ 8월 13일: 출국 및 도착 예배

_ 8월 14일: 오리엔테이션 및 특강(최원규 교수), 아가페클리닉 방문, 특강(김정
용 교수)

_ 8월 15일: 보건진흥원 방문, 수흐바타르광장 및 박물관 방문, 셀렝게 아이막
수흐 바타르시로 이동

_ 8월 16일: 셀렝게 아이막 수흐바타르시, 중앙병원 방문, 진료 봉사, 지방 농업
사역 및 특강

_ 8월 17일: 몽골국립의과학대학 학생들과 교제 및 발표, JCS NGO 방문, 특강
(한영훈 교수)

_ 8월 18일: 울란바타르대학 방문, 테를지 국립공원 방문, 귀국

의료인을 꿈꾸는 연세인들, 세계를 품다

몽골 의료선교 투어 개요

1장

우리의 투어는
시간 시간이
도전이었다

몽골,
첫 발을 내딛다

최희원(연세대학교 의과대학)

3시간 반. 길지도 짧지도 않은 비행 끝에 몽골 땅을 밟았다. 공항의 안내판에 있는 낯선 문자가 신기했다. 칭키즈 칸 국제공항은 화려한 인천공항에 비하면 로컬하고 아기자기한 공항이었다. 바글바글한 한국 사람들 사이에서 짐을 찾고 12명이 모두 도착했는지 일일이 확인한 후, 밤 10시가 넘은 늦은 시각, 우리는 이국땅에 발을 내디뎠다. 공항로비에서 일주일간 일정을 총괄하여 맡아주실 최원규 선교사님께서 우리를 맞아 주셨다. 네 번에 걸친 준비 모임 동안 신광철 목사님으로부터 이름만 듣던 그분을 만나 뵐 수 있었다. 최원규 선교사님과 인사를 나눈 후, 숙소로 출발했다.

칭기즈 칸 국제공항의 문을 나온 순간 쌀쌀한 공기가 우리를 맞이했다. 숨이 막히는 후덥지근한 한국의 여름 공기에 질려갈 즈음 방문한 몽골의 밤공기는 상쾌했다. 내가 정말 몽골에 도착했구나. 기대감이 부풀었다. 익숙한 것도 좋지만 가끔은 새로운 것이 필요하다. 당시 나에게 새로움이 절실하게 필요한 때였다. 의과대학 본과 1학년의 삶이란 지루하기 짝이 없다. 잠을 잘 여유도 없이 반복되는 수업과 공부의 숨 막히는 연속은 사람을 피폐하게 만든다. 한 달밖에 되지 않는 짧은 방학 동안에도 내게 새로운 것을 탐할 기회는 없었다. 그저 동아리 연습만 반복하던 방학은 학기 중에 비하면 비교할 수 없을 만큼 행복했지만, 그래도 두근거림은 없었다. 드디어 고대하던 날이 왔다. 새로운 사람들과 새로운 나라, 새로운 경험. 내가 가장 좋아하는 서늘한 온도의 선선한 바람이 두근거림을 한껏 증폭시켜 주었다.

부푼 마음과는 달리 몸은 천근만근 무거웠다. 시차도 한 시간 밖에 되지 않는 비행이 뭐가 이리도 피곤한지. 버스는 아무것도 보이지 않는 깜깜한 들판을 지나, 불이 꺼져가는 어둠의 도심을 지나 하와이게스트하우스에 도착했다. 한인 게스트하우스였다. 침대에 몸을 눕히는 순간 그대로 눈을 감고 싶었지만, 몽골에 첫 발을 디딘 의미 있는 날인만큼 예배를 드리기 위해 최원규 선교사님과 신광철 목사님, 그리고 우리 의대 · 치대 · 간호대학생 11명은 지하의 조그마한 컨퍼런스룸에 모여 앉았다.

나는 기독교인이 아니다. 200명이 넘게 앉아 있는 채플이 아닌, 이렇게 소규모로 예배를 드리는 것은 내 인생에 처음 있는 일이었기에 다소 어색하게 느껴지기도 하였다. 우리의 간단한 저녁, 아니 밤 예배는 찬송으로 시작하였다. 고등학교 이후 악보라곤 본적이 없는 내가,

처음 보는 노래를 악보만 보고 부르고 있다는 것이 참으로 신기했고 서로 다른 사람들이 같은 마음으로 같은 노래를 부르고 있는 이 시간이 참 괜찮다, 라는 생각이 들었다. 이어서 목사님의 말씀이 이어졌다. 선교 투어를 시작하면서 가장 먼저 들어야할 질문 '선교란 무엇인가?'에 대한 말씀이었다. 선교란 복음을 전하는 것이다. 복음을 그렇다면 어떻게 전할 것인가? 목사님께서는 예수님께서 나병환자를 치유하신 성경의 구절을 인용하셨다. 당시의 관습과 율법으로는 나병환자는 기피의 대상이었고, 나병환자 또한 자신을 그러한 존재로 여겼다. 하지만 예수님께서는 손을 내밀어 나병환자를 만지셨다고 한다. 그저 말을 통하여 치유를 행한 것이 아니라, 직접 다가가 모두가 꺼려하는 나병환자를 만짐으로 나병환자의 병을 고쳐주셨다. 이로써 나병환자의 육체적 질병뿐 아니라 그의 가슴 속에 응어리진 마음의 병까지 치유해주신 것이다, 라고 목사님께서 말씀하셨다. 우리는 이번 선교 투어를 통해 몽골에서 직접 손을 내밀어 환자들을 어루만져 주고 계신 선교사님들을 만나 뵙고 그분들의 삶의 방식 속에서 우리들의 가슴에 깊이 남을 소중한 무언가를 얻어가고자 한다.

첫 만남
그리고 설렘

최희원(연세대학교 의과대학)

아침에 눈을 뜨자 목이 칼칼하게 말라왔다. 공기가 건조하구나, 라고 느끼며 졸린 눈을 비비고 일어나 나갈 준비를 했다. 방문을 열고 나가니 맛있는 냄새가 나를 반겼다. 한인 게스트하우스라 그런지, 조식은 토스트와 계란이 아닌 각종 밑반찬을 갖춘 쌀밥이었다. 기숙사에서도 못 먹던 집밥 같은 한식을 머나면 이국땅인 몽골에서 먹다니.

배를 든든하게 채우고 본격적인 일정을 위해 떠나기 전에 간단한 아침 경건회를 가졌다. 비기독교인인 나에게 아침부터 기도 하는 것 자체가 생소했지만, 그저 신기할 뿐 거부감은 없었다. 첫 경건회는 치과대학 본과 3학년인 석하 오빠가 준비해주었다. 오빠는 복음의 6가지 의미에 대해 이야기 해주었다. Human, Sin, Death, Jesus, Cross, Belief가 그것이다. 인간은 영적 존재이자 한계적 존재이고, 하나님과 분리되어 있으므로 우리는 원죄라 불리는 죄를 지닌 존재이다. 그렇기에 우리는 죽음을 피할 수 없는 존재인데, 인간이 자신의 죄에 대해 속죄하는 것을 가능하게 해주신 분이 예수님인 것이다. 예수님이 십자가에 오르면서 우리가 그를 통해서 하나님과 관계할 수 있는 길이 열렸고, 영적 본질을 되찾음에 따라 영육 간의 행복을 얻을 수 있다는 것이다. 이 내용이 진심으로 가슴에 담기도록 하는 것이 선교사님들이 말하는 '복음을 전하는 일' 즉 선교가 아닐까, 라는 생각이 들었다.

게스트하우스를 나가자 최원규 선교사님과 배우자이신 최윤경 선교사님 그리고 몽골인 낸다가 우리를 맞아 주었다. 낸다는 투어 내내 우리와 함께 다니며 가이드 역할을 해줄 것이라 했다. 낸다는 한국에 4년간 살았다고 하는데, 한국어를 능통하게 했다. 우리는 버스에 올라타 일주일간의 투어 중 첫 목적지로 향했다.

가만히 창밖의 풍경을 바라보며 눈길 가는 대로 좇다 보니 어느 순간 버스가 멈추어 섰다. 지팡이를 뱀이 감싸고 있는 로고를 보아하니 의과대학임을 직감할 수 있었다. 이곳은 몽골국립의과대학, 정식 영문 명칭으로는 Mongolian National University of Medical Sciences였다. 현재 최원규 선교사님께서 교수로 있는 근무지이기도 하다.

병원을 둘러보기에 앞서 세미나실에서 오리엔테이션을 시작하였다. 최 선교사님은 92년 연세대학교 의과대학을 졸업하신 소아과 전문의이다. 선교사님은 자신의 50년 인생을 둘로 나눌 수 있다고 하셨

의료인을 꿈꾸는 연세인들, 세계를 품다

다. 30살까지의 삶과 이후의 나머지 20년이다. 무엇이 그의 인생을 바꾸어 놓았는가? 그 경계에는 하나님에 대한 믿음이 있었다. 전문의를 딸 때까지 선교사님은 종교와는 관련이 없는 인생을 사셨다고 하셨다. 꿈은 연세대학교 의과대학에서 교수가 되는 것이었다고 한다. 그리고 그 꿈을 이루기 위해 종교와는 무관하지만 자신만의 의지를 가지고 열심히 살아오셨다고 한다.

최원규 선교사님은 군의관 대신 국제협력단체인 KOICA의 협력의 사로 군 복무를 대신하였다고 한다. 더 편할 수 있는 군의관이라는 선택지를 마다하고 특별한 이 과정을 선택한 데에는 위에서 말한 그의 가치관의 영향이 컸다. 그렇게 선교사님은 몽골에 있는 연세친선병원에서 근무하게 되셨고, 한국 사람이 300명밖에 되지 않았던 90년

대의 몽골사회에서 적응하기 위한 방편으로 한인 커뮤니티의 중심이 되는 교회에 나가게 되었다고 하셨다. 소아과 의사를 반겨주는 한인 선교사, 목사님들과 관계를 맺으며 그가 가졌던 질문은 현재 이 투어를 참여하고 있는 내가 가진 질문과 같았다. 과연 기독교, 그리고 기독교에서 진리라고 생각하는 성경이 대체 무엇이길래 사람들은 편한 길을 마다하고 힘들고 고된 길을 택하면서까지 선교를 하려고 하는가? 20여 년 전, 당시 시간적, 정신적 여유가 있었던 최 선교사님은 단순한 지적 호기심에 의해 성경공부를 시작하게 되셨고, 점점 세상을 성경의 눈으로 새롭게 바라보게 되면서 결국 기독교를 믿게 되었다고 이야기하셨다. 그는 크리스천이 되기 전후의 삶의 변화를 마치 컴퓨터의 소프트웨어를 바꾸는 것과 같았다고 이야기 하셨다. 삶을 살

의료인을 꿈꾸는 연세인들, 세계를 품다

아가다 때때로 인생을 바꿀 수 있는 중요한 결정을 내리게 되는데, 이 때부터 그 결정의 기준을 하나님으로 삼게 된 것이다.

　선교사님은 이어 몽골에 대한 간단한 소개를 해주셨다. 몽골은 우리나라 한반도 남쪽 국토 면적의 15배나 되는 넓은 땅을 가진 나라이다. 하지만 인구는 우리나라 5,000만 인구의 10분의 1도 되지 않는 수인 300만이다. 이 넓은 땅덩어리에 겨우 이정도의 인구라니. 하지만 더 놀라운 것은 이 중 40%의 사람이 서울보다 작은 수도 울란바토르에 모여서 살고 있고, 나머지 60%의 사람들이 국토의 나머지 영역을 차지하고 살아가고 있다는 것이다. 아직도 지방에 살아가고 있는 사람들 중 목축을 하며 게르(Ger; 몽골의 전통 집 구조)로 옮겨 다니면서 유목생활을 하는 이들이 많다고 한다. 몽골의 여름 날씨는 우리나라의 봄, 가을에 해당하는 서늘한 날씨이며, 특히 춥고 긴 혹독한 겨울이 있다는 것이 몽골 날씨의 특징이다. 겨울에 몽골은 거의 영하 30~40도까지 내려간다고 한다.

　몽골은 세계에서 2번째로 사회주의를 택한 국가라고 한다. 몽골은 70여 년 동안 사회주의 체제를 유지했으며, 1990년이 되어서야 자본주의 체제로 바뀌었다. 몽골은 자본주의 국가가 된지 30년도 안 된 것이다. 그렇기에 몽골은 아직까지 사회주의 체제의 영향이 많이 남아있다고 한다.

　특히 의료분야에서는 사회주의 체제의 영향력이 국립병원의 발달이라는 형태로 나타나 있다. 우리나라는 국립병원보다 사립병원이 의료계에서 차지하는 비중이 더 높지만, 몽골의 경우에는 의료 90%가 국립병원을 통해서 이루어진다고 한다. 사립병원은 10%에 불과하다. 국립병원은 보건소 수준의 의료기관에서부터 아이막(우리나라의 '도'에 해당)과 솜(더 작은 행정구역) 단위의 종합병원, 그리고 울란바토르에 밀집되어 있는 3차 병원에 해당하는 전문병원이 있다. 또한 모든 의료 서비스는 보험처리가 된다고 한다. 따라서 원칙상으로는 환자들이 의료비를 지불하지 않아야하나, 이는 실질적으로 지켜지고 있지 않다고 한다. 의료서비스에 필요한 물품을 환자에게 사오라고 하거나, 수술을 받기 위해서 환자가 의사에게 촌지를 주어야만 하는 경우가 흔하다고 한다. 또한 몽골의 의료시스템에서 특이했던 점은 의과대학의 병원이 매우 작다는 점이다. 우리나라의 경우 3차 병원은 모두 대학병원이다. 하지만 몽골에서의 대학병원은 국립병원에 비해서 매우 초라하다. 사회주의 시절, 국립병원이 발달하였을 때 의과대학과 병원은 별개의 기관이었기 때문에 의과대학은 학생들을 수련시키는 데에 곤란을 겪었고, 자본주의 체제로 바뀐 이후에야 의과대학이 자체적인 병원을 만들면서 대학병원이 설립되었기 때문에 아직 국립의료원에 비하면 많이 부족한 것이 현실이다.

병원 밖으로 나오니 그림에 나올 법한 맑은 하늘에 뭉게구름이 우리를 맞아 주었다. 이제 다음 일정인 아가페클리닉으로 떠날 차례였다. 우리는 투골 강을 따라 한참을 달렸다. 꽤나 오랜 시간을 달려 아가페클리닉에 도착하였다. 아가페클리닉은 정말 외딴 곳에 있었다.

의료인을 꿈꾸는 연세인들, 세계를 품다

근처에는 정말 사람이 살 수 있는 곳이라고 믿기지 않는 귀신이 나올 폐가 같은 조그마한 아파트가 있었는데, 빨래가 널려 있는 것을 보아 아직 사람이 살고 있는 듯하였다. 그곳을 보고 약간 불편한 마음으로 아가페클리닉 앞에 멈추어선 버스에서 내렸다. 아가페클리닉은 입구에서부터 환자들로 북적거렸다.

　우리는 그곳에서 박관태 선교사님을 만나 뵙게 되었다. 박 선교사님은 아가페클리닉의 원장이시다. 고려대학교 의과대학을 나오신 외과전문의로 예전에는 연세친선병원에서 일을 하셨으나 연세친선병원이 문을 닫음에 따라 치료가 필요한 몽골인들을 위하여 아가페클리닉이라는 기독교적인 병원을 설립하셨다고 한다. 아직은 규모가 작아 혈액 투석과 호스피스만 하고 있는 병원이지만, 외과 선생님이신

만큼 외래와 수술 또한 진행 될 수 있도록 병원을 점차 확장해나가실 계획이라고 하셨다. 선교사님은 자립하는 병원을 만들었다고 하셨다. 아가페병원의 경우 환자들에게 비용을 전혀 받고 있지 않다. 하지만 그들을 위한 의료행위에는 많은 돈이 들어가게 된다. 비록 기독교단체나 의료단체 등으로부터 기부금을 받기는 하지만, 외부 기금만으로 병원을 지속적으로 유지하는 데에는 어려움이 있다. 그렇기에 선교사님께서는 자생적인 병원을 만들고 싶어 하셨다. 의료 및 소비수준이 높은 울란바토르 시내에서 성형외과 병원을 운영하여 그곳에서 성형외과 수술을 하며 돈을 벌어 그 수입을 모두 아가페병원의 환자들을 치료하기 위하여 쓰고 있다고 한다.

박관태 선교사님은 이따금씩 오지로 진료 및 선교를 하러 가신다고 한다. 여기서 말하는 오지는 한국에서는 상상도 못할 정도의 정말 동떨어진 지역이었다. 차로 40시간 정도를 달려야 도착할 수 있는, 의

의료인을 꿈꾸는 연세인들, 세계를 품다

료서비스의 접근성이 전혀 없는 지역을 방문하여 드문드문 지어져 있는 게르를 찾아다니며 의료를 베풀어 주는 것이다.

생전 처음 들어와 보는 게르 속에서 커피를 마시고 있었는데 마침 오늘 저녁 연사이신 김정용 선교사님이 게르에 들어오셨다. 김정용 선교사님은 감염내과 의사로써, 현재 박관태 선교사님의 아가페병원에서 일을 하며 몽골에서 의료선교활동을 펼치고 계신다고 하셨다. 김정용 선교사님의 특이한 점은 8년 동안 북한의 개성공단에서 선교활동을 하셨다는 점이다. 종종 통일의료, 북한의료와 관련하여 강의를 하러 세브란스를 오신다고 한다. 김정용 선교사님은 아가페병원의 병동을 자세히 설명해 주시며 구경을 시켜주셨다. 베드에 누운 환자들 옆에는 혈액이 흐르고 있는 관이 어지러이 얽혀 있는 혈액 투석기가 있었다. 신장 기능이 떨어진 환자들은 일정 간격을 두고 지속적으로 혈액 투석을 해주지 않으면 죽을 수밖에 없다. 값비싼 혈액 투석기를 몇 대나 들여 의료서비스가 열악한 지역에서 무료로 혈액 투석을 해주고 환자의 건강을 모니터링해주는 아가페병원은 이 환자들에게는 빛과 소금 같은 존재일 수밖에 없다.

우리는 김정용 선교사님과 함께 다시 투골 강 근처를 한참을 달려 울란바토르로 돌아왔다. 해가 어둑히 저물어갈 때 즈음 선교사님은 'Small but Beautiful Life, Small but Powerful Impact'라는 주제로 강의를 해주셨다. 강연은 코끼리의 발톱을 깎는 이야기로 시작되었다. 코끼리의 발톱을 깎는 것은 보잘 것 없는 일 같지만 발톱을 깎아주지 않으면 발톱이 파고들어 염증이 생겨 패혈증으로 커다란 코끼

리가 죽을 수 있다는 것이다. 이를 선교사님은 개성공단에서 자신의
삶과 비교하여 주셨다. 개성공단에서 장기간 머물렀던 대한민국 의사
는 자신이 유일했다고 하셨다. 개성공단의 초라했던 병원에서 외로
이 자리를 지켰던 남한 의사 한 명이 폐쇄적인 북한사회에 미칠 수 있
는 영향이 없다고 생각할지도 모른다. 하지만 자신이 해야 할 일, 환
자 보는 일을 꾸준히 해나갔더니 8년간 4,000여 명이 넘는 환자들을
보셨다고 한다. 다른 나라의 선교사들이 선교 활동을 펼치는 것과 다
르게 북한에서는 선교가 엄격하게 금지되어 있다. 따라서 적극적으
로 복음을 전하는 선교 활동을 할 수 없다. 하지만 개성공단에서의 삶
이 오래 지속되며 주변 사람들과 관계함에 따라 오히려 북한 사람들

이 먼저 기독교에 관심을 가지고 하나님의 말씀을 전해주실 것을 요구했다고 하였다. 선교사님께서는 그저 자신이 해야 할 작은 일을 꿋꿋이 해 나갈 뿐이지만, 나중에 돌이켜 보았을 때 결과는 거대할 수 있다고 하셨다. 작지만 큰 영향력을 미칠 수 있는 것의 예로 감염내과를 전공하신 선교사님은 전공에 알맞게 모기를 예로 드셨다. 그 조그마한 모기 때문에 전 세계에서는 몇 만 명의 사람들이 죽어가고 있다. 아프리카, 남아프리카, 동남아 지역의 모기는 말라리아, 댕기, 지카 바이러스의 감염원을 지니고 있어 모기에 물리게 되면 감염원이 우리 몸속으로 들어와 질병을 일으킨다. 적시에 적절한 처치를 받을 수 있다면 완치가 가능한 질병이나, 조그마한 모기의 가능성을 무시한다면 치명적인 결과를 낳을 수 있는 것이다.

마지막으로 선교사님은 'Finder's Keeper'라는 어구의 새로운 의

미를 환기하며 강연을 마치셨다. 찾은 자가 임자라는 말은 자주 쓰이는 말이다. 이때 찾은 것, 즉 대상은 주로 우리에게 이득이 되는 좋은 물건을 말한다. 하지만 그 대상을 가리지 말 것이 선교사님이 우리에게 주고 싶은 메시지이다. 길을 가다가 약한 것, 병든 것, 더러운 것을 보아도 안 좋은 것이니 나와 관련이 없는 일로 치부하여 넘어갈 것이 아니라, 마주치게 되면 그것 또한 나의 것이라 여기라는 것이다. 환자들은 우리의 도움을 필요로 하는 약한 존재이다. 방관적인 태도를 취할 것이 아니라 내가 먼저 나서서 그들의 아픔과 상처를 나의 것으로 여기고 보듬어 줄 수 있는 기독교적 가치관에 부합하는 태도를 명심하고자 하였다.

조금 더 다가간
몽골

박효인(연세대학교 치과대학)

보건진흥원 방문

1) International Cyber Uniersity of Medical Service(ICUMS)

보건진흥원에서는 International Cyber University of Medical Service(이하 ICUMS)에서 발행하는 the Central Asian Journal of Medical Sciences(CAJMS)의 편집장으로 계시는 채영문 교수님께서 몽골의 보건 정보, 전산, 영문 저널, 사이버대학에 대한 강의를 해 주셨다. 채영문 교수는 연세 예방의학교실과 보건대학원을 마치고 세브란스에서 정보실장으로 근무했다. 코이카(KOICA)에서도 봉사하며 몽골의 의료시설이 많이 낙후되어 있고 의무기록도 미흡한 실정을 보고 전자의무기록을 도입해야겠다고 생각하게 되어 몽골에서 사이버대학 설립과 전자의무기록 시스템 도입에 힘쓰게 되었다.

　ICUMS에서는 다음과 같은 과정이 있으며 석사, 박사 학위를 수료
할 수 있다. 사이버대학이므로 강의, 과제, 시험이 모두 온라인으로 진
행된다. 강의는 영어와 몽골어로 수강할 수 있다.

- E-hospital management
- occupational and environmental health
- medicine
- bio-medicine
- traditional mongolian medicine
- pharmaceutical sciences
- dentistry
- nursing

　　　　　　　　　　　의료인을 꿈꾸는 연세인들, 세계를 품다

CAJMS의 편집장으로 있으면서 수준이 날이 갈수록 높아지는 것을 보며 많은 보람을 느낀다고 하였다.

2) EHR, EMR & MHR

학교에서 전자의무기록에 대한 수업을 들은 적이 있다. 우리가 지금처럼 편하게 컴퓨터 하나로 모든 의무기록을 관리할 수 있게 된 건 얼마 되지 않았다고. 이전에는 종이차트에 기록해서 차지하는 부피도 크고 비효율적이었기 때문에 특히 인턴들이 매우 힘들었다는 얘기를 들었다. 한국에서도 이런 불편함에서 벗어나는 데 있어 크게 이바지 하신 분이 주도하여 몽골 의료정보 발전에 힘쓰고 있단 사실이 참 감사했다.

이렇게 우리나라의 시스템을 가져다가 몽골에 도입하며 사용하고 있지만 교수님에 의하면 우리나라가 몽골에 비해 아쉬운 부분이 있다고 했는데 그것은 바로 Mobile Health Records(MHR)이었다. 우리나라에서는 사생활 침해니 개인정보 유출이니 해서 법적으로 제약이 많아 도입하기에 어려움이 많다. 이는 프라이버시라는 개념 자체가 존재하지 않는 몽골과 한국의 문화 차이 때문이 아닐까 생각해 보았다. 덕분에 몽골에서는 아주 간편하게 의무기록을 열람, 수정을 할 수 있다고 한다.

오직 예수님의 사랑으로 머나먼 타지에 있는 이들의 노력이 무색하게도, 현 몽골의 의료실태는 참으로 안타까웠다. 비단 의료시설, 인력의 문제만이 아니었다. 한 예로, 하급병원에서 의사가 "암입니다"라고 한다면 다음부터는 환자의 몫이다. 환자의 목숨과 맞바꿀 무언가를 가져와서 의사의 손에 쥐여 준 다음에야 의사가 환자를 상급병원으로 의뢰하여 수술을 잡아준다는 것이다. 생명이 무엇보다 우선시되어야 할 의료계에서 이처럼 부정부패가 만연한 것을 보면, 사회에 스며들어 있을 부조리는 안 봐도 뻔했다. 이런 것이 몽골의 발전을 늦추고 있는 것은 아닐까 생각해보게 되었다.

수흐바타르 광장, 몽골 국립박물관

수흐바타르 광장은 몽골인들이 칭기즈 칸 다음으로 존경하는 인물인 수흐바타르 장군을 기념하는 장소이다. 수흐바타르 장군은 한 유목민의 집안에서 태어나 1911년, 몽골 독립 후 건군 된 자치(自治) 몽골군의 소집을 받고 입대, 부사관 학교를 졸업하고 기관총 소대장으로서 전공을 세웠다. 1918년 정부 인쇄소의 식자공(植字工)이 되었

의료인을 꿈꾸는 연세인들, 세계를 품다

는데, 그 동안 중국과 무능한 몽골지배층에 대한 불만이 쌓여갔다. 1917년에 일어난 러시아 혁명에 자극을 받은 그는 몽골 인민당(인민혁명당)을 결성, 독립을 위한 무장 투쟁에 들어갔다. 전후 두 차례에 걸친 블라디미르 레닌과의 회담을 통하여, 몽골 혁명의 성공과 그 후의 국가 건설을 위한 전술 지도를 받고, 1921년 인민의용군을 결성, 총사령관이 되어 적군(赤軍)과 함께 마이마친에서 군사를 일으켜, 7월 10일 니슬렐 후레(울란바타르)에 인민정부를 수립하고 스스로 국방부 장관이 되었다.

바로 옆에 있는 몽골 국립박물관은 1924년에 설립되었으며 몽골의 역사와 문화를 엿볼 수 있는 몽골 최대의 박물관이다. 10개의 전시실에 걸쳐 선사시대부터 칭기즈 칸과 보그드칸 시대, 그리고 사회주의와 민주주의 시대에 이르기까지 몽골의 역사와 문화를 보여주는 자료가 전시되어 있다.

고대 유목국가 시대의 돌궐, 위구르, 거란 시대의 역사와 문화, 생활상을 보여주는 각종 고고학 발굴에서 출토된 유물이 전시되어 있다. 몽골의 20여 개 부족별 전통의상과 장신구를 비롯하여 몽골인들의 정신문화를 보여주는 각종 유물, 그리고 몽골 전통예술품들, 악기및 놀이도구 등이 전시되어 있다. 몽골의 전통생활에 대한 제6전시실에서는 유목민들의 독특한 문화를 보여주는 목축, 수렵에 관련되는 도구와 농기구, 그리고 이동식 가옥인 게르를 볼 수 있다. 청나라 지배기, 사회주의 시대를 거쳐 민주주의와 개혁의 시기의 몽골의 모습까지 살펴볼 수 있었다. 이곳에서 1991년 몽골 초대 대통령의 방한 당시 노태우 대통령이 선물한 거북선 모형도 찾아볼 수 있다.

하루를 마무리하며

저녁에는 처음으로 현지음식을 맛볼 수 있었다. 식사 시간마다 보이지 않던 몽골인 기사님도 이번은 함께 자리해서 즐거운 식사 시간을 보낼 수 있었다. 3~4인분을 시켰는데 5인분은 거뜬히 넘는 양이 나온 데다 양고기의 향 때문에 아까운 음식을 많이 남길 수밖에 없었다. 식사 후 버스를 타고 수흐바타르로 이동했다. 그렇게 한참을 걸려 자정이 다 되어 도착한 그곳에는 로버트(Robert), 메를린(Marlene Baerg) 선교사가 활짝 웃으며 달콤한 파이와 쿠키로 우리를 반겨주었다. 이들이 들려줄 놀라운 이야기를 기다리며 잠이 들었다.

의료인을 꿈꾸는 연세인들, 세계를 품다

셀렝게
아이막에서

유승연(연세대학교 치과대학)

셀렝게 아이막에 도착해 로버트 선교사님 집에서 하룻밤을 잤다. 아침에 눈을 뜨고, 일층에 모여 빵과 시리얼 등으로 간단히 식사했다. 마당엔 몽골식 전통 집인 게르가 있어 지난밤에 남자들은 그곳에서 잠을 잤다. 게르에 모여 아침 경건회를 했다. 아침에 다 같이 모여 기도하며 하루를 시작하는 것이 처음엔 귀찮게만 느껴졌는데 오늘은 나쁘지 않았다. 오늘 아침 경건회 담당은 혜령이다. 성경 말씀 주제는 '이웃을 사랑하자'라고 했다. 몽골에 있으면서 만나는 모든 사람, 함께 동고동락하는 우리 모두 서로 배려하면서 잘 지내자는 의미에서 혜령이가 고심해서 골라온 주제였다. 힘든 일정에 예민해질 법도 한데 힘든 기색 하나 없이 정말 즐겁게 지낸 선교 투어 친구들에게 다시 한번 감사의 마음을 느낀 시간이었다.

차를 타고 셀렝게 아이막 도립병원에 도착했다. 몽골의 큰 병원은 모두 울란바토르에 모여 있고, 지방인 셀렝게에는 그다지 크지 않은 도립병원이 있다고 한다. 그 방사선과 의사 처커가 우리를 맞아주었고 병원 구석구석을 소개해 주셨다. 치의학도인 내가 가장 열심히 관찰한 것은 당연히 치과진료실이었다. 평소에 2명의 치과의사가 근무하는데 오늘은 한 분이 휴가를 떠나, 한 명의 치과의사만 근무하고 있었다. 이곳에선 발치, 레진 치료와 같은 간단한 치료만 진행한다. 체어가 3개가 있었는데 하나는 고장이 나서 사용할 수 없고 나머지 2개 체어도 많이 낡은 상태였다. 그래도 평소에 쓰는 기구들을 만나니 반가웠다. 또 기구를 각각 개별 포장해 Autoclave에 돌리는 방식은 우리와 같이 진행되고 있었다. 감염관리는 만국 공통인가보다 하고 생각했다.

이비인후과, 정형외과 등 많은 과가 있었지만 특히 기억에 남는 곳은 방사선과였다. 치과용 파노라마 기계, 흉부 엑스레이 등 여러 기계가 한데 모여 있었다. 예전에 , 엑스레이 기계가 고장 났는데 고치지 않아서 1년 동안 정확한 진단을 내리지 못했다고 한다. 수술할 때도 정확한 위치를 파악하지 못해 구체적인 계획 없이 일단 열고 들어갔다고 했다. 셀렝게 아이막 병원은 3차 병원이어서 모든 과가 있기는 하지만, 국가가 의료시스템을 관리하는 곳이라 병원시설이 비교적 좋지 않다고 한다. 또한, 나라에서 월급을 지급하기에 재정상태가 좋지 못하기 때문이라고 한다.

이어서 차를 타고 초원을 한참 달려 러시아와 몽골의 국경에 갔다.

가는 길은 마치 '내셔널 지오그래픽'에 나오는 한 장면 같았다. 끝없는 초원에 나 있는 구불구불한 흙길을 달렸다. 도착해서 언덕을 올라가자, 판타지 영화에 나올법한 광경이 눈앞에 펼쳐졌다. 저 강 너머는 러시아라고 한다.

한국 식당에 가서 함께 점심식사를 먹었다. 식사가 끝나고 셀렝게의 시장에 갔다. 크진 않지만 있을 건 다 있었다. 한국 시장처럼 브랜드 모조품도 있었다. 고기와 치즈를 파는 가게가 한데 모여 있는 곳도 구경했다. 냄새가 심해서 빨리 밖으로 나오고 싶었다. 몽골에서는 고기의 향이 더 강하다. 고기를 다듬을 때 피를 모두 빼지 않아서라고 한다. 빨간 고깃덩어리를 진열해놓은 풍경이 인상 깊었다. 몽골식 치즈도 맛보았는데, 시큼한 냄새가 강해서 별로 좋지는 않았다. 몽골 시장에서 아기 머리 크기의 작은 수박과 껍질이 그대로 있는 잣을 한 봉

지 사서 택시를 타고 마이클의 집으로 돌아왔다.

저녁 메뉴는 마이클과 아내가 준비한 멕시코 요리. 거실에 20명이 넘는 사람들이 모두 옹기종기 모여 앉아 차례로 음식을 접시에 담았다. 밖에서 사 먹는 멕시코 요리보다 맛있었다. 하룻밤 묵어갈 우리를 위해서 기꺼이 방을 내어주고, 이렇게 맛있고 푸짐한 음식과 간식거리를 내어준 로버트와 가족들이 정말 감사했다. 후식으로 아이스크림과 수제 브라우니가 준비되어 있었다. 평소에 브라우니가 별로 맛있다고 생각하지 않았는데 메를린이 직접 구운 브라우니는 꿀맛이었다.

후식을 먹으면서 로버트와 아내가 선교사로서 몽골에 정착하게 되고, 겪었던 이야기들을 들었다. 선교사가 되려면 신학을 전공하거나 의료인이 되어서 의료봉사를 떠나는 길만 있는 줄 알았다. 그런데 마

의료인을 꿈꾸는 연세인들, 세계를 품다

이클의 전공은 농업이었다. 몽골에는 나무를 심기 위해 왔다고 한다. 몽골에서 땅을 이용하기 위해선 땅을 살 필요 없이 국가의 허가를 받으면 된다고 하셨다. 농업 전문가라서 그런지 마당 한 곳에 여러 종류의 농작물이 심어져 있었다. 하고자 하는 일이 있다면 나의 전공은 크게 중요하지 않구나 하고 생각했다.

이제 기차 시간이 되어서 집을 나서려고 보니 우리들의 신발 끈들이 한 데 묶여있었다. 처음에는 누가 그랬지 하며 당황했지만 우리가 떠나지 말았으면 하는 마음에 제리가 장난친 거라니 귀여우면서도 마음이 슬퍼졌다. 집을 떠나기 직전, 마당에서 현진 오빠가 로버트와 가족들을 위해 작별 선물을 준비했다고 한다. 선물은 찬송가 '주님의 뜻'. 머나먼 이곳 셀렝게의 마당에서 울려 퍼지는 노래는 정말 잊지 못할 장면이었다. 기차 시간이 빠듯해서 빠르게 차를 타고 기차역에 갔다. 로버트와 가족들이 우리에게 베풀어 주었던 것들이 떠오르며 다시 이곳에 올 수 있을까 하는 생각에 아쉬웠다. 그렇지만 이내 기차에 올라 기차에서 하룻밤을 잔다는 사실에 마음이 설레었다. 기차는 4인 1실이었다. 잔잔한 등불 아래서 다 같이 모여 앉아 있으니 낭만적인 분위기가 연출되었다.

진정한 몽골을
보고, 듣고, 맛보다

오정민(연세대학교 의과대학)

야간열차 그리고 사우나

16일 저녁 늦은 시간, 셀렝게에서 다시 울란바토르까지 밤새 기차를 타고 이동했다. 침대가 4개씩 놓여 있는 쿠페 칸에 누워서 달리는 기차를 따라 들어오는 밤바람을 맞으니 왠지 모르게 기분이 좋아졌다. 날씨가 흐려 별은 잘 보이지 않았지만 이틀간 셀렝게에서 있었던 일들에 대해 서로 얘기하느라 지루할 틈이 없었다. 어색했던 모습은 잊은 듯 서로의 여행 경험담부터 첫사랑 얘기까지 거침없이 쏟아냈다. 한참을 웃고 떠들다가 얼마 남지 않은 몽골여행에 대해 아쉬움이 남았을 무렵 쏟아지는 피로에 하나둘씩 침대에 쓰러졌다. 잠이든 지 얼마 지나지 않아 해가 뜰 때쯤 기차는 울란바토르에 도착했고 내리자마자 다시 비가 내리기 시작했다. 이틀 전 로버트 선교사님의 집에 도착했을 때부터 샤워라는 건 생각도 못 했기 때문에 모두가 구수한 향기를 풍기는 꼬질꼬질한 상태였다. 우산을 펼 겨를도 없이 우린 곧장 한 호텔에 있는 사우나로 향했다.

오늘은 특별히 오전 일정을 수정해서 울란바토르 근교에 있는 13세기 몽골 테마파크(13th Century Theme Park)에 가기로 했기 때문에 날씨는 구렸어도 몸만은 단정히 하고 싶었다. 간만에 목욕하고 말끔하게 옷도 갈아입었더니 야간열차를 타면서 생긴 피로가 풀리는 느낌이었다. 한층 가벼워진 몸을 이끌고 같은 건물 내에 있었던 한식당에 가서 밥을 먹었는데 그곳에서 며칠 만에 인터넷을 쓸 수 있었다.

옛 몽골의 모습을 보다:
13세기 몽골 테마파크

점심을 먹고 나오니 하늘이 감쪽같이 맑아졌다. 때마침 관광을 갈 생각이었으니 이보다 더한 행운은 없었다. 하지만 13세기 테마파크를 가는 길 자체가 13세기였다. 도로 포장은커녕 초원 그대로를 버스가 달리다 보니 마치 롤러코스터를 타고 있는 느낌이 들었다. 왜 이곳에서는 말

의료인을 꿈꾸는 연세인들, 세계를 품다

을 타야 하는지 이해가 되는 순간이었다.

13세기 몽골의 모습을 그대로 재현해 놓은 곳이라고 하여 우리는 자유 일정 중 하나로 이곳을 꼽게 되었는데 이 넓은 초원에 대체 뭐가 있다는 걸까 생각하던 찰나 언덕 뒤로 전통 옷을 입고 말을 타고 있던 한 청년이 보였고 그를 따라가니 큼직큼직한 게르가 있는 작은 마을 들 여럿 보였다.

역시 광활한 대지에 굳이 작은 테마파크를 만들 리가 없었다. 올림픽 경기장 몇 개만 한 넓이의 토지 곳곳에 주제별로 작은 마을들이 꾸며져 있었다. 시간이 촉박했던 우리는 빠르게 차로 이동하면서 게르에도 직접 들어가 보고 밖에서는 사진도 원 없이 찍었다. 몽골에 있으

면서 이렇게 맑은 하늘은 처음이었다. 아름다운경관에 한 번 충격 받고 화장실에 가서 한 번 더 충격을 받았다. 화장실 문이 없던 것이었다. 물론 화장실은 마을을 등지고 있었고 입구 앞에 가림막은 있었지만 자칫 잘못했다간 내가 하루 동안 무얼 먹었는지 만천하에 알리기에 충분한 구조였다. 발자국 소리가 들리면 나의 존재를 알리기 급급했고 서둘러 볼일을 본 뒤 그곳을 빠져나왔다. 13세기 테마파크는 단시간에 몽골을 충분히 느끼게 해주었다. 동물 가죽으로 만들어진 옷을 입고 칸이 된 것 마냥 의자에 앉아서 사진도 찍어보고 옛날식 도서관에 가서 몽골 사람이 옛 몽골 글자로 직접 써준 이름을 한 장씩 기념품으로 챙기기도 했다.

몽골에 사는 한국인? 아니, 한국말 하는 몽골인:
한영훈 교수님과 만남

또 한 번의 격한 로드트립을 마친 뒤 울란바토르의 한 중식당에 도착했다. 그곳에서 한영훈 교수님과 저녁식사를 했다. 우리가 배를 열심히 채우고 있을 무렵 교수님께서는 몽골과 관련된 재미있는 이야기들을 많이 해주셨다. 몽골에서 정말 오래 생활하셔서 그런지 이곳이 훨씬 편안해 보이셨다. 물론 한국에서의 교수님의 모습을 본적은 없지만 교수님의 말씀 한마디 한마디에서 몽골에 대한 엄청난 애정이 느껴졌다. 어떤 강연보다도 재미있었고 (절대 음식이 맛있어서만은 아니지만) 유익했다. 마치 한국말 잘하는 몽골인을 만난 듯했다. 몽골의 역

사부터 현재 울란바토르의 의료 실정 그리고 날씨변화와 몽골인들의
의식주부터 시작해서 성격까지 교수님께서 몽골에 살면서 보고 느꼈
던 모든 것을 들려주셨다. 들으면 들을수록 몽골인들이 우리 한국인
들과 비슷한 점이 많다는 것을 느꼈다. 그런데도 교수님께서는 진정
한 몽골을 느끼고 싶다면 여름이 아닌 겨울에 꼭 몽골을 오라고 하셨
다. 갑자기 솔깃했다. 짧은 시간이었지만 몽골에 대해서 들으면서 맛
도 볼 수 있었던 여러모로 재미난 식사였다.

쓰다 남은 것이 아닌 내 인생의 가장 좋은 것을 드리자:
한영훈 교수님의 강연

행복한 저녁식사를 마친 뒤 숙소로 이동해서 밤늦게까지 교수님과 더 많은 이야기를 주고받았다. 일방적으로 강연을 듣는 게 아닌 우리가 질문을 하면 그것에 답변하는 방식으로 진행되었다. 정말 다양한 질문들이 나왔고 그에 대한 교수님의 답변도 흥미로웠다. 대략적인 내용을 요약해 보자면, 몽골에 대한 질문과 선교 그리고 봉사에 대한 질문으로 나눠볼 수 있었다.

1) 몽골의 의료체계

먼저, 몽골 의료체계의 실정에 관한 것이다. 몽골 의료의 문제로 꼽혔던 것은 몽골이 국가가 주도하는 러시아식 의료체계를 여전히 사용한다는 것이었다. 동 단위부터 시작되는 국가 주도의 병원들은 1차부터 3차 병원까지의 진료정보 전달에 있어서는 매우 체계적이었지만 값싼 의료 인력이 필요하다보니 기본적인 생명존중 의식이 많이

의료인을 꿈꾸는 연세인들, 세계를 품다

부족하다. 몽골이 따랐던 사회주의 사상은 기본적으로 유물론을 기반으로 하기 때문에 인간을 판단하는 기준은 바로 노동력이다. 이것이 왜 병원에서 문제가 될까? 중환자실과 응급실의 상황을 생각해 보면 쉽게 이해가 된다. 병원에서도 자칫 잘못하면 사람이 노동력으로 계산되기 때문에 증상이 훨씬 중한 환자여도 인간의 생명을 더 중요하게 여기지 않게 된다는 것이었다. 이러한 생명과 인간존중에 대한 사람들의 인식은 바뀌어야하며 시작은 기본적인 의료체계의 틀을 바로잡는 것에 있다.

2) 선교의 기본

한영훈 교수님께서는 선교사로서 오랜 시간을 몽골에서 보내셔서 그런지 선교에 관한 말씀을 굉장히 많이 해주셨다. 특히 선교의 정의에 대해서 말씀해주셨는데 그중에서 복음주의적인 선교에 관해서 설명해주셨다. 예수를 믿으라고 말하는 것만이 선교는 아니며 어떤 사람의 믿음에 영향을 미치는 것까지 모두 선교라고 할 수 있다. 교수님께서는 병원에 계실 때도 직원들과 매일 아침 성경공부를 하면서 community church를 세우는 계기를 마련하셨다고 한다. 이런저런 말씀을 하시던 와중에 강조하신 건, 결국 선교에 있어서 중요한 것은 밑거름이 될 만한 훈련과 양육이라는 것이다. 예를 들어, QT와 CCC 훈련을 생각해 볼 수 있다. QT(quite time)는 '내가 말하는 것을 줄이고 그분의 말씀을 듣는 것'이며 하나님과 개인적으로 만나는 것, 쉽게 말해서 혼자 묵상을 하는 것이다.

3) 진정한 봉사란

그렇다면 진정한 의미의 봉사는 무엇일까? 내 것이 풍족해져서 남들에게 나눠주는 것이 아니라 내 것이 부족하더라도 남들과 나눌 수 있는 것이 진정한 봉사이다. 바로 적선과 희생의 정신이다. 쓰다 남은 것이 아닌 내 인생의 가장 좋은 것을 하나님께 드리자.'

나는 그 말에서 '하나님' 자리에 그 어떠한 대상도 들어갈 수 있다고 생각한다. 내가 생각할 때 나에게 있어 가장 소중하고 중요한 시간 또는 가치를 내가 사랑하는 사람들과 아끼는 누군가를 위해서 기꺼이 쓸 수 있는 사람이 돼야겠다는 다짐을 한 순간이었다.

의료인을 꿈꾸는 연세인들, 세계를 품다

몽골에서의 마지막 날
─ 안녕, 몽골

최다연(연세대학교 간호대학)

8월 18일, 몽골에서의 마지막 날, 아침에 눈을 떴을 때 길게만 느껴졌던 7일이 순식간에 지나가 버린 기분이 들었다. 그래서 이 하루를 누구보다도 알차게 보내야겠다고 다짐했다. 오늘 오전에는 울란바토르 대학교의 간호대학에서 학장을 맡고 계신 오가실 교수님을 만나 강의를 들었다. 오가실 교수님은 연세대학교 간호대학을 졸업하셨고 후에 몽골로 가서서 울란바토르 대학교 간호대학을 설립하셨다. 교수님은 선교할 때 문화적 역량을 갖고 타 문화의 사람을 이해하고 수용하는 능력이 필요함을 강조하셨다. 그래서 교수님께서 몽골에 와서 직접 보고 느낀 몽골의 문화에 대해 구체적으로 말씀해주셨다.

첫 번째 몽골에 가장 많이 분포하고 있는 종교는 라마불교와 샤머니즘이라고 하셨다. 몽골의 종교는 다신론을 바탕으로 하고 있어서

▌오가실 교수님과의 만남

하나님이 유일신이라는 사실을 납득시키기 어렵기 때문에 선교활동을 하는 데 걸림돌이 된다고 말씀해 주셨다. 한 예로 게르는 가운데 불을 기준으로 동쪽은 남자의 영역, 서쪽은 여자의 영역, 그리고 북쪽은 신의 영역 이렇게 세 영역으로 나눠진다고 한다. 몽골 사람들은 신의 영역인 북쪽 공간에 가족 혹은 자신이 믿는 신과 관련된 물건을 놔둔다고 하셨다. 한번은 교수님께서 한 몽골 가족에게 예수님을 전도하셨는데 몽골 사람들은 성격이 불같아서 전도하면 금방 하나님을 믿어 전도에 성공했다고 생각하셨다. 하지만 나중에 예수님을 잘 믿고 있나 다시 그 가족을 방문해보니 게르 신의 영역에 성경책과 달마 사진을 같이 놔두어 한 신 이상을 믿는 웃긴 해프닝이 있었다고 한다.

또한, 게르를 예로 들면서 몽골은 모계사회라고 하셨다. 왜냐면 불을 조절하는 입구가 서쪽 여자의 영역으로 향해 있어서 남자가 유목하러 떠난 사이에 여자가 불을 관리하며 게르를 지키는 역할을 하기 때문이다. 여자가 집을 지키기 때문에 남자 또는 여자라는 이유로 일어나는 성차별은 별로 없다고 말씀해주셨다. 오히려 남자라면 유목을 해야 한다는 인식이 강하기 때문에 요즘에는 유목하지 않는 여성들이 대학에서 공부하는 경우가 많으며 의대나 간호대에도 여자의 비율이 높다고 하셨다.

하지만 몽골 사람들은 전통적으로 책을 접할 기회가 적어서 학생들이 책을 잘 읽지 않아 가르치는 데 한계가 있다고 어려움을 토로하셨다. 또한, 몽골은 의학용어를 러시아어로 사용하여 영어로 의학용어를 배우신 교수님 입장에선 단어들이 생소하게 느껴져 초반에는 지식 전달이 어려웠다고 하셨다. 그래서 교수님께서는 영어, 러시아어로 된 의학용어 책을 출판하시는 노력을 하셨지만 책을 읽지 않는 문화로 인해 판매량이 적어서 학생들이 상을 받을 때 같이 주고 있다는 재미있는 이야기도 해주셨다. 또한 몽골에서는 의사가 택시기사보다 월급이 낮아서 의대 선호도가 한국에 비해 높진 않다고 말씀해주셔서 우리나라와의 문화 차이를 느낄 수 있었다.

교수님 이야기 중에서 가장 인상 깊었던 점은 게르 자체가 원룸이기 때문에 아동이 성에 대한 지식을 일찍 접하게 되며, 교육제도가 우리나라와 달리 10학년이기 때문에 아이들이 17세쯤에는 대학교에 입학한다고 하셨다. 그래서 청소년 문화가 형성되어 있지 않고 아이들이 청소년 문화를 형성하기 전에 성인문화를 접하기 때문에 성에 대해 자유분방하고 개방적인 태도를 보이고 있다고 하셨다. 그리고 결혼에 대한 개념이 명확히 없고 결혼 비용이 비싸서 대부분 몽골 사람들은 동거 형태를 결혼을 했다고 보는 경우가 많다고 말씀해주셨다. 따라서 '결혼했어요?'라고 묻기보다 '누구와 함께 사나요?' 또는 '아이가 있나요?' 이렇게 묻는 것이 더 정확하다고 하셨다. 이런 이야기는 직접 몽골에서 사는 사람에게서 들을 수 있기 때문에 몽골 사람들의 사고나 생각에 대해 간접적으로 접할 수 있는 기회였다.

오가실 교수님을 통해 몽골이라는 나라를 더 알고 이해하게 되었고 의학, 간호지식을 전달하는 데 어떤 어려움이 있는지, 선교할 때 어떤 마음을 가져야 하는지를 배울 수 있었다.

오가실 교수님의 강의를 들은 후 선교사님 자녀들이 다니는 MK학교를 방문하였다. 여기서 치과대학 학생들이 3학년과 5학년 초등학생들에게 구강위생에 대한 간단한 교육을 해주었다. 효과적으로 이 닦는 방법을 위주로 교육하였고 왜 이 닦기가 중요한지에 대해 초등학생이 이해하기 쉽게 잘 설명해주어 아이들에게 유익한 시간이었다.

MK학교에서 교육 후에는 몽골의 환경과 문화를 조금이라도 더 체

▌테를지 국립공원 말타기 체험

의료인을 꿈꾸는 연세인들, 세계를 품다

▌최원규 선교사님 댁에서 마무리

험하기 위해 몽골에서 유명한 테를지 국립공원을 방문하였다. 의료선
교 투어에 참여한 학생들 모두 몽골의 광활한 초원에서 말타기 체험
하는 것에 설레 했고 체험이 끝나고 말에서 내릴 때 다들 아쉬워했다.
또한 공원이 매우 넓어 차를 타고 이동하면서 탁 트이고 넓은 초록색
경치를 보면서 마음이 편안해지는 것을 느꼈고 지나가면서 드문드문
보이는 게르와 양, 소, 말 떼가 자연과 어우러져 정말 아름다웠다.

테를지 국립공원 방문 후에는 몽골 의료선교 투어가 무사히 마칠
수 있도록 인도해주신 최원규 선교사님 댁에 가서 저녁식사를 하며
다 같이 이번 투어를 통해 깨달은 점 및 소감에 대해 이야기를 나누면
서 프로그램을 마무리 지었다. 이번 프로그램에 참여한 모든 사람이
각자의 소중하고 뜻깊은 이유와 동기를 가지고 몽골에 왔고 이 기회
를 통해 각자가 나아가야 할 방향에 관한 생각을 들을 수 있는 소중한
시간이었다.

2장

참으로
많은 것을 느끼고
돌아왔다

몽골에서
가치를 논하다

최희원(연세대학교 의과대학)

이번 방학 때 나에게 오아시스 같은 존재가 되어준 시간이었다. 본과에 올라온 후로 나는 지쳐가고 있었다. 공부만 반복되는 일상 속에서 내가 왜 의대에 왔는지, 어떤 의사가 될 것인지에 대해 고민하기보다는 눈앞에 있는 수많은 의학 용어들을 어떻게 외울 것인지가 급급하였고 당장 주말에 있을 시험 준비에 집중하여 정신이 없었다. 이따금 찾아드는 미래에 대한 생각에 나는 답을 하지 못하였다. 의과대학생으로서 지금 할 것이 정해져 있지만, 졸업하고 의사가 된 후 어떠한 길을 걸어야 할 것인가?

나는 봉사하는 것을 좋아한다. 많이 부족하지만, 내가 가진 것을 필요한 이들에게 베푼다는 이타적인 마음가짐이 좋았다. 물론 봉사를 좋아하는 이유에는 부분적으로 남을 도와줌으로써 얻어지는 나에 대

한 만족감도 있다. 나는 의사라면 사회적 책임을 반드시 수행하여야 한다고 생각한다. 우리가 가지고 있는 고도의 전문화된 지식을 자기 자신만을 위해 사용할 것이 아니라 다른 사회구성원들을 위해서 사용하여야 한다. 그렇기에 미래에 내가 어떠한 기관에서 어떠한 의료를 수행하고 있을지는 모르겠지만, 나의 주머니를 배불리기 위함이 아니라 대가를 바라지 않고 가장 낮은 곳에서 나의 의술을 남을 위해 사용하고 싶다는 생각을 해왔었다. 그것이 장기간이 될지 단기간이 될지는 모르겠지만 말이다. 그렇기에 자연스럽게 나의 관심사는 보건 분야로 흘러가게 되었다. 예과 시절 국제 보건의 관련된 수업을 들으며 의료 서비스가 낙후된 나라들의 구체적인 실상을 엿볼 수 있었으며, 이는 국제 보건에 대한 나의 흥미를 고취했다. 그리고 많은 의료 봉사가 선교라는 이름 아래에서 하나님의 뜻에 따라 이루어지고 있는 것을 알게 되었다.

나는 기독교인이 아니다. 우리 부모님은 천주교인이다. 하지만 신앙심이 매우 약하시다. 어렸을 때는 부모님을 따라 성당에 다니곤 하였는데, 성당에 대한 기억은 지루함 그 자체이다. 무슨 뜻인지 이해할 수 없었던 기나긴 설교를 듣는 일은 신앙심이 없는 초등학생에게는 힘든 일이었다. 신앙심이 생기기는커녕, 오히려 종교에 대한 거부감과 반발심만 커졌다. 중학교에 올라가며 종교와의 인연은 완전히 단절된 듯하였다. 점점 머리가 커짐에 따라 의문만 늘어갔다. 과학적

근거가 없는 신의 존재를 어찌하여 믿을 수 있단 말인가. 이해가 되지 않았다. 종교가 비이성적이라 여겨졌으며 한때는 모든 종교를 거의 혐오하는 수준까지 갔었다. 그러던 내가 연세대학교에 입학하면서 강제로 채플 및 기독교 수업을 듣게 되었다. 처음에는 아주 싫어했다.

하지만, 이내 궁금증이 생겼다. 무턱대고 싫다는 감정이 앞서 이해를 하고자 하는 노력조차 안하고 있다는 생각이 들었다. 나의 개인적인 감정과 무관하게 종교는 우리 사회를 이루고 있는 중요한 부분이고 종교에 관한 이해를 바탕으로 접근해야만 해결할 수 있는 사회문제들이 존재함을 깨달았다. 특히 의사가 환자를 대함에 있어서 환자의 종교적 신념을 고려하여야 하며, 종교적 신념이 환자의 회복에의 의지에 큰 영향을 미친다는 것을 수업을 통해 알게 되었다. 종교에 대한 이해는 좋은 의사가 되기 위하여 필요한 것이라는 생각이 든 시점부터 종교에 대한 부정적인 감정은 아무런 영향을 미치지 못하였다. 특히 기독교학교에 몸담고 있음에 따라 계속 기독교적인 환경에 노출돼 왔고, 예전에는 눈, 귀를 닫고 무시해 버렸다면 개방적인 태도로 종교를 믿는 사람들의 이야기에 주의를 기울이려고 노력했다. 이에 따라 기독교에 대한 저항심은 한껏 누그러졌다.

그 상황에서 의료선교 투어를 만났다. 공지를 보는 순간 반드시 가야겠다는 생각이 머리를 스쳤다. 미래에 국제의료 보건분야에 종사하거나 적어도 단기적으로라도 해외 의료봉사를 가고자 하는 의지가 있었기에, 여기에 기독교적 신념이 추가된 선교활동을 따라 가게 된다면 의료봉사와 기독교를 모두 접할 수 있는 절호의 기회라고 생각하였다. 무엇보다 궁금했던 것은 선교사님들의 의지였다. 어떻게 낯설고 험난한 이국땅으로 내가 아닌 남을 위하려 한국에 있는 모든 편하고 익숙한 것들을 버리고 홀연히 떠날 수 있는가? 선교사들이 그러한 선택을 내릴 수 있었던 원동력은 무엇일까? 우리나라 또한 과거에 해외 선교사들로부터 많은 도움을 받았는데, 우리가 받은 은혜를 남에게 베푸는 작업을 하시고 계시는 대한민국의 선교사님들은 과연 어떠한 방식으로 다른 나라를 변화시키고 있을까? 수많은 의문점이 들었다. 그리고 너무나 감사하게도 이번 투어를 통해 총 일곱 분의 선교사님들을 만나 뵙고 그들의 이야기를 들을 수 있었으며, 의문의 상당부분을 해결할 수 있었다.

모든 것이 하나님의 뜻이라. 선교사님들에게 동기를 질문하자면 대답은 한결같았다. 모든 것은 하나님의 뜻이다. 몽골 땅에서 의료를 하라는 하나님의 부름이 있었고, 그에 따른 것뿐이라는 것이다. 이번 여행을 통해서 기독교정신을 예전보다 한층 더 깊숙이 이해할 수 있게 된 것 같다. 선교사님들의 말씀, 그리고 아침마다 하는 경건회를 통해서 기독교정신을 직접적인 언어로 들을 수 있었다. 기독교적 가치관은 선교사님들의 삶 그 자체에 스며들어 있었다. 그들이 모든 중요한 결정을 하면서 하나님이 기준이 되는 듯하였다. 이들의 가치관을 조금이나마 이해하고 든 생각은 이것이다. 아, 난 너무나 오만했구나. 나는 항상 나 자신을 굳건하고 강하고 판단력이 있게 유지하려고 노력했다. 나는 지금까지 나만의 의지를 갖추고 살아왔다. 여기서 말하는 의지는 발전에의 의지이다. 지금의 나보다 미래의 내가 어떠한 방면으로 긍정적인 방향을 향하여 나아갈 수 있도록 노력하는 의지가 있다. 그러한 과정 중에서 나만의 가치관이 확립되었고, 어떠한 결정을 할 때 이를 기반으로 선택을 한다. 하지만 내가 해결할 수 없는 범위의 일에 대해서는 한없이 취약해진다.

선교사님께 이런 질문을 한 적이 있다. 의료봉사에 임함에 있어 기독교인과 비기독교인이 차이가 있는가? 정답은 예스였다. 기독교인이 선교의 목적으로 의료봉사를 할 때와 비기독교인이 봉사의 목적으로 의료봉사를 할 때 그 지속성에 큰 차이를 보인다고 한다. 힘든 환경 속에서 오롯이 남을 위해서 자신을 희생할 수 있는 의지가 기독교인이 훨씬 강하다고 하고, 그렇기에 기간이 훨씬 길어질 수밖에 없다. 의료 봉사를 행함에 있어서 자신이 얻을 수 있는 가치가 다르기 때문일 것이다. 이러한 질문에 답을 내리기 위해서는 수많은 경험을 쌓아야 할 것이고 오랜 고민과 성찰의 시간이 필요할 것이다.

이외에도 내가 궁금했던 다른 나라의 의료실태에 대해 직접 보고 들을 수 있어서 너무나도 좋았다. 의료라는 것이 단순히 병원과 의사만 있다면 돌아가는 것이 아니라, 병원 간의 연결과 견제, 의과대학, 의료보험 등의 다양한 사회적인 요인이 밀접하게 얽히고설켜 있는 복잡한 시스템이라는 것을 새삼스럽게 깨달았다. 그리고 이러한 사회적 요인들은 사회 전반에 깔고 있는 문화와 사상에 기초하고 있다.

짧은 기간 동안 우리가 몽골 사회에 형성되어 있는 문화와 사상을 직접 경험하기는 쉽지 않다. 사실 직접 경험의 측면에서는 이번 여행이 아쉬운 점이 많다. 하지만 선교사님들의 말씀을 통해 그들이 몽골

사회 속에서 살아가며 문화의 차이를 이해하지 못해 생겼던 문제를 해결해나가는 시행착오를 거치며 깨달았던 것들을 들려줌으로써 우리는 몽골 문화에 한 발짝 가까이 다가갈 수 있었다. 특히 우리의 가이드가 되어주었던 몽골인 낸다와 이야기하면서, 정말 사소한 생활습관에서부터 가정을 꾸리고 직장을 가지고 살아가는 사회 전반에 관한 것까지 몽골의 문화적 특징을 가장 가까이에서 들을 수 있어서 너무나도 고맙게 생각하고 있다. 앞으로 어떤 공동체 안에서 생활을 하던 간에 그 문화에 대한 이해는 필수적이라는 것을 느꼈다. 반드시 다른 국가가 아니어도 된다. 모든 공동체는 그 공동체만의 문화를 가지기 나름이다. 사람들과 잘 지내기 위해서는 같이 공유하고 문화적 배경에 대한 깊이 있는 이해가 반드시 선행되어야 한다고 생각하였다.

일주일이라는 짧은 기간 동안 본 몽골은 아름다운 나라였다. 우리나라에서는 절대 볼 수 없는 몽골만의 광활함이란 사람을 압도시키는 매력이 있다. 하지만 광활한 만큼 적막하다. 몽골은 근래에 빠른 속도로 발전하고 있지만, 아직도 발전해 나갈 것이 많은 나라이다. 그리고 몽골의 미래에 있어 우리나라의 선교사님들이 차지하고 있는 역할이 중요함은 분명하다. 여행 기간 정말 많은 것을 배웠으며, 그 배움은 머리를 채워 생각을 깊어지게 하였다. 지금 느낀 감동을 생각하며, 몽골의 끝없이 펼쳐진 들판을 생각하며, 좋은 의사가 되기 위하여 계속 끊임없이 달려가고자 한다.

비전의 땅, 그곳,
몽골을 다녀와서

박현진(연세대학교 의과대학)

'몽골 학생의료선교 비전투어'라는 주제로 진행된 이번 투어는 8월 13일 일요일 오후, 몽골의 수도인 울란바토르 행 인천발 비행기로 시작되었다. 처음 가보는 나라이면서도, 최근 '자신의 삶을 많은 부분 희생하고 나누며, 선교와 의료봉사로 살아가시는 분들의 생활'에 대해 관심을 많이 두게 되었다.

도착했을 땐 일요일 밤이었고, 우린 곧장 숙소에 도착 짐을 풀었다. 다음날인 월요일부터 시작될 선교 투어의 알찬 일정을 소화하기 위해서 함께해주실 것을 감사하고 기대하며 간단한 저녁 예배를 드리고 잠자리에 들었다. 월요일 오전 우리는 몽골국립의과대학에서 최원규 선교사님과 사모님을 만나, 몽골 의료선교의 현황, 선교라는 것은 무엇인가, 선교사님들의 마음가짐과 신앙적 연결고리 등에 대해 강의를 들었다. 하늘은 한없이 맑았고, 수도임에도 불구하고 생각보다 사람과 차는 서울에 비해(물론 서울이 과하게 많은 거겠지만) 적었다. 달러로 가져온 우리의 회비를 몽골 돈으로 환전한 후, 오후엔 '아가페클리닉'으로 향했다.

아가페클리닉은 한국 의사선배님들께서 몽골의 열악한 의료 환경과 기술을 보완하고(몽골의 의료수준은 20년 전 한국의 의료수준과 비슷하다고 한다) 의료지원을 하기 위해 철저히 무상으로 '혈액투석'과 '호스피스'를 중심으로 운영되는 곳이었다. 그곳에서 엄청 기쁘고 반가운 만남을 가질 수 있었는데, 바로 고려대 의과대학을 졸업하시고, 몽골에서 약 15년 넘게 의료선교와 목회까지도 수행하고 계신 박관태 선교사님이었다. 사실 이전에 몽골 학생선교 투어를 간다는 소문을 듣고서, 주변 친한 선배가 읽어보면 좋을 것 같다고 권해준 책 한 권이 있었는데 『나를 이끄시는 하나님의 손』이라는 박관태 선교사님께서 쓰신 수기집이었다. 그 책을 통해 많은 감명을 받았고, 지나온 나의 삶들과 앞으로 남은 삶을 어떻게 살아갈 것인지에 대해 진지하게 고민하는 시간을 가졌었는데, 저자이신 박관태 선교사님을 직접 선교의 최일선에서 뵐 수 있었기에 매우 반갑고 감회가 새로울 수밖에 없었다.

박관태 선교사님 뿐 아니라, 함께 아가페클리닉에서 의료선교를 수행하시는, 과거 북한 결핵 치료사업 및 의료봉사를 하셨던 김정룡 의사선배님까지 뵙게 되면서, 클리닉의 운용목적과 의도, 현재 상태, 현지에서의 선교가 갖는 실질적 어려움 등에 대해 들을 수 있었다. 그 보람과 기쁨에 대해서는 말로 설명하지 않으셔도 이미 그분들의 당당하고 바쁜 발걸음과 환자들을 대할 때의 진실한 환한 미소에서 충분히 느낄 수 있었다.

아가페클리닉에서 보조로 운영하는 바로 옆의 게르 내에 꾸려진 카페에 들러서 몽골에서 처음 아메리카노도 마셔보고, 아가페클리닉의 운영을 위해 회비로 처음 보람찬 소비를 했다. 참고로 아가페클리닉이 호스피스와 혈액투석을 주로 진행되다보니 비용도 만만치 않은데, 최근 몽골에서도 성형수술이 인기를 얻게 되어 낮에는 클리닉에서 환자들 관리를, 저녁이나 클리닉 비번 때에는 울란바토르에서 성형수술을 진행하여 자금을 보충하고 유지해 나가고 계신다고 하셨다. 무상으로 환자들의 연명과 안녕을 위해 밤낮으로 쉬지 않고 일하시는 모습이 무척 감명 깊었다.

화요일에 우리는 셀렝게의 수흐바타르라는 곳으로 향해야 했다.

지방에 위치한 곳인데 캐나다인으로 몽골에서 남은 삶을 선교를 위해 바치신 메를린 사모님 가정을 찾아뵙고, 수흐바타르에 있는 지방 2차 병원을 방문하기 위함이었다. 울란바토르에서 수흐바타르까지 갈 때에는 버스로 5~6시간을 가야했다. 땅이 한국보다 몇 십 배가 넓고, 몽골이 '칭기즈 칸의 후예', '말과 평원의 나라'라는 것은 알고 있었지만, 평원을 달리는 버스 안에서의 6시간은 충격의 연속이었다. 울란바토르를 벗어나서 보이기 시작한 평원은 6시간 내내 전혀 변할 기미가 보이지 않았다. 간간이 멀리서 보이는 점은, 버스가 가까워지면 이내 소와 말의 무리로 커지다가 다시 멀리 작은 점이 되곤 했다. 포장되지 않은 1자 도로는 끊임없이 좌우로 흔들리며 묵묵히 달려갔다.

그러던 중, 갑자기 도로에서 버스가 멈추고, 또 멈춰있던 다른 버스에 환승을 하게 되는 상황이 발생했는데, 아직도 믿기지 않을 정도로 신기한 경험이었다. 버스가 달린지는 약 3시간이 지났고, 좌우엔 평원과 말, 소의 똥 말고는 아무것도 없었다. 버스의 힘이 떨어진 것 같아, 더 쌩쌩한 버스로 갈아타는 것이 목적이라고 했던 것 같다. 조금은 지루하고 짧지 않은 버스 안에서의 시간이었지만 충격적인 평원의 스케일과 도로 위에서의 환승이라는 깜짝 이벤트로 인상 깊은 기억으로 남았다.

수흐바타르에 도착한 우리는 Barlene 사모님 댁에서 인사를 나누고, 따뜻하고 풍성한 환대를 받으며 간단한 자기소개와 ice breaking time을 가졌다. Empire game이라는 기억력과 눈치를 필요로 하는 게임이었는데 매우 재미있어서 서너 번을 하고 잠자리에 들었다. 나

의료인을 꿈꾸는 연세인들, 세계를 품다

와 신광철 목사님, 황석하 선배님은 사모님댁 마당에 있는 게르에서 잘 기회를 얻었다. 현지 몽골에서의 느낌을 온몸으로 경험해보고 싶은 마음이 컸는데 마당에서 들어오는 선선한 몽골 평원의 바람 냄새, 흙냄새와 게르 안에서 듬성듬성 보이는 거대 거미는 그 마음을 충분히 만족시키고 두려움까지 갖기에 충분했다.

수요일 이른 아침, 마당의 개가 짖는 소리와 몽골 평원에서 불어온 선선한 아기바람의 간지럼에 하루의 시작을 맞았다. 아니나 다를까 사모님의 엄청난 음식 솜씨와 사랑이 담긴 음식들로 배를 채우고, 수흐바타르 2차 병원으로 향했다. 확실히 수도인 울란바타르 국립병원보다 그 시설이나 규모가 작긴 했지만, 나름대로 분과별로 공간과 장비를 갖추고 있었고, 의료인들의 말투와 눈빛에선 환자들에 대한 꿋꿋한 의지와 노력이 엿보였다. 열악함을 뒤로하고 주어진 상황에서 최선을 다하는 그들의 모습이, 내게 주어진 것에 감사하며 최선을 다하고 있는가를 다시 한번 반성하게 했다. 이후 우리는 barlene 사모님의 남편 분의 차를 타고 몽골 북쪽의 러시아와의 국경지대를 방문했다. 한때 근무했던 DMZ부근의 GOP 철책선이 내 기억속의 국경이었기에, 다른 국가 간의 국경이라면서도 아무런 철책이나 방벽이 없는 환경은 매우 낯설고 어색한 광경이었다. 그러면서도 광활하고 그림보다 더 그림 같은 숲, 평원, 바위, 산, 강의 조화는 눈부시게 아름다웠다. 그 광경을 내 가슴과 기억 속 깊이 기억하려 노력하기에 바빴다.

수흐바타르에서의 일정을 마무리하고, Barlene 사모님 댁에서 떠나기 전, 내외분의 몽골에서 선교자로서의 삶을 살기로 결정하게 된 계기와 과정들, 그 모든 순간을 관통하는 하나님의 뜻을 깨달았던 것에 대한 간증을 듣는 시간을 가졌다. 아마 몽골 비전투어 중 가장 뜻 깊고 감명 깊었던 시간이었다. 태초를 만드실 때부터 이미 나에 대한 모든 계획을 갖고 계셨고, 나에 대해 나보다 더 잘 아시고, 이겨내지 못할 시험에 결코 들지 않게 하시고, 힘들고 괴로울 때 날개와 그늘과 안식처 되시는 주님의 사랑과 뜻을 내외분들의 목소리를 통해 전해 들으며, '내게 허락하신 삶을, 주님께서 계획하신 바대로, 보기에 기쁘실만한 대로 살아가리라' 다짐했다. 저녁에 그 집을 떠나기에 앞서, 마음의 감사함과 감동에 대한 작은 보답으로 마당에서 '주님의 뜻'이라는 찬양을 한국어로 불렀다. 비록 뜻은 한 글자 한 글자 제대로 전해지지 못하였을지라도, 고마운 마음은 조금이나마 전달되기를 바랐다.

사실 이 곡은 투어 그룹에서 나만 개인적으로 12시간 정도 일찍 귀국하여 금요일 저녁에 있을 찬양봉사동아리 정기 발표회에서 부를 곡이었는데, Barlene에게 발표회가 끝나고 학기 정착이 되는대로 발표회 동영상과 가사를 통역해서 보내주겠다고 약속했다. 얼른 시험을 마무리하고 그 약속을 지켜야겠다.

이후 5시간 정도 야간열차를 타고 우리는 다시 울란바토르로 향했다. 한 칸에 2개의 2층 침대가 들어간 방식의 야간열차를 타는 것은 색다른 경험이었는데, 특히 투어 멤버끼리 한 방에 모여 각자의 과거와 이런저런 이야기를 했던 나눔의 시간이 참 좋았다.

목요일 아침이 되어서 도착한 울란바토르에서 우리는 선진호텔이라는 한국식 호텔에서 사우나를 하며 묵은 피로와 때를 씻겨내고 푸짐한 한식을 먹음으로 새 하루를 맞았다. 이후 우리는 기존의 일정이던 '몽골의과대학 학생들과의 대화 시간'에서 바뀐 일정인 '13세기 몽골 체험'을 위해 열심히 버스를 타고 울란바토르 외곽지역의 13세기 체험지역으로 이동했다. 역시나 '이러다가 시력이 너무 좋아져서 돌아가는 게 아닌가?' 싶을 정도로 평원은 끝없이 펼쳐져 있었고, 그 펼쳐진 만큼이나 끝없이 아름다웠다. 말과 소, 양, 염소, 야크 등의 가축들은 이따금 잔잔한 평화로움과 감동을 더했다. 이윽고 13세기 몽골 체험지역에 도착했을 때, 다시금 몽골은 정말 특색 있고, 고유한 매력이 넘치는 나라라는 것을 느꼈다. 각종 목적에 맞게 지어진 게르들(민속신앙, 도서관, 주거, 군사시설, 목축 등)과 광경은 지금도 눈을 감으면 선하게 보이곤 한다. 정말 예쁘고 평생 간직할만한 사진을 많이 찍고 남길 수 있었다.

체험 이후에는 저녁에 울란바토르에서 의료선교를 하시는 의사 선배님을 만났는데, 몽골 사람들의 성격과 특성, 한국인과 같은 점과 다른 점, 현지 선교 의사로서 보람과 힘든 점, 그 외 우리가 궁금해 하는 다양한 점들에 대해 하나하나 답변해주셨다. 재치까지 있으셔서 정말 즐겁고 유익한 시간을 보냈다. 그렇게 나에게는 마지막 일정인 목요일까지의 투어가 마무리되었다. 투어 멤버 모두가 함께 시작해서 함께 끝나는 완전성의 의미에 흠이 가게 만든 것에 대한 너무나도 미안한 마음과, 그것을 허락해주신 하나님과 여러 관계자 분들에게 감사의 마음을 담아, 이른 귀국 후 금요일 저녁 찬양발표회에서 무사히 기쁨과 감사의 찬양을 올려드릴 수 있었다.

이 몽골 투어는 나로 하여금 2학기 DMH 선택과목 중 '선교의료의 이해'라는 과목을 신청하게 하는 계기가 되었고, 다른 과 학생들과 끈끈한 친구로서 하나 되는 우정을 허락해주었으며, 무엇보다 앞으로 내게 허락될 삶에 있어서, 어떤 삶을 살 것이고 어떤 가치를 추구할 것인가에 대한 이정표가 되어주었다. 이 모든 것을 계획하시고 허락해주신 하나님과 물심양면으로 지원해주시고 신경써주신 정종훈 원목실장님, 신광철 목사님, 최원규 선교사님 내외분, 김정룡 선교사님, 박관태 선교사님, 그리고 모든 투어의 과정에서 언제나 재치 있고 상세한 설명으로 큰 힘이 되어준 낸다에게 사랑과 감사의 마음을 표현하며, 지난 6일간의 선교 투어 동안 느낀 바에 대한 미숙한 기록을 짧게 마치려 한다. 정말 감사합니다. 사랑합니다. 또 보자! 몽골!

선교는 가르침이 아니라
배움이다

황정원(연세대학교 간호대학)

2017년 8월 13일, 연세대학교 의과대학, 치과대학, 간호대학 학생들이 몽골로 의료선교 투어를 가는 날이다. 지난 학기 동안 몇 번의 만남을 통해 출발 전 친목을 다질 뿐만 아니라 몽골 의료선교 투어에 대한 막연했던 계획을 천천히 그러나 구체적으로 잡아갔고 드디어 기쁘고 감사한 마음으로 몽골에 갈 수 있게 되었다. 걱정 반 설렘 반 가득한 마음을 가지고 인천국제공항으로 향했다. 공항에 도착해서 팀원들을 만났을 때 우리는 오랜만에 만난 것이 무색할 만큼 그동안 있었던 일들, 환전을 얼마나 했는지, 가지고 온 짐 등에 대해서 이야기를 나누며 즐거운 분위기를 만들어나갔다. 게이트 앞에서 단체사진을 찍으면서 드디어 출발을 실감하게 되었다. 인천국제공항에서 오후 7시에 비행기를 타고 10시쯤 몽골의 수도 울란바토르 칭기즈 칸

공항을 향해 비행기가 출발했다. 8월의 무덥고 습했던 한국과 다르게 마치 우리를 기쁜 마음으로 반겨주는 듯 몽골의 날씨는 기분 좋은 선선함을 선사해주었다. 공항 밖으로 나가니, 선교사님께서 미리 우리를 위해 준비해 주신 버스를 타고 숙소까지 이동하였다. 버스를 타고 약 30분 정도 이동하는 동안 투어 기간 우리를 안내해줄 낸다와 짧은 시간이었지만 많은 대화를 했다. 오늘 처음 본 사이였지만 용기를 내어 궁금했던 점을 먼저 질문하고 낸다도 대답을 성실하고 재미있게 잘해주셨다. 몽골사람들의 의식주에서부터 막연하게 가지고 있던 몽골에 대해 궁금했던 내용을 질문했는데 재미있고도 명쾌하게 대답해주셔서 30분이 금방 지나갔다. 시작이 순조롭고 기뻤던 만큼 앞으로의 투어 일정도 이와 같기를 바라면서 하루를 마감했다.

8월 14일 아침이 밝았다. 아침 일찍 울란바토르 의과대학에서 최원규 선교사님의 강의시간이 있었다. 이 강의에서 선교라는 것에 대해 서로의 생각을 말해보고 듣는 시간을 가졌다. 의료선교 투어라는 점에서 서로의 선교에 대한 생각에 대해 솔직하게 나눠보는 진솔한 시간이었다. 이번 의료선교 투어를 통해 이전에 가지고 있던 선교에 대한 생각과 마음이 프로그램이 끝난 후 어떻게 바뀌게 되었을까에 대한 기대를 하게 되었던 시간이었다. 아가페 기독병원에 가는 길에 이태준 기념관을 방문했다. 다른 사람들은 의사 이태준에 대해 알고 있었던 듯 하지만 나는 사실 잘 알지 못했다. 이태준 기념관에 들어가서 나는 이태준이 몽골 최고의 의사이자 일제강점기 당시 한국의 독립운동가로 활동한 사람이라는 것을 알게 되었다. 이태준 의사는 몽

의료인을 꿈꾸는 연세인들, 세계를 품다

골에서 몽골인들이 고통 받았던 전염병과 질병의 치료를 위해 헌신한 사람이고 몽골에서 번 돈을 한국의 독립운동가들을 위해 사용하였다는 내용을 보고 크게 감명받았다. 몽골에 오지 않았더라면, 이태준 기념관에 방문하지 않았더라면 살면서 평생 이태준 의사를 모르고 살아갈 뻔 했다는 사실에 이곳을 방문했던 것이 매우 의미 있는 일이라 여겨졌고 많은 사람들이 이태준 의사를 알았으면 좋겠다고 생각했다.

다음으로 우리는 몽골 최초의 기독 병원인 아가페병원을 방문하였다. 그곳에서 나는 "아가페병원이 몽골의 세브란스병원이 되게 하는 것이 목표이다"라고 박관태 선교사님께서 하신 말씀이 기억이 난다. 우리나라의 세브란스병원이 외국인 선교의사로부터 시작되어 지금의 한국 최고의 병원이 된 것처럼 우리나라 선교사들이 몽골에서 하고 계시는 의료선교가 머지않아 몽골에서 최고의 병원이 될 것이라는 기대에 가슴이 벅찼다. 아가페병원에서는 주로 신장 질환환자의 혈액투석을 전문적으로 도와주는 활동을 한다. 혈액투석 병실에 들어가 그 과정을 지켜보면서 신장투석 수간호사님의 설명을 들었다. 학교에서 수업 중에 혹은 의학드라마에서 잠깐 보고 들었던 혈액 투석하는 과정을 실제로 볼 수 있었던 정말 좋은 기회였다. 아가페병원 옆에는 게르로 지어진 작은 카페가 있는데 여기서 얻은 수익이 병원에 쓰인다고 했다. 작은 시설 하나하나가 병원의 시설, 발전을 위해 쓰이는 것을 보고, 작은 것 하나까지 병원 발전에 기여하기 위해 노력하는 선교사님의 모습에 감동을 받았다.

다음날 울란바토르 의과대학에서 한국에서는 시행되지 못했던 여러 의료 사업에 대한 강의를 들었다. 간호학과생으로서 몽골의 EMR 제도에 대한 강의도 매우 흥미롭게 들었다. 몽골에서는 한국과 다르게 EMR을 직접 손으로 쓰는 곳이 많았는데 선교사님께서 이러한 불편함을 해결하기 위해 몽골에 직접 EMR 제도를 실시하셨다고 한다. 또한 몽골에서는 International Cyber University 라는 것이 있는데 인터넷으로 의과대학 수업을 듣고 석사를 취득하는 것이었다. 실제로 의료선교사님들뿐만 아니라 많은 몽골사람들이 이를 통해 수업을 듣고 있다고 알게 되었다.

강의를 듣고 우리는 몽골의 지방 지역 중 하나인 셀렝게로 이동하였다. 현지인들이 타고 다니는 버스를 타고 대략 6시간 정도 초원을 달렸다. 가다가 버스가 여러 번 멈췄다. 셀렝게에 빨리 가고 싶은 마음은 컸지만 버스가 고장나 내리게 되어도 광활한 초원이 아름답고 어두운 밤하늘에 밝게 빛나는 별 하나가 너무 아름다워 그 순간이 행복했다. 어느 누구도 버스가 멈춘 것에 대해 불만을 가지지 않고 그 순간을 즐겼다. 셀렝게에 도착했을 때 감사하게도 캐나다 선교사 로버트와 메를린 부부가 우리를 마중 나와 반겨주셨다. 선교사님 부부가 아늑한 침실과 따뜻한 차를 대접해 주셔서 그들의 베풂에 정말 감사했다.

몽골의 셀렝게 지역에서 도립병원을 방문했다. 치과, 방사선과, 물리치료실, 이비인후과 등이 모여 있었고 몽골 도립병원의 의료시설을 직접적으로 볼 수 있었던 기회였다. 처음에는 도립병원이라고 해서 작고 시설도 좋지 않으리라 생각했는데 생각보다 병원의 시설이 좋았고 필요한 의료기기도 다 갖추고 있었다. 차이점이 있다면 치과에 방문했을 때 우리나라는 X-ray 촬영을 하고 치과 진료실에 있는 모니터로 바로 확인할 수 있지만, 몽골의 도립병원은 X-ray를 위층에서 확인하고 내려와야 한다는 불편함이 있었다. 몽골 수도인 울란바토르와 지방 셀렝게 병원의 시설 차이는 크게 느끼지 못했지만 도립병원에서 큰 수술을 할 경우에는 울란바토르로 환자를 이송한다는 이야기를 듣고 울란바토르 병원의 의료기기시설이 더 많다는 것을 알 수 있었다.

마지막 날 우리는 다시 울란바토르대학교에 방문하여 오가실 교수님의 '몽골 울란바토르대학교 간호대학의 수업, Global nursing'에 대한 강의를 들었다. 우리가 실습을 나가는 것처럼 몽골의 울란바토르대학교 학생들도 실습을 하는지 궁금했었는데 똑같이 몽골의 1차, 2차, 3차 병원으로 실습을 나간다고 하셨다. 하지만 학생들의 수업 열정에 대해서는 좋지 않다고 말씀하셨다. 몽골은 예전부터 유목하는 생활을 했기 때문에 책을 들고 다니지 않아 책이 많이 없는 몽골의 문화 특성 탓에 학생들이 책을 읽은 것을 싫어한다고 하셨다. 하지만 오가실 교수님께서는 이런 학생들을 사랑으로 이해하고 보듬으시며 직접 손수 의학용어 책, 나이팅게일 책을 번역하시면서 학생들이 공부할 수 있도록 노력하시고 계시는 모습을 보았다.

처음에는 이 선교 투어에 참여하는 것이 나에게는 큰 걱정이자 도전이었다. 연세대학교 간호대학 2학년 학생인 나는 아직 배운 것이 많지 않고 더구나 실습도 해보지 않은 상태인데 과연 내가 몽골이라는 생소한 지역에 가서 무엇을 할 수 있을지, 의료기관을 방문해서 보고 듣는 것들과 의료선교사 분들의 강의를 이해할 수 있을지 걱정이 앞섰다. 또한 선교라는 단어를 처음 접한 것이 얼마 되지 않았을 정도로 선교에 대해 잘 알지 못했다. 이러한 걱정 속에서 이번 몽골 의료선교 투어에서 내가 모르는 것들은 질문하고 많은 의료선교사님, 몽골사람으로부터 많은 것들을 보고, 듣고, 배우고, 이것들을 통해 작은 것이라도 생각해보는 것을 목표로 잡았는데 많은 부분에서 성취를 한 것 같다.

가장 기억에 남는 말은 "선교는 가르침이 아니라 배움이다"라는 말이다. 의료선교 투어를 통해 나는 많은 배움을 얻었다. 셀렝게 지역에서 머무를 때 로버트 선교사님과 메릴린 선교사님께서 우리에게 따뜻한 숙소와 맛있는 음식을 아낌없이 베풀어 주셨다. 셀렝게를 떠날 때 로버트 선교사님께서 하나님의 부름을 받고 몽골에 와서 선교활동과 농사일을 하고 계신다고 하셨는데 지난 밤, 비 오는 날 일찍 집에 들어와서 보게 된 로버트 선교사님의 모습이 떠올랐다. 그때 로버트 선교사님께서 몽골의 사과나무 가지와 캐나다 사과나무 가지를 교배하시며 사람들이 서로 소통하고 관계하는 것처럼 자연도 그러하다고 말씀해주셨다. 마지막 날 한국으로 가기 전에 우리를 집에 초대해 주시며 그리웠던 따뜻한 집밥과 좋은 말씀을 해주신 최원규 선교사님 가족의 큰 사랑에 감사했다.

또한 'small but beautiful thing'이라는 주제로 강연을 해주신 감염 전문 의료선교사님의 말씀도 기억에 남는다. 작은 일이라도 누군가에게는 목숨만큼 소중한 것이다. 몽골에서 하는 의료선교도 시작은

미약하고 작다고 생각할 수 있지만 나중에는 몽골의 큰 희망이 될 수 있다고 생각하게 되었다.

그리고 무엇보다 평생 기억하고 싶은 소중한 사람들이 생긴 것에 감사한 마음이 들었다. 모든 일정을 함께한 간호대, 치대, 의대 언니 오빠들과 목사님과 함께한 일주일은 정말 소중했고 행복했고 감사했다. 또한 몽골의 가이드를 도와준 낸다도 기억하고 싶은 소중한 사람이다. 한국에 돌아와서 SNS를 통해 낸다와 연락 했는데 어제까지 몽골에 있었던 것이 실감이 나지 않을 만큼 아주 그리웠다.

많은 우리나라 의료선교사들이 열악한 몽골의 의료발전에 기여하는 모습을 길고도 짧은 시간 함께하며 지켜보면서 간호사가 되면 열악한 지역의 사람들을 위해 헌신하고 싶다는 생각이 들었다. 비록 우리에게 시작에 불과한 의료선교 투어였지만 머지않아 작은 시작이 큰 결실을 맺기를 간절히 바라고 기대해 본다.

짧았던 몽골 의료선교 투어가 준 긴 인생의 꿈

오정민(연세대학교 의과대학)

출발하기 전

여행을 떠나기 전, 동행하기로 한 다른 과 친구들과 몇 번에 걸쳐 소소한 만남을 가졌었다. 근데 솔직히 말하면 비행기 탈 때까지 절반 정도는 이름을 외우지 못했다. 어색함과 기대감에 부푼 채로 공항에서 현수막을 들고 사진을 찍을 때까지만 해도 몽골에서 어떤 일들이 있을지 상상하기는 어려웠다. 선교와 봉사의 공간으로서 그리고 의료인으로서 바라본 몽골은 어떤 곳일지 알고 싶었고 현재 의대 학생으로서 몽골에 가서 뭘 느끼고 배울 수 있을지 궁금하여 신청하게 된 프로그램이었지만 뭔가 엄청난 계획이 있었던 건 아니었다. 신앙심이 깊었던 것도 아니었고 선교에 큰 뜻이 있는 것도 아니었기에 몽골이라는 나라에 대한 호기심이 가장 컸다고 할 수 있을 것 같다. 물론 여행을 다녀온 지금 생각해보면 짧았던 6일의 시간은 내가 기대했던 것 이상을 보고 느끼기에 적절한 시간이었다.

선교사님들의 눈으로 본 몽골

몽골에 도착하자마자 우리를 맞아 준 건 선선한 날씨와 깜깜한 하늘 그리고 최원규 선교사님이었다. 몽골리안이 아닐까 하는 의심이 들 정도로 그곳에 너무나 잘 어우러지는 선교사님의 모습을 보니 하루라도 빨리 몽골에 관한 이야기를 듣고 싶었다. 다음 날 아침부터 있었던 특강을 시작으로 마지막 날 선교사님의 집에서 갖게 된 정리모임에서까지 아주 생생한 이야기들을 많이 들을 수 있어서 몽골이라

▌최원규 선교사님의 강연

는 나라에 대한 이미지를 만들어주셨다.

여섯 분 정도의 선교사님들을 만나 이야기를 들어봤지만 각기 몽골에 오게 된 이유이며 하시는 일도 달랐고 몽골 땅과 몽골 사람들에 대한 인식 그리고 무엇보다 앞으로 계획이 한 분 한 분 다 달랐다. 짧은 만남이었지만 배울 점이 많았고 그분들의 모습에 미래의 나 자신을 몰래 끼워보며 괜히 혼자 신날 때도 있었다.

이때부터 조금씩 내 꿈 그리고 미래의 모습에 대해서 생각해보기 시작했던 것 같다.

물론 특강시간에 듣게 된 선교사님들의 이야기들도 좋았지만 직접 병원 현장에서 본 그분들의 모습에서 남다른 아우라가 느껴졌다. 의사 그리고 간호사로서의 사명감과 책임감도 볼 수 있었지만 무엇보다 그분들이 몽골이라는 곳에 대해 가진 애정이 정말 크다는 걸 느꼈다. 실제로 몽골 사람들과 교류할 시간은 거의 없었지만 10년 넘게 몽골이라는 땅에서 직접 살아보신 분들의 눈으로 보는 몽골은 열악하면서도 자연 그대로의 모습을 간직한 그야말로 대륙의 사람들이 사는 곳이었다.

몽골의 자연

처음으로 울란바토르의 탁한 공기와 도시의 빡빡함에서 벗어나 셀렝게라는 자연미 넘치는 곳으로 넘어가니 기분이 한결 상쾌해졌다. 몇 시간에 걸쳐 몽골 시외버스를 타고 가는 동안 본 넓은 초원과 언덕

■ 아가페병원 견학

은 파란 하늘과 너무나도 잘 어울렸다. 버스가 고장 나 잠시 짐을 내리는 찰나에도 우린 그림 같은 풍경을 사진으로 담기에 정신이 없었다. 특별히 뭘 하지 않고 눈으로 보는 것만으로도 마음이 편안해졌고 시력까지 좋아지는 느낌이었다. 수평으로 끝없이 펼쳐진 대지만큼이나 하늘은 높았고 햇볕은 따가울 정도로 강렬했다. 내가 아는 몽골이 울란바토르뿐이었다면 얼마나 슬펐을까. 에어컨 빵빵하고 따뜻한 물 나오는 게스트하우스 말고 몽골 느낌 가득한 게르에서 몽골식 양고기를 뜯어 먹고 싶다는 생각이 드는 순간이었다.

몽골은 끝없이 펼쳐진 대지인 줄만 알았는데 산이라고 하기에는 부족하고 평지라고 하기에는 높은 언덕들이 많다. 나무가 빽빽한 산으로 덮인 우리나라와는 달리 몽골의 언덕들은 나무가 없고 거의 대

의료인을 꿈꾸는 연세인들, 세계를 품다

부분이 풀로 덮여 있어 언덕 뒤에 있는 언덕의 뒤에 있는 언덕이 끝없이 보인다. 그걸 보고 있으면 초원을 달리고 있을 말을 상상할 수밖에 없다. 물론 마지막 날 우리가 테를지 국립공원에 가서 탄 말들은 달리지 않아서 아쉬웠지만 터덜터덜 걷는 말 위에 앉아 바람을 맞으며 내려다 본 몽골의 모습은 이 여행의 가장 행복하고도 아름다웠던 순간들 중 하나였다.

내 눈으로 본 선교사의 삶

러시아 국경과 가까운 셀렝게라는 곳에 도착했을 무렵 장시간의 버스에 지친 우리가 가게 된 곳은 로버트와 메를린 선교사 부부가 사는 집이었다. 산속 별장을 연상케 하는 집이었지만 대문을 열고 들어가자 게르 두 채가 떡하니 마당에 있었다. 드디어 게르에서 자게 되나 기대를 했지만 결국 거기서 자지는 않았다. 밤늦게 거실에 앉아 우린 서로를 소개하면서 로버트와 그의 식구들과 짧은 인사를 나눴다. 꽤 많은 식구들이 그 집에 살고 있었는데 서로의 이름을 외우기도 전에 게임을 하면서 어색함을 풀었다. 메를린이 대체 여긴 뭘 하려고 오게 된 거냐고 물었다. 나도 그게 아직 궁금했었다. 이 가족이 사는 이곳에는 왜 온 것일까에 대해서.

다음날 닭 우는 소리에 눈을 뜨니 비가 내리고 있었다. 러시아 국경에 가까이 있는 산에 올라갈 때까지 비는 멈추지 않았다. 사실 셀렝게에 있던 일정 중에 직접 로버트나 메를린과 얘기해 볼 수 있는 시간이 많지 않아 아쉬웠는데 같이 등산을 하게 되면서 꽤 많은 이야기들을 나눴다. 로버트는 매일같이 오르는 산에서 자라고 있는 열매가 궁금해서 따고 있었다. 나는 우리 집 아파트 마당에 있는 나무의 이름도 잘 모르는데 로버트는 이 낯선 땅에서 자라고 있는 나무들과 자연에 지극히 관심이 많았다. 울란바토르에서 만났었던 선교사님들과는 다르게 로버트와 메를린은 의사는 아니었지만 어쩌다 오게 된 몽골이라는 곳에 정착해서 무엇을 할 수 있고 또 앞으로 어떠한 방식으로 그곳에 변화를 주고 말씀을 전할 수 있을지 끊임없이 고민하고 있었다. 나는 엄청난 목표와 체계적인 계획이 있어야만 선교나 봉사가 가능하다고 생각했다. 그런데 더 중요한 사실은 특정 장소에 녹아들어서

▌Robert 선교사님

의료인을 꿈꾸는 연세인들, 세계를 품다

그 삶을 느끼고 사람들과 융화되어 진정으로 그들처럼 생각하고 생활하는 것이었다.

선교와 기독교에 대한 생각

나는 평소에도 여행을 무척이나 좋아한다. 방학만 됐다하면 누가 잡을세라 금방 비행기를 타고 떠나버리곤 하는데 새로운 상황에서 마주하는 내 자신을 보거나 평소에는 못할 짜릿한 경험을 하면 내가 살아있다는 느낌에 행복하다. 하지만 이 여행을 준비하면서 문득 생각하곤 했다. 수없이 다닌 여행에서 내가 뭔가를 놓치고 있는 게 아닐까.

몽골 선교 투어를 준비하기 전 나에겐 몇 가지 고민이 있었다. 나는 기독교를 믿지 않았기 때문에 이 여행의 목적에 내가 맞지 않거나 나 스스로가 선교사님들의 말씀을 받아들이지 못할까 봐 내심 걱정했다. 그러다 보니 나도 모르게 남들과 나 사이에 보이지 않은 벽을 만들기도 했다. 마치 이방인이 된 듯한 느낌이었다. 하지만 한편으로 궁금했다. 과연 신앙심이 있는 사람들은 새로운 상황이나 장소를 마주했을 때 보고 느끼는 게 나와 다르거나 특별한 무언가가 더 있는 것일까. 자꾸만 이런 생각을 하다 보니 같이 여행을 갔던 사람들의 생각에 더 귀기울이게 됐고 모든 사람들의 행동을 유심히 살펴봤던 것 같다.

평소에도 나는 절대적인 이치는 없다고 생각하기에 누군가가 절대적 진리에 대해서 논하고 그와 관련된 자신의 주장을 한 치의 의심도 없이 강력하게 펼칠 때 조금은 부담스러운 게 사실이다. 물론 이 여행을 하는 도중에 그런 비슷한 순간들이 몇 번 있었다. 하지만 그걸 신앙이 아닌 소통의 방식이자 일종의 문화라고 생각하니 다른 사람들의 생각을 부담 없이 받아들일 수 있었다. 인생의 선배이자 내 길잡이가 될 수도 있을 그들의 조언과 격려는 나에게 선교가 아닌 대화와 인간적인 소통으로 느껴졌다. 무엇보나도 며칠 내내 하나님의 말씀을 계속해서 듣다 보니 어느 정도는 기독교에 대해서 꽤 익숙해진 것도 같다.

타지에서 오랜 시간 봉사를 하고 그만큼의 헌신을 하기 위해선 믿음이 필요하다는 말을 듣고는 많은 생각을 했다. 그 믿음이 꼭 신앙이 아니더라도 내가 이룰 꿈과 그 나라 땅과 그 지역 사람들에 대한 애정과 사랑이 있다면 희생정신이나 봉사는 자연스럽게 행동으로써 나타날 수 있지 않을까 하는 생각이 든다.

몽골을 떠나며

6일이라는 시간은 길지 않은 시간이다. 하지만 그 시간 속에서 수없이 많은 생각을 했고 또 나 혼자 여행했을 때보다 더 많은 것을 보고 느꼈다. 현지에서 일하고 계신 최원규 선교사님과 수많은 사람들의 도움으로 우리는 편안하게 여행을 할 수 있었고 몽골의 의료 현실도 살펴볼 수 있었다. 잊지 못할 추억이 됐다. 물론 모든 여행이 그렇듯 아쉬움이 남기도 했다. 짙은 몽골의 향기를 느낄 수 있는 기회가 많았으면 좋았을 것 같다. 내가 언제 이 많은 선교사님들을 만날 기회

의료인을 꿈꾸는 연세인들, 세계를 품다

가 있을까. 오지에 가서 의료봉
사를 하는 게 취미라고 하는 선
교사님이 있으셨는데 그런 현
장에 나도 동행하고 싶었다. 선
교사님들의 경험을 말로만 듣
는 게 아니라 내가 직접 가서
보고 싶다는 생각이 들었다. 그
럼 지금보다 훨씬 더 많은 것을 배우지 않았을까. 초원에 있는 게르의
모습을 밖에서 구경하는 게 아닌 직접 들어가서 그 사람들 하고 얘기
해 보고 싶은 그런 마음이랄까. 물론 든든한 한식으로 채워진 한 끼를
먹는 것도 좋지만 도전의식을 불러일으키는 몽골리안 음식을 먹을
기회가 더 있었으면 좋았을 것 같다. 그래서 넓은 몽골 초원을 보면서
문득 결심하게 됐다. 내년에 다시 몽골에 와서 이곳 사람들의 삶을 가
까이서 보고 그들과 소통하면서 나만의 경험을 직접 쌓아보고 싶다.

새로운 친구들도 많이 사귀고 평소에는 보는 것조차 힘들었을 선
교사님들로부터 값진 말씀도 원 없이 들을 수 있어서 정말 기억에 깊
게 남을 여행이 되었다. 앞으로 내가 어떤 방향으로 무슨 생각을 갖고
살지에 대해서 많이 생각해 볼 수 있었고 내가 갖고 있었던 내 꿈을
확고히 할 수 있는 계기가 됐다. 나도 언젠가 낯선 땅에 자리 잡아 그
곳 사람들과 어우러져 살면서 뭔가 뜻깊은 일을 할 수 있는 순간이 오
지 않을까 기대해본다.

부르심의 길을
기대하는 삶으로

김석영(연세대학교 치과대학)

저는 지난해 학사편입 제도를 통해 치과대학에 입학하였습니다. 기존에 배웠던 전공을 살려 진로를 선택하는 대신 치과의사가 되고자 다시 치과대학에 입학했던 이유는 단순했습니다. 그저 일 자체를 통해 다른 사람을 도울 수 있는 일을 하고 싶었기 때문입니다. 하지만 본과 1학년을 지내면서 처음 품었던 비전과 마음이 잊혀가고 체력과 마음이 많이 지쳐있었습니다. 졸업 후 어떤 곳에서 어떻게, 치과의사로서 능력을 살려 살아야 할지 고민도 많았습니다. 그러던 중, 학교에서 단기선교 프로그램을 진행한다는 사실을 알게 되었습니다. 저는 이전 학부에서 선교단체를 통해 두 차례 단기선교를 다녀온 경험이 있었습니다. 선교마다 많은 은혜를 경험했고 넓은 세상을 보며 시야가 넓어졌기에 이번 선교 프로그램도 참여하고 싶었습니다.

하지만 선교를 준비하는 과정에서 기대감보다는 걱정이 많아지고 회의적인 마음도 생겨났습니다. 제가 기존에 경험했던 단기선교 프로그램들을 통해 기대하던 그림과는 사뭇 다른 모습으로 준비된다고 느꼈기 때문입니다. 의대, 치대, 간호대로 구성되면서 단과대도 모두 다르고 학년도 다르다 보니 서로 잘 몰라 서먹서먹한 분위기였고 일정을 봤을 때는 주로 선교사님들의 특강으로 이루어져 있었습니다. 하지만 하나님께서는 몽골 단기선교가 다가올수록 마음 한편에 저의 인간적이고 작은 생각을 넘어 더 큰 무언가를 보여주실 것이라는 마음을 심어주셨습니다. 그리고 하나님은 제가 생각하던 것 이상의 은혜를 보여주시고 경험시켜주셨습니다.

서먹했던 우리 팀은 몽골에 도착하고 얼마 지나지 않아 빠르게 친해졌습니다. 그리고 특별한 추억들이 많이 생겼습니다. 야간기차를 타고 가며 무서운 이야기, 첫사랑 이야기, 각자의 진로에 대한 이야기를 할 때는 마치 어렸을 때 수련회에서 밤늦게까지 이야기하며 밤을 지새우는 어린 아이들이 된 듯했습니다. 일주일 동안 함께 먹고 자고 교제하며 서로에 대해 알아갈 수 있었고 즐겁고 좋은 시간을 보냈습니다. 비록 단과대가 다르고 앞으로 가게 될 직업이 다를지라도 모두 함께 어우러져 친해지면서 단기 선교 투어가 모두에게 더욱 의미 있던 시간이 될 수 있었던 것 같습니다. 우리 팀은 선교 투어라는 명목하에 꾸려진 팀이었지만 대부분이 기독교인이 아니었습니다. 그런데도 모든 친구가 일정에 적극적으로 참여하고 선교사님들과 만남에도 어려워하지 않고 마음을 열고 참여해준 것에 감사했습니다. 또한 점차 기독교에 대해 긍정적인 마음을 가지게 되는 친구들의 모습을 보면서 신기하고 감사했습니다.

선교 투어 기간 동안 저희는 부족함 없이 몽골을 여행했고 일반적인 여행에서 경험하지 못할 많은 것들을 얻어갈 수 있었습니다. 그중 하나가 바로 제가 걱정하던 선교사님들의 특강이었습니다. 처음에는 몽골까지 왔는데 강의를 들어야 하나 싶었지만 그 어떤 시간보다도 뜻깊은 시간이었습니다. 선교사님들께서는 몽골에서 오랜 기간 사시면서 몽골과 몽골 사람에 대한 관심을 가지고 일해오신 분들이셨기 때문에 선교사님 한 분 한 분이 몽골의 역사와 문화, 그리고 몽골인의

가치관에 대한 살아있는 교과서 같았습니다. 선교사님들의 특강을 들으며 몽골에 대해 많은 것들을 배울 수 있었습니다. 몽골 사람들이 우리와 비슷한 외관을 가지고 있지만 유교문화에 젖어있는 우리와 달리 유목민의 가치관을 따르고 있다는 것도 처음 알게 되었습니다. 몽골의 풍경을 보고 여행하는 것에서는 느끼지 못했을 '진짜 몽골'의 모습에 대해 선교사님들의 삶을 들으며 알 수 있었던 시간이 아니었나 싶습니다. 또한 현지 선교사님 댁에 머물며 몽골 사람들이 먹는 음식을 먹고 그들이 사는 집에서 자보기도 하면서 직접 경험하는 기회도 가졌습니다.

개인적으로 선교 투어에서 무엇보다도 뜻깊었던 시간은 선교사님들과의 만남이었습니다. 이런 기회가 아니었다면 만나 뵐 수 없었을 선교사님들을 만나 뵙고 함께 이야기할 수 있어 좋았습니다. 모두 선교사라는 같은 이름으로 불리지만 선교사님들이 살아가시는 삶의 길들은 매우 다양했습니다. 병원을 세우시고 그를 통해 복음을 전하시는 분도 계시고, 몽골 내 의료체계를 구축하시며 몽골의 의료사회를 증진하시는 일을 하시는 분도 계셨습니다. 후학들을 양성하시는 분, 몽골인과 직장동료들을 대상으로 사역하시는 분 등등 정말 선교사님 한 분 한 분마다 맡으신 사명이 독특하고 달랐습니다. 단순히 모든 걸 포기하고 복음을 전하는 일만 선교가 아니라, 선교지를 사랑하고 그곳 사람들을 사랑하며 일이라는 수단을 통해 그들을 돕고 그들에게 복음을 전하는 것도 선교라는 것을 알게 되었습니다. 공통된 목적일지라도 그 과정에서 하나님께서 각자에게 주시는 은사를 발휘하고 계신다고 생각했습니다. 하나님께서는 선교를 통해 선교사와 그를 통해 복음을 듣는 모든 사람을 하나님의 선하신 계획 가운데 두시며 그 계획을 실행하시는 분이시라는 것, 끊임없이 돌보며 일하고 계신다는 것을 선교사님들의 삶을 통해 느낄 수 있었습니다.

선교사님들 중에 특히 몽골을 정말 사랑하시는 분이 계셨습니다. 제가 예전에 활동하던 선교단체 출신의 선교사님이라 만나 뵙게 되어 더욱 기쁘고 반가운 분이셨습니다. 선교사님께서는 몽골을 너무 사랑하신 나머지 이제는 본인이 한국 사람보다는 몽골 사람처럼 여겨지신다는 이야기를 하셨습니다. 그리고 실제로 뵐 때도 몽골인과

닮았다고 생각했습니다. 정말 무언가를 사랑하면 닮아가고 가까워지나 봅니다. 그리고 저를 돌아봤을 때 나는 누군가를 정말 사랑해본 적이 있는가, 지금은 정말 무언가를 사랑하고 있는가라는 질문이 생겼습니다. 성경에서는 그리스도인은 예수님을 사랑해야 한다고 말하지만, 예수님을 사랑한 적이 없었음에 마음이 찔렸습니다. 그리고 내 이웃을 한 명도 진정 사랑해본 적도 없던 것 같았습니다. 하나님을 사랑하고 몽골인을 정말로 사랑하는 선교사님을 보며 저도 그런 사람이 되고 싶다는 생각이 들었습니다.

평소 치과대학이라는 폐쇄된 사회 안에서 지내다 보니 시야가 좁아지고 꿈을 꾸기보다는 현실에 맞춰 미래를 그려나가고 있었습니다. 신앙의 영역에서 처음 품었던 마음을 지속시키고 하나님의 부르심을 기대하기보다, 현실에 맞춰 적당히 살아가는 삶을 기대하는 미지근한 신앙이 되어가고 있었습니다. 그런데 이번 선교 투어에서 선교사님들과 만나면서 믿음을 잃어가고 있던 신앙의 영역들이 회복되는 것을 느꼈습니다. 회의적이고 미지근했던 마음에서 점점 나를 향한 하나님의 부르심이 궁금하고 기대되는 마음으로 바뀌었습니다. 선교 투어에서 그러셨던 것처럼 제가 바라보는 작은 생각을 넘어 하나님이 계획하시고 부르시는 길이 기대되었습니다. 앞으로 다시 학생의 자리에 돌아와 살아가겠지만 몽골 선교 투어에서 느꼈던 기대감을 잃지 않고 계속해서 붙들며 하나님께서 부르실 자리를 향해 기도하고 기대하며 찾아가고 싶습니다.

몽골, 의료선교
그리고 나

이혜령(연세대학교 간호학과)

평소 간호대학 공지사항을 자주 확인하지 않는 내가 지원모집 마감 전 모집 공고를 확인한 건 흔치 않은 일이었다. 이번 선교 투어 참가자 모집 공고를 보았을 때 고민하지 않고 지원서를 바로 쓰기 시작했었다. '몽골', '의료', '선교' 이 세 가지 단어가 나를 사로잡았던 것 같다. 항상 가보고 싶은 나라였지만 꿈만 꾸고 있었던 몽골에 방문할 수 있다는 것, 내가 전공하고 있는 간호와 관련이 있다는 것, 그리고 말로만 들을 수 있었던 선교를 직접 체험할 수 있다는 것, 이 세 가지가 나를 움직인 가장 큰 이유였던 것 같다.

참가신청 후 면접을 거쳐 참가 자격을 얻게 되면서 굉장히 설레었다. 이번 선교 투어를 기다리면서 가장 기대했던 것은 의료선교에 대한 부분이었다. 사실 어렸을 때부터 교회에 다니면서 가끔 선교사님들을 뵐 수 있는 기회가 있었다. 그럴 때마다 어떤 일을 하시고 그 나

의료인을 꿈꾸는 연세인들, 세계를 품다

라에서 어떤 역할을 하시며 어떤 방법으로 선교를 하시는지에 대해 간략하게 선교사님의 설명을 통해 알 수 있었지만, 선교사님의 말씀으로만 전해 듣는 이야기여서 내 머릿속에 그려지는 선교활동과 그 나라의 생활 등의 이미지가 선명하게 그려지지는 않았었다. 또한 내가 교회생활을 하며 접할 기회가 있었던 선교사님들은 모두 의료선교가 아닌 다른 방법으로 선교를 하시는 분들이었다. 그래서 이번 기회를 통해 선교란 무엇인지, 어떻게 이루어지는지, 의료선교사분들은 특별히 어떤 역할을 하시는지에 대해 직접 보고 들을 수 있을 것이라 생각했다. 또한 의료선교 뿐만이 아니라 가까운 듯 먼 나라인 몽골에 대해서도 알고 싶었다. 몽골하면 떠오르는 단어는 양고기, 게르, 사막이 전부인 나에게 몽골은 베일에 싸여 있는 미지의 나라이기도 했고, 몽골이라는 나라가 주는 낭만적인 느낌이 실제 내가 몽골에 갔을 때 어떻게 와 닿을지 궁금했다. 더불어 몽골에 의료선교로 가게 되었기 때문에 단순히 몽골의 문화와 생활에만 관심을 가지는 것을 넘어 몽골이라는 나라의 의료시스템은 어떤지, 어떤 문제점들을 안고 있는지, 몽골에서의 특징적인 건강문제는 무엇인지에 대해서도 알 수 있으리라 생각했다. 특히 우리나라가 아닌 다른 나라에서 관광이 아니라 그 나라의 의료시스템에 관심을 가지고 그 나라에 가는 것이 처음이기 때문에 이번 선교 투어에 참가하는 마음가짐이 다른 때와 많이 달랐던 것 같다. 마지막으로 이번 선교 투어에 기대했던 것은 내가 어떻게 변화할 수 있을지에 대한 것이었다. 사실 고등학교를 졸업한 이후 나의 신앙에 관한 부분이 전보다 많이 약해졌다고 생각했다. 고등학생 시절의 절박함이나 간절함들이 대학생활을 하면서 많이 사라지게 되고, 그러면서 전보다 신앙생활을 게을리 하고 안일하게 생각하게 된 것 같다는 느낌을 많이 받고 있었다. 그래서 이번 선교 투어를 통해 선교사님들을 만나고, 그분들의 삶을 보고 그분들의 이야기를 들으며 나의 신앙에 대한 부분들을 회복하고, 더 나아가 성장하고 변화할 수 있으리라 생각했다. 이러한 기대를 안고 드디어 8월, 몽골 의료선교 투어를 시작하게 되었다.

몽골에서 일정을 소화하면서 다양한 경험을 하고 많은 것을 느낄 수 있었다. 그중에서 가장 기억에 남는 것은 역시 선교사님들의 열정이었다. 몽골에서 그분들의 의학적 지식을 이용해 몽골 사람들의 건강을 증진하고 몽골의 의료시스템을 향상시키기 위해 노력하시며, 그 과정에서 선교를 하시는, 그러면서도 지치지 않는 모습이 인상적이었다. 그분들의 그런 열정적인 모습을 보며 어떤 것들이 그분들을 지치지 않게 하는지, 그분들을 움직이는 원동력인 하나님의 부르심에 대해서 생각해보게 되었다. 더불어 조금만 생활이 바빠져도 쉽게 힘들어하는 나의 현재 모습과 습관적으로만 교회에 나가는 신앙생활, 그리고 나의 연약한 신앙에 대해 반성하게 되었다. 그랬기에 선교사님들의 말씀을 들을 수 있던 것은 내게 값진 경험이었다. 선교와 관련한 말씀 중 기억에 남는 것은 선교라는 것이 복음을 전파하는 것이 아니라 기독교에 대한 생각을 조금이라도 긍정적으로 바꾸어 놓는 것, 행동으로 보여주는 것 모두가 선교라는 말씀이다. 그리고 한 선교사님께서 몽골에 관한 이야기들을 해 주실 때 '우리 몽골'이라고 계속 말씀

의료인을 꿈꾸는 연세인들, 세계를 품다

하시며 몽골에 대한 애정을 가지고 몽골과 몽골 사람들에 대한 깊은 이해를 바탕으로 선교에 관한 이야기를 해주신 것도 기억에 남는다. 그 과정에서 선교사님들이 선교를 어떻게 생각하는지, 선교를 하시는 이 나라에 어떤 마음을 가지고 계시는지에 대해 알 수 있었다.

로버트와 메를린 선교사님을 만났던 일은 내게 포근하고 좋은 기억이다. 셀렝게라는 울란바토르와는 꽤 멀리 떨어진 지역에 버스를 타고 선교사님 댁으로 찾아가 선교사님들과 하루를 보냈다. 그분들은 밤늦게 도착한 우리를 밝게 맞아주셨고 우리는 그곳에서 늦은 시간까지 서로를 알아가는 시간을 가졌다. 하루 동안 그 집에서 머물게 된 우리를 위해 아늑한 잠자리와 맛있는 식사까지 준비해주셔서 정말 감사했다. 그곳에 머무르며 부부이신 두 선교사분의 이야기를 들었는데 그 내용이 기억에 많이 남았다. 로버트 선교사님은 셀렝게에 머무르시며 농업을 이용한 선교를 하신다고 했다. 선교사님께서 우리와 함께 이동하시면서도 새로운 과일이 열린 것을 보시며 탐구하시는 모습이 행복해 보이셨다. 메를린 선교사님께서는 셀렝게 지역을 함께 다니면서 소개를 해주셨는데, 우리의 인원이 많아 한 번에 움직이는 것도 쉽지 않고, 비도 갑자기 와서 많이 힘드셨을 텐데 계속해서 밝은 표정과 목소리로 대해주셔서 감사했다. 하루 동안 옆에서 보았던 두 분은 항상 밝은 에너지가 넘쳤고, 즐거워 보이셨다. 마지막 날, 우리에게 몽골, 그중에서도 셀렝게라는 지역까지 오게 된 이야기를 해주시며 부르심에 관해, 그리고 그 신비함에 관해 말해주실 때 많은 감동을 받았다. 확실한 신념과 목적, 열정을 가지고 살아가는 그분들의 행복

한 모습이 부러웠다.

몽골의 변화하는 의료시스템에 관해서 인상 깊게 들었던 내용 중 하나는 EHR에 관한 것이 있었다. EHR에 대한 설명을 해주신 의료선교사님께서는 EHR을 EMR의 진화된 버전이라고 하셨다. 그 이유는 EHR은 EMR보다 더욱 통합적으로 한 개인의 건강을 관리할 수 있는 시스템이기 때문이다. EMR을 사용하는 한국에서도 EHR을 도입하려는 노력이 있었으나 병원 간 정보 공유 등의 문제로 반대에 부딪혀 도입하지 못했던 과거가 있었다고 하셨다. 그런 EHR을 의료선교사님께서 한국에서의 시행착오를 바탕으로 몽골의 의료시스템에 성공적으로 도입하려 하신다고 했다. 이 이야기를 듣고 우리나라의 의료선교사님께서 의료 시스템이 제대로 갖추어지지 않은 한 나라에 와서 진보된 지식과 기술들을 이용하여 초기 단계부터 계획적으로 발전된 형태의 시스템을 구축하여 그 나라 국민의 건강 증진에 기여한다는 사실이 의미 있었고 개인적으로 나에게 굉장히 도전이 되었다.

몽골에서 느끼고 체험하는 활동도 즐겁고 의미 있었다. 처음 몽골 음식을 실제로 보았을 때 들었던 생각은 고기가 정말 많다는 것이었다. 과장하지 않고 식탁 위의 모든 요리에 고기가 대부분을 차지했다.

의료인을 꿈꾸는 연세인들, 세계를 품다

몽골은 야채보다 고기가 훨씬 가격이 저렴하다고 들었던 것과, 몽골에서 식당의 메뉴로 야채 국이 있었는데 실제로 보니 상당한 양의 고기가 들어있고 야채가 함께 들어간 국이었다는 이야기를 들었던 것을 다시 상기하게 되었다. 내가 실제로 먹었던 모든 메뉴들은 모두가 생각했던 것 보다 양이 항상 많았고, 특히 고기의 양이 많았다. 그래서 몽골 사람들은 우리가 생각했던 것보다 더 많은 양을 먹는 건가, 라는 생각도 했다. 몽골에서 맛본 고기 종류 중 양고기를 가장 쉽게 먹을 수 있었는데, 확실히 우리나라에서 접할 수 있었던 양고기랑은 맛이 달랐다. 식사를 한 후에 그 이유에 대해 선교사님으로부터 이야기를 들을 수 있었다. 몽골과 한국의 양고기 맛의 차이는 두 나라의 양을 손질하는 방식에 있었다. 몽골 사람들이 양을 잡는 방식은 양의 몸에 있는 큰 혈관을 자른 상태로 양의 몸에 피를 가두어 고기에 피가 빠지지 않게 하는데 반해 우리나라는 양을 잡는 방식이 몽골과 다를 뿐 아니라 요리 전 양고기를 물에 오랜 시간 담가서 고기의 핏물을 다 제거한다는 것이다. 그런 전통에서 기인하여 몽골 사람들은 고기에 피가 배어서 나는 그 향과 맛을 즐겨서 몽골의 양고기를 맛보았을 때 그 특유의 향과 질감이 있었다. 나는 운이 좋게도 그런 몽골의 양고기 요리가 생각보다 입에 잘 맞아서 맛있게 음식을 먹을 수 있었다.

몽골의 문화에 대해서 듣고 직접 볼 수 있던 것도 좋은 경험이었다. 몽골의 대표적인 문화로서 가장 자세하게 들었던 내용은 몽골의 게르, 유목생활, 현재 울란바토르의 모습 등이 있었다. 셀렝게에서 실제 거주할 수 있는 게르에 들어가 볼 기회가 있었는데 밖의 날씨가 다소 쌀쌀했음에도 불구하고 내가 생각했던 것보다 게르 안은 안락하고 따뜻했었다. 게르를 가지고 이동하면서 유목생활만을 주로 했던 몽골 사람들은 현재에도 유목생활을 하며 요즘 들어 사회가 변화하면서 반유목 생활을 하는 경우도 많아졌다고 하였다. 이렇게 유목생활을 하는 이들의 문화는 현재 몽골 사람들의 직업에도 많은 영향을 끼치게 된다. 과거부터 유목생활을 하며 가축들을 돌보는 일을 주로 남자가 했는데 그것이 현재까지 이어져 보통 전문직에는 여성들이 많이 종사하며 의료계에도 의사의 경우 여자가 약 80%, 간호사의 경우 약 70%라는 높은 비율을 차지한다고 한다. 몽골의 전통적인 문화와 그에 기인한 현상뿐만 아니라 현재 몽골의 상황에 대해서도 이야기를 들을 수 있었다. 사회가 변화하면서 마치 우리나라의 서울처럼 최근 울란바토르로 많은 사람이 몰리며 높은 건물들이 생기고 울란바토르 외곽에 사람들이 집을 짓고 살고 있다고 한다. 그런데 이 외곽에 집을 짓는 상대적 빈곤층이 겨울에 땔감이 없어 적절하지 못한 땔감인 타이어 등을 태우며 공기 오염이 심해지고 있다는 이야기를 듣기도 했다. 몽골 사람들의 문화와 생활에 대해 듣고 그것이 현재 몽골 사회에 끼치는 영향에 대해서 보고 들으며 몽골을 잠시 다녀가는 것에 그치는 것이 아니라 몽골을 이해할 수 있게 된 것 같아 좋았다.

이번 선교 투어를 통해 많은 내용을 알고 느낄 수 있었고 한층 더 성장한 것 같다. 많은 의료선교사님들을 만나며 그분들의 열정을 직접 느끼고, 나 또한 많은 내용을 배워서 도움이 필요한 사람들을 돕고 주님께 쓰임 받을 수 있는 사람이 되고 싶다는 생각을 했다. 또한 내가 처음 간호학과를 지원하고 입학할 때 했던 다른 사람에게 도움이 되고 싶다는 생각을 다시 떠올릴 수 있게 되었다. 더불어 앞으로 학교를 졸업하고 어떤 일을 하며 살아야 할지에 대해 하나의 가능성을 새로 열어두고 고민하게 되었다.

몽골을 체험하면서 내겐 베일 속 미지의 나라였던 몽골에 대해서 많은 것을 알 수 있었다. 그 나라의 음식과 풍경뿐만 아니라 선교사님들의 말씀과 견학을 통해 몽골사회와 문화에 대해 전반적으로 이해할 수 있었으며 특히 몽골 의료부문의 현실에 대해 알게 되어서 의미가 컸고 즐거웠다. 몽골이 당면한 의료문제에 대해 우리나라와 비교하며 의료 환경의 향상을 위해 어떤 일들을 하시는지 보고 들으면서 내가 그동안 가지지 못한 방향에서 몽골과 우리나라의 의료 환경에 대해 바라볼 수 있게 되었고, 간호사로서 이곳에서의 나의 역할은 무엇일까에 대해 고민하면서 많은 공부가 되었다.

몽골로 의료선교 투어를 다녀오게 된 것은 정말 행운이었다. 이러한 기회를 만들어 주시고 함께 여행하며 많은 도움을 주셨던 목사님, 낸다, 선교사님들, 그리고 함께 선교 투어에 참가하여 일주일간 즐겁게 지냈던 언니, 오빠, 친구, 동생에게 감사의 인사를 전하고 싶다.

몽골 의료선교로 인해 타오르는 몽골 의료 발전의 희망의 불씨

황석하(연세대학교 치과대학)

어렸을 때부터 신앙을 가졌지만 내게 있어 선교는 가끔 한국에 오시는 선교사님들에게서 듣는 개념이 전부였다. 하나님의 강권적인 부르심을 받은 특별한 분들의 영역이라는 생각을 했다. 정치, 경제, 사회, 문화, 종교 등 같은 것이 전혀 없는 낯선 타국으로 떠나 한국에서의 안락한 삶을 포기하고 좁고 어려운 길을 걷는 선교사님들을 대단하다고 생각했지만 그들의 삶을 직접 보며 경험할 기회는 지금까지 없었다.

의료인의 길을 걷게 된 이후로 내가 가진 달란트, 즉 의학적 지식과 기술을 하나님을 위한 도구로서 사용하겠다는 생각을 하면서 의료선교에 관심을 가지게 됐다. 2년에 한 번씩 열리는 의료선교대회나 의료선교와 관련된 세미나와 예배 등에 참석했었고 여러 의료선교사님들과 이야기를 나눴다. 하지만 역시 간접적
인 체험이었기에, 기회가 된다면 그분들의
삶을 현장에서 살펴보고 싶은 바람이 있었
다. 그러던 중, 연세대 원목실에서 주관하는
몽골 의료선교 투어가 있다는 소식을 듣고
하나님의 은혜로 가게 되었는데, 이렇게 내
게 정말 필요했던, 은혜가 가득했던, 짧고도
강렬한 경험이 될 줄을 예상하지 못했다.

　인솔 목사이신 신광철 목사님을 포함한 우리 12명 일행은 연세의
료원 파견 몽골 의료선교사이신 소아과 전문의 최원규 선교사님의
안내를 받으면서 6일을 보냈다. 선교사님께서는 선교 투어 취지에 부
합하는 알찬 계획과 세심한 배려로 우리를 맞이해주셨다. 하루에 한
명 이상의 몽골 의료선교사님들을 만나면서 의료 현장과 삶의 현장
을 보고 경험했고 선교사님들이 준비하신 특강들을 통해서 여러 가
지를 배우는 시간을 가졌다. 또한 몽골이라는 나라를 물씬 느낄 수 있
는 명소들도 방문했다.

　우리 일행을 만나는 선교사님들께서 공통으로 궁금해 하셨던 것은
도대체 몽골에는 왜 왔냐는 것이다. 대부분 몽골에 오는 팀들은 단기
선교를 위해서 또는 몇 달 정도 머물면서 몽골에서 특정한 일을 하기
위해서 오는데 6일이라는 짧은 시간에 별다른 일을 하지 않으면서 왔
으니 궁금한 것도 당연하다. 그 답변은 우리 모임의 이름에서 찾을 수
있다. 의료선교 투어 6일 동안 의료선교의 현장을 보면서 비전을 키

우고 동시에 몽골이라는 나라를 체험하는 투어라는 것이다. 취지에 맞게 잘 선정한 모임 이름이다. 선교사님들을 만나면서 나누었던 이야기와 현장을 보면서 느끼게 된 '선교'에 대한 생각과 우리나라와 전혀 다른 문화와 환경을 가진 몽골이라는 '나라'에 대해 짧았지만 강렬하게 느꼈던 소감을 전달하고자 한다.

선교에 대하여

8월 14일 오전에 몽골 국립의과학대학에서 최원규 선교사님 특강을 시작으로 선교사님들과 우리 일행의 만남의 문을 열었다. 최 선교사님으로부터 가장 기억에 남는 것은 '선교의 정의'였다. 복음을 알지 못하는 타국의 사람들에게 복음을 전달하고 예수님을 영접시키는 것이 선교의 주요 역할이라고 생각했다. 물론 그것이 선교의 주요한 역할이 맞다. 하지만 복음이 들어가기에 앞서 그 나라 사람들의 마음의 문을 열고, 친숙하게 만드는 작업도 넓은 의미에서 선교에 포함된다는 것을 알았다. 밭에 씨앗을 심기 전에 땅을 개간하거나, 좋아하는 사람에게 고백 전에 선물이나 호의를 표시함으로 호감을 얻는 것과 마찬가지 이치이다. 많은 의료선교사님들께서는 본인들의 의술을 가지고 몽골인들의 마음을 얻는 일을 오래전부터 해오셨고 그 결과 오늘날 몽골 선교에 있어 비옥한 땅을 마련해 놓으셨다. 그 터전 위에 세워진 몽골 선교의 앞날이 밝고, 미래에는 큰 결실을 맺어 이어갈 것을 알 수 있었다. 두 번째 기억에 남는 것은 하나님의 부르심에 순종

하는, 진정한 행복을 누리는 삶의 모습이었다. 선교사님은 처음에 몽골에 오셨을 때, 예수님을 영접한 상태는 아니셨다고 한다. 하지만 이미 계셨던 많은 목회자분들과 선교사님들과의 성경공부와 교제를 통해 이들을 부르신 하나님에 대해 호기심이 생기셨고 그것을 찾아가는 과정에서 자신을 부르신 하나님을 만나셨다. 선교사님은 믿음이 없었던 30년 전과 믿음을 갖게 된 이후의 20년의 삶은 완전히 달라졌다고 고백하셨다. 모든 것을 하나님께 맡기고 하나님 뜻을 구하면서 순종하는 삶에서 선교사님은 진정한 행복을 누리고 계셨고 실제 고백에서 우러나오는 진심 속에서 그 사실을 충분히 알 수 있었다.

저녁에는 아가페병원에서 만난 감염내과 전문의이신 김정용 선교사님과 함께 저녁 식사 장소로 이동하여 식사 이후 선교사님의 특강을 들었다. 인상 깊었던 부분은 개성공단에서 의료선교 하셨던 이야기였다. 자존심 높은 북한 사람들 마음의 문은 쉽게 열리지 않았다.

▌국립의과학대학에서 최원규 선교사님 특강

특히 북한 측 의사들에게 가르치거나 선량을 베푸는 느낌을 주는 경우에는 그들로부터 안 좋은 감정을 샀다고 한다. 선교사님께서는 그런 그들의 마음을 열기 위해 먼저 낮은 자세로 다가가셨다. 100% 치료를 마친 북한 사람을 북한 의사에게 인계할 때, 30% 정도 응급치료한 것이니 케어 잘 부탁 한다는 식으로 말하면서 그들의 공을 높이고 자신을 낮추셨을 때, 북한 의사들이나 환자들도 조금씩 선교사님의 마음을 알아주면서 관계가 개선되었다고 한다. 선교 중에서도 특히 의료선교의 경우, 해당 나라의 의료 수준과 의료선교를 진행하는 선교사와의 의료 수준에는 격차가 있게 되는데, 의료선교사가 이 부분에 있어 우위를 두고 접근하는 것이 아니라 동등한 입장에서 접근하여 의료 서비스를 제공, 공유할 때 더 효과적인 의료선교가 이루어질 수 있구나 알게 되었다.

▌국립의과학대학에서 채영문 교수님 특강

의료인을 꿈꾸는 연세인들, 세계를 품다

15일 오전에는 몽골 국립의과학대학 안에 있는 보건진흥원의 채영문 교수님을 만났다. 채 교수님께서는 몽골에서 다양한 일을 하고 계셨는데, 그중 기억에 남는 것은 몽골 전자의료체계를 위해 힘쓰고 계신 부분이었다. EHR, EMR, Mobile Health 등 다양한 영역이 있었는데, 우리나라에서 잘 안 되고 있는 부분이 몽골에서는 이루어지고 있다고 하셨다. 직접적인 의료 서비스를 제공하는 분야는 아니었지만 몽골 의료 전반에 걸쳐 매우 중요한 일을 하고 계셨다. 의료선교의 다양한 방법과 분야 등에 대해서 생각해보는 시간이었다.

　　16일 오전에는 수흐바타르시 중앙병원을 방문하여 몽골인 의사 처커와 그의 부인 아료나를 만났다. 이날이 아료나의 생일이었는데, 두 분 내외를 우리 일행의 점심식사에 함께 초대하여 생일을 축하해주었다. 3개국의 세 명의 선교사님 가족들이 모인 광경에서 선교의 다른 모습을 발견했다. 선교라는 사명 아래 모인 각국의 선교사들의 협력하는 모습이 인상 깊었다. 때로는 말도 정확히 안 통할 수 있고, 문화도 다르고 많은 부분에서 마찰이 있을 수 있음에도 불구하고 친구 이상의 의미로 힘이 되고 도움을 주고받고 있었다. 자기의 길만을 걷는 편협적인 모습이 아니라 협력하여 하나님의 뜻을 이루어 선을 행하는 자세가 보기 좋았다. 이 또한 하나님이 주시는 선교의 축복이라는 생각이 들었다. 공용어로써 영어를 많이 사용하는데, 선교를 위해서는 섬기는 나라의 언어뿐만 아니라 영어는 기본적으로 익혀두어야 할 능력이라는 생각도 했다.

　　17일 저녁에는 이비인후과 전문의 한영훈 선교사님과 중국식 샤브

샤브를 먹은 뒤 숙소에서 특강을 듣는 시간을 가졌다. 가장 인상 깊었던 것은 마치 몽골인이라고 착각이 들 정도로 몽골을 사랑하시는 선교사님이라는 것이었다. 한국의 날씨보다 추운 몽골의 날씨가 본인과 잘 맞고 좋다고 하셨다. 몽골어도 매우 유창하게 말씀하셨다. 하나부터 열까지 몽골에 대한 사랑을 듬뿍 느낄 수 있었다. '우리 한국'이 아닌 '우리 몽골'이라는 표현을 자연스럽고 거리낌 없이 사용하시는 교수님이 진심으로 몽골을 마음에 품고 있음을 깊게 느낄 수 있었다. 이 마음은 갖고 싶다고 가져지는 것은 아닐 것이다. 내 주변의 사람도 사랑하지 못하는 모습을 발견하는데, 국적도 다르고 문화도 다른 타국 사람들을 진심으로 사랑할 수 있을까. 이 마음은 하나님이 주시는 사랑의 은사로만 가질 수 있겠다는 생각이 들었다.

한 교수님께서는 자신의 위치에서 여러 가지 일을 하고 계셨는데(교육, 진료, 예배, 제자 양육 등) 모든 것에 열정을 갖고 임하고 계셨으며 의학전문 지식을 계속 공부하시며 발전하고 계셨으며 이 모든 일에 자부심을 갖고 계셨다. 나라면 어땠을까 생각해 봤다. '20년 정도 몽골에 있었는데, 이 정도만 하면 되지…' 이렇게 안일하게 생각하진 않았을까. 뚜렷한 목적과 사명, 이것이 선교사님들의 공통적인 특징이었다. 흔들리지 않으며 일관적으로 자신의 일을 할 수 있는 선교사님과 그들을 사용하시는 하나님을 볼 수 있었다.

18일 몽골에서의 마지막 날 오전에는 울란바토르대학의 오가실 교수님을 뵈어 특강을 들었고 이후 MK(Missionary kids) school에 가서 선교사님 자녀분들의 교육 현장도 보고 학생들에게 구강교육을 했다.

❚ MK school에서 구강교육 실시

오 교수님 특강 중에서 알게 된 것은 몽골인의 특성이었다. 몽골인은 옮겨 다니는 유목 민족의 특성상 문자를 기록하고 책을 남겨두는 것에 익숙하지 않다고 한다. 그런 영향 때문에 학생들이 수업 시간에 필기를 안 하고, 학생들에게 책을 사서 읽히는 데 어려움을 느낀다고 하셨다. 일례로, 오 교수님이 몽골 간호대 학생들과의 첫 만남에서 나이팅게일 이야기를 꺼내셨는데, 학생들이 전부 나이팅게일에 대해 몰랐다고 한다. 오 교수님은 그들을 위해 몽골어 나이팅게일 책을 내셨다고 한다. 이외에도 몽골에서 의학용어의 정리를 위해 의학용어 사전도 발간하셨는데, 의학용어가 러시아어와 영어로 혼재 되어 혼란이 유발되기 때문이라고 하셨다. 그럼에도 불구하고 몽골 학생들의 학업 성취도가 높지 않은 것이 안타깝다고 하셨다. 여러 가지로 어려움에 있지만 인내와 끈기로 교육자의 길을 걷고 계신 오 교수님 역시 의료

▌ 울란바토르 대학에서 오가실 교수님 특강

선교사로서 자신의 사명과 본분에 충실히 임하고 계신 것을 느낄 수 있었다. 선교사로서 필요한 자질 중에 쉽게 좌절하고 포기하는 것이 아닌 열매가 맺힐 것을 기다리는 농부의 마음으로, 온유한 마음으로 인내하고 기다리는 것이 필요하다고 생각했다.

한국으로 떠나기 전, 최원규 선교사님께서 우리 일행을 저녁에 초대해주셨다. 선교사님의 가정은 매우 화목하고 평안이 가득한 느낌이었다. 손수 우리 일행을 위해 맛있는 저녁을 준비해주신 이윤경 사모님과 케이크를 만들어준 막내딸 미소한테 고마웠다. 최 선교사님의 가정의 모습을 보면서 하나님의 뜻을 위해 사는 선교사의 가정을 책임져주시는 하나님을 느낄 수 있었다. 주변에 살펴보면 가족 안의 여러 가지 문제로 힘들어 하는 사람들이 더러 있다. 한국의 이혼율이 50%를 육박하는 것도 취약한 상태에 있는 한국 가정의 모습을 나타

의료인을 꿈꾸는 연세인들, 세계를 품다

내고 있다. 이런 불행의 근본에는 하나님을 중심에 두지 않고 본인의 생각만 내세우는 이기적인 자세가 있는 것이 아닌가 생각한다. 선교사님들의 가정을 보면, 자연스럽게 가정의 중심에 하나님을 모시게 되고, 그럼으로써 가정이 하나 되고 서로를 이해하며, 여러 가지 어려운 상황도 함께 극복하는 아름다운 모습이 나타난다. 최 선교사님과 사모님께서 동일하게 고백하시길 하나님께서 몽골에 자신들을 불러 주신 것은 대박이라고 하셨다. 몽골 오기 전, 때로는 인간적으로 서로에게 실망도 하고 가정에서 행복도 느끼기 어려울 때가 있었지만 몽골에 오고 나서 온전하게 하나님을 따르는 삶을 살게 되니 하나님께서 가정을 회복시키고 행복을 다시 주셨다고 하셨다. 최 선교사님 부부가 인간으로서는 서로를 믿지 못하지만 그 안에 계신 예수님은 믿기 때문에 서로를 신뢰한다는 고백을 하신 것이 크게 와 닿았다.

이번 의료선교 투어는 그동안 간접적으로 느낀 부정확했던 선교에 대한 생각이 선교사님들의 삶을 몸소 느끼고 눈으로 보면서 값진 경험으로 바뀌게 된 소중한 시간이었다. 하나님께서 사용하고 계신 선교사님들을 보면서 다양한 측면으로 그들을 책임져주시고 이끌고 계심을 볼 수 있었다. 선교사님들이 세상에서는 얻을 수 없는 은혜와 축복과 행복을 누리고 있다는 것을 알게 되었다. 나 역시 의료인의 길을 걷는 자로서 재능과 달란트를 하나님을 위해, 복음을 위해 사용할 것이다. 그 방법과 모양은 아직 알 수 없다. 이번 선교 투어로 분명하게 발견한 것은 의료선교는 그 일을 달성하기 위한 매우 가치 있고 매력적인 방법 중에 하나라는 것이다.

몽골에 대하여

우리 일행은 여러분의 선교사님들을 뵙고 특강을 듣는 일정과 함께 몽골을 체험하는 일정도 가졌다. 유명 관광지를 방문하고 여러 몽골 음식도 많이 먹었다. 몽골의 사람, 종교, 역사, 의료 등의 이야기가 나올 때 집중하여 들었다. 이번 몽골 방문에서 아쉬웠던 점이 바로 관광이다. 몽골은 국토가 넓은 만큼 볼 것도 즐길 것도 많은 나라이다. 이런 나라에서 5박 6일은 관광을 위해서는 너무나도 짧은 일정이다.

몽골은 끝없는 초원이 펼쳐져 있고 사이사이에 게르와 그 주변으로 양과 소와 말이 평화롭게 풀을 뜯고 있었다. 도심에 갇혀 지내는 우리 12명의 일행에게는 매우 신선하고 재밌는 광경이었다. 16일에는 셀렝게 아이막에서 러시아 국경에 가 멋진 전망을 보았고 울란바토르로 돌아올 때 야간 침대열차를 탔는데 이것도 재밌는 경험이었다. 러시아 국경은 세 개의 강이 만나는 신기한 경관을 이루고 있었는데, 강을 중앙으로 국경이 이루어져 있었다. 강 넘어 러시아의 비옥한 밀밭이 끝없이 드넓게 펼쳐져 있는 게 보였다. 그 동안 갔던 몽골의 관광지는 나무가 많이 없었는데 여기에는 침엽수림이 넓게 펼쳐져 있었다. 그만큼 땅이 비옥하고 날씨가 좋은 곳이었다. 야간 침대열차도 색다른 경험이었는데 마치 해리포터에서 호그와트 급행열차를 탄 기분이었다. 아늑한 분위기에서 일행들과 밤늦게 이야기를 나눴던 추억은 아마 오랫동안 기억에 남아 있을 것 같다.

17일에는 '13세기 테마파크'에 갔고 18일에는 '테를지'에 갔는데 거

의료인을 꿈꾸는 연세인들, 세계를 품다

기로 이동하기 위해 울란바토르에서 약 2시간 넘게 고속도로를 달린 후 다시 초원을 달렸다. 비포장 초원을 버스로 달리는 기분은 정말 상쾌했다. (1시간 넘게 지속되니 사람에 따라 지루할 수 있다.) 기암괴석들로 이루어진 장관을 이루는 돌산들, 푸른 하늘의 몽실몽실한 흰 구름과 산뜻한 풀 냄새 그리고 쨍쨍한 햇볕이 이루는 콜라보는 몽골에 온 느낌을 물씬 풍겨주었다. 테를지에서는 말을 탔는데 쌩쌩한 말들이 아니라 관광객들에게 많이 시달린 말들을 타서 그런지 좀 더 역동적인 말타기는 될 수 없었지만 재밌는 경험이었다.

　우리 일행이 있는 동안 구름이 많이 끼어 있어서 밤하늘의 별을 보지 못한 것과 사막을 방문해 보지 못한 것이 아쉬웠는데 이것은 다음 몽골 방문에 하기로 마음먹었다.

몽골이라는 민족을 이해하기 위해서는 초원 위의 게르라는 원룸 가옥에 한 가족이 살며 유목생활을 한다는 점과 미신과 샤머니즘을 전통적으로 믿는다는 것을 기본적으로 알고 있어야 했다. 우리나라는 유교 및 농경문화에 기본을 둔 나라이다 보니 몽골과 비교했을 때, 많은 것에서 차이가 나타났다. 우리나라와 생김새는 매우 흡사하지만, 전혀 상반된 성격을 가진 국가라는 것이 흥미로웠다. 한반도의 약 일곱 배의 넓은 땅덩어리에 인구는 300만으로 국토면적에 비해 적지만, 가축이 3,000만이 넘는다. 몽골에는 싱글맘들이 많은데 대학교에서 여학생의 자녀들이 뛰어 놀기도 한다고 한다. 결혼을 아직 안 한 젊은 여성들이 아이를 일찍 갖는데, 이것은 문란해서가 아니라 문화 자체가 결혼보다는 아이를 갖는 것에 더 중요성을 느끼며 게르의 특성상 가족 안에서 어린 나이에 일찍 성에 눈을 뜨는 것에서 비롯된 것이라고 한다. 결혼식을 올리는 비용이 비싼 것도 한 이유가 된다.

종교적으로는 전통적으로 여러 신을 믿다 보니 기독교는 쉽게 받아들일 수 있지만 성경의 하나님이 유일한 절대자이시며 예수님만이 오직 구원의 길이 된다는 점을 받아들이지 못하고 여러 구원의 길 중에 하나라는 생각한다. 올바른 신앙을 방해하는 매우 치명적인 관념이라고 생각한다. 전체 인구의 7%가 기독교를 받아들였다가 최근 들어 3% 이내로 줄어든 것이 이런 몽골인의 다원주의적인 관점에서 비롯된 것이 아닌가 생각했다. 오랜 기간을 두고 원색적인 복음 전파가 되어야 몽골인의 내제되어있는 신앙적 한계를 극복할 수 있지 않을까.

의료인을 꿈꾸는 연세인들, 세계를 품다

의료선교 투어를 통해 많은 의료선교사님들을 만나는 가운데 여러 병원도 둘러보게 되었다. 국립의과학대학 부속 병원과 셀렝게 아이막 중앙병원(3차 의료기관에 속하는 병원), 아가페병원을 방문했다. 몽골은 러시아의 공산권 의료 체계를 많이 따왔는데, 우리나라로 치면 큰 지역 단위에서 작은 지역 단위까지 보건소가 잘 구성된 시스템이다. 하지만 단점이 있는데, 경제적으로 뒷받침이 안 되다 보니 의료의 질적 수준이 많이 열악하다는 것이다. 의료인의 봉급도 정부에서 지급하는 형태이다 보니 일반 샐러리맨의 수준에 머무르는 상황이었다. 우리나라보다 많이 뒤처진 의료 수준에 머물러 있는 느낌을 받았다. 3차 의료 기관인 대학병원의 상태도 크게 다르지 않았는데 이런 곳에서 의료선교를 하시면서 빛을 내고 계시는 의료선교사님들이 자랑스러웠

▌ 셀렝게 아이막 중앙병원에서

다. 몽골의 의학도 양성을 위해서, 정보화 시대에 부합하는 의료 시스템을 구축하기 위하여, 그 밖의 여러 방면에서 몽골 의료의 발전을 위해서 우리 의료선교사님들의 땀이 녹아들고 있었다. 우리나라 구한말 시대에 알렌과 에비슨을 통하여 서양 의학이 처음 들어왔을 때의 상황처럼, 지금은 미약하지만 후대에 큰 결실을 맺힐 것을 기대할 수 있는 희망의 불씨가 몽골에는 분명히 있었다.

이번 선교 투어를 통해 얻게 된 선교에 대한 그리고 몽골에 대한 나의 느낌 이외에 빼놓을 수 없는 아주 소중한 것이 있다. 바로 여러 의료선교사님과 친분을 갖게 된 것과 의대, 치대, 간호대의 서로 다른 전공 학생들과 친해지고 좋은 추억을 쌓은 것이 그것이다. 여러 선교사님들로부터 배운 귀한 경험과 또한 따뜻하게 반겨주셨던 마음들은 평생 잊지 못할 것이다. 또한 처음에는 어색하다가 금세 친해져서 밤새도록 이야기할 정도로 가까워진 우리 11명의 친구와 신광철 목사님, 모두가 이번 6일간의 비전 투어를 빛나게 해준 주인공들로서 고맙다는 마음을 전하고 싶다. 이런 소중한 인맥을 잘 유지하여 후일에 하나님의 일을 함에 있어 큰 버팀목과 동역자가 되어 주길 기도한다.

꿈을 되돌아보다,
몽골 의료선교

최다연(연세대학교 간호대학)

몽골 의료선교라고 하면 문득 떠오르는 작은 기억이 있다. 간호대학생들은 몽골 의료선교 프로그램에 지원하여 교수님과 면접을 봐서 선발되었다. 교수님의 질문에 열심히 대답하다가 한 질문에 대해 답변할 때 울었다. 그 질문은 선교를 꿈꾸게 된 계기에 대한 것이었는데 그 계기에 대해 떠올리면서 가슴이 먹먹해지더니 나도 모르게 왈칵 눈물이 쏟아졌다. 그래서 울먹이면서 내가 알고 받은 하나님의 사랑을 알지 못하는 다른 사람들에게 알려주고 싶다고 대답했던 기억이 난다.

눈물의 힘인지, 대답을 조리 있게 대답해서인지 이유는 모르지만 교수님께서는 몽골 프로그램에 참여할 수 있도록 뽑아주셨다. 이런 해프닝이 있어서 그런지 몽골 의료선교 투어가 각별하게 느껴졌다.

뿐만 아니라 의료 분야에서 같이 일할 의대와 치대, 간호대 학생들만으로 팀이 꾸려졌고, 투어를 떠나기 전 다 같이 모여 팀원들의 가지각색 프로그램 지원 이유를 들으면서 설렘과 기대감이 커졌다. 또한 평생 연관이 없으리라 생각한 나라인 몽골을 가게 되어서 비행기 타기 전 한껏 들떴었던 기억이 난다.

'몽골'이라는 단어를 듣고 떠오르는 이미지는 드넓은 푸른 초원, 그 초원을 뛰어노는 말과 양, 칭기즈 칸 등이었고 사실 떠나기 전까지 몽골이란 나라에 대한 지식이 별로 없었다. 인터넷을 검색해 봐도 흔히 관광목적으로 가는 국가에 비하면 정보가 턱없이 부족했다. 백문이 불여일견이라고 몽골은 멋진 곳이었고 몽골의 환경과 문화를 모두 경험하기엔 7일은 짧게 느껴졌다.

처음 칭기즈 칸 공항에 도착해 버스를 타고 울란바토르 시내에 진입했을 때 예상치 못한 풍경에 깜짝 놀랐다. 밤늦은 시각이었는데 사람들이 길거리에 많이 다니고 있었고 다들 생기가 넘치는 모습을 볼 수 있었다. 내 상상과 달리 매우 쾌적했고 불빛도 많아서 몽골에 대해 가지고 있던 편협한 사고를 떨쳐버릴 수 있었다. 그리고 이동하면서 몽골의 끝없는 초원을 보며 자연의 위대함을 느낄 수 있었는데 최고 정점은 프로그램 마지막 날 방문했던 테를지 공원이었다. 마지막 날 테를지 국립공원에서 잠깐 말을 탔는데 눈앞에 펼쳐진 초록빛 광활한 자연에 압도당했었다. 이렇게 아름다운 자연환경을 만드시고 볼 수 있도록 허락해주신 하나님께 감사드렸다.

몽골에서 사역하시고 계신 선교사님들의 이야기를 들으면서 많은 생각을 하게 되었다. 이분들이 하나님의 부
르심을 받고 기뻐하며 몽골에서 열심히 선
교활동을 하고 계시다는 것을 몸소 느낄 수
있었다. 낯선 환경과 언어, 문화 속에서 오
직 하나님을 위해 봉사하는 모습이 매우 아
름다워 보였다. 그리고 선교사님들이 타국
에서 수많은 시련과 어려움을 견뎌내고 몽
골 사람들과 함께 어우러져 사시는 것도 정말 대단하다는 생각이 들
었다.

　몽골의 수도 울란바토르에서 멀리 떨어진 수흐바타르에서 사역하
고 계신 로버트 선교사님을 만나 이야기를 들으면서 나를 몽골로 이
끄신 하나님의 뜻을 어렴풋이 알게 되었다. 간호대학에 오기 전에는
외교관이 되어 외국에서 일도 하고 봉사하며 선교활동을 하는 것을
꿈꿨다. 하지만 꿈을 향해 준비하면서 외교관의 해외 업무가 많기
때문에 봉사할 시간이 부족할 것이란 생각을 하게 되었고 이 전공을
살려 내가 해외에 어려운 사람들에게 직접적인 도움이 될 수 있을까
란 의구심이 들었다. 그러던 중 아픈 사람을 간호할 수 있는 능력이야
말로 개발도상국 사람들에게 필요한 것 중 하나가 아닐까 하는 생각
이 들었다. 예전부터 금전적인 도움은 간접적이며 개발도상국 사람들
을 빈곤에서 벗어나게 하는 데 실질적인 도움이 되지 않는다는 것을
느끼고 있었다. 또한 우리나라가 문호를 개방했을 때 해외 선교사님
들이 우리나라에 와서 힘쓴 분야가 교육과 의료였기 때문에 간호학

과에 오게 되었을 때 기뻤다.

하지만 로버트와 메를린 캐나다 선교사님은 의료분야가 아닌 농업 분야 쪽에 종사하면서 선교활동을 하신다는 것을 듣게 되었다. 이 이야기를 통해 꼭 의료나 교육 분야가 아니더라도 하나님의 사랑을 알리는 방법은 다양하다는 사실을 깨닫게 되었다. 로버트 선교사님은 대학교에서 농업을 전공하셨다. 현재 수흐바타르 셀렝게라는 척박한 땅에서 농작물을 심고 키우는 방법에 대한 강좌를 통해 몽골 사람들에게 알려주고 계셨다. 처음 로버트 선교사님이 몽골에 왔을 때 몽골 정부에서 거절당하는 어려움이 있었고 그로 인해 좌절도 했다고 하셨다. 그러나 몽골 선교에 대한 꿈을 포기하지 않으셨고 기회가 생겼을 때 농업에 대해 강의를 하게 되셨다. 이 강좌가 매우 유익하다고 판단한 몽골 정부가 선교사님을 인정해주었고 현재는 셀렝게에서 어떤 농작물을 어떻게 키울 수 있을 것인지 연구하고 강의도 하고 계신다. 그래서 몽골에 오기 전보다 더욱 더 행복하게 주어진 삶을 감사히 누리고 있다는 말씀을 들었다. 이 이야기를 통해 나를 간호학과에 보내 주신 하나님의 뜻이 무엇일지 생각해보게 되었고 교육과 의료 분야 전공만이 선교 활동에 도움이 될 것이라는 편협한 사고를 벗어나게 되었다.

'선교사라고 하면 존경하고 롤모델로 삼고 있는 고(故) 이태석 신부님이나 서서평 선교사님을 떠올리게 된다. 두 분 모두 의료 분야에서 종사하시면서 먼 타국의 열악한 환경 속에서 그 나라 사람들을 진심으로 사랑하고 그들에게 하나님의 사랑을 알리셨다. 어렸을 때 '울지

의료인을 꿈꾸는 연세인들, 세계를 품다

마 톤즈'라는 영화를 보고, 서서평 선교사님의 이야기가 담긴 신문기사를 읽으면서 '나도 커서 선교사님들처럼 열악한 환경 속에서 살아가는 사람들에게 하나님의 사랑을 베풀며 살고 싶다고 다짐했다. 그런데 셀렝게에 있는 로버트 선교사님 댁에 머물면서 물이 부족해서 한국에서처럼 잘 씻지 못하고 화장실도 친환경적이어서 자주 가지 못 하는 불편한 생활을 조금 해보니 안이한 생각을 하고 있었음을 깨닫고 반성하게 되었다. 자원의 부족함이 없이 자란 내가 과연 잘 입지도 먹지도 씻지도 못하는 타지에서 오로지 하나님의 부르심을 붙잡고 선교 활동을 할 수 있을지 걱정이 생겼다. 그래서 내 미래를 하나님께 맡기고 하나님의 부르심이 있을 때 순종할 수 있는 믿음을 허락해달라고 이제부터라도 기도로 준비해야겠다고 다짐하게 되었다.

수흐바타르의 도립병원을 방문했을 때 몽골의 간호사는 병원에서 어떠한 역할을 하고 있는지에 대해 조금 들을 수 있었다. 한 가지 놀랐던 점은 몽골에는 의사의 수가 간호사 수보다 많으며, 잠깐 들은 바로는 간호사의 독립성이나 자율성이 보장되어 있지 않고 수동적인 역할을 하는 듯 했다. 간호사 수가 부족하면 IV나 투약 등 기본적인 간호수행은 잘 이루어지고 있는지 물어보니 IV는 대부분 의사가 하는 경우가 많으며 내가 생각하는 기본적인 간호수행은 잘 이루어지는 것 같진 않아 보였다. 이런 이야기를 들으면서 투약 오류로 의료사고가 나면 책임은 누가 지는 것일까 하는 의구심이 들었다. 이것 외에도 도립 병원에는 MRI나 CT가 마련되어 있지 않아서 엑스레이로 병을 진단하고 있었다. 그래서 암이나 기타 질병에 대한 조기 발견이 쉽지 않겠다는 생각이 들었다. 그리고 수술실은 직접 들어가 보지 못했지만 무균술을 지키면서 수술이 진행되는지 후에 감염률은 얼마나 되는지 궁금해졌다.

병원 방문을 통해 예상했던 바와 같이 몽골의 의료분야가 우리나라에 비해 뒤쳐져 있다는 것을 눈으로 직접 볼 수 있었다. 그래서 아직도 우리가 도와주고 개선시켜 나갈 일이 많이 남아있다는 사실이 나를 설레게 했다. 수십 년간 많은 선교사님들이 몽골에 가서 의료분야를 발전시켜 왔을 텐데 아직도 발전의 여지가 있다면, 의료분야에서 몽골보다 더 낙후되어 있는 수많은 나라에는 많은 발전의 여지가 있다는 생각이 들었다. 그래서 훗날 지금 사역하고 계시는 선교사님처럼 간호 분야에서 내 역량을 펼치면서 선교활동을 하고 있진 않을까 상상을 하면서 병원 견학을 마쳤다.

이번 몽골 의료선교 프로그램은 내 삶의 목표와 가지고 있던 사고를 돌아보게 하는 뜻깊고 주옥같은 시간들이었다. 선교사님들께서 겪으신 이야기를 듣는 것이 매우 재미있었고 그분들의 삶을 직간접적으로 느껴볼 수 있었다. 선교사님들 모두 한국인이라고 말하지 않으면 현지인으로 착각할 정도로 몽골에 대한 애착이 많고 수용적인 태도를 갖고 계셔서, 나중에 선교활동을 할 때 어떻게 하면 타문화 사람들에게 다가가고 인간관계를 맺을 수 있을지 배울 수 있었다. 그리고 이 프로그램에 참여한 팀원들이 다들 성격이 밝아서 좋은 기억으로 남는다. 또한 의과대학생, 치과대학생들과 대화하면서 서로를 이해하게 되었고 프로그램 중간 중간 몽골 문화를 체험하는 시간이 있어서 매우 좋았다. 이 일정 동안 몽골인 낸다와 함께하면서 몽골 사람들이 정이 많고 남을 잘 도와주려고 하며 뒤탈이 없다는 것을 느꼈고 이로 인해 몽골에 대해 더욱 좋은 이미지를 갖게 되었다. 이 프로그램 기간에 아무 탈 없이 모두를 지켜주신 하나님께 감사드리며, 학생들을 지도해주신 신광철 목사님과 한국에서 기도로 응원해주신 정종훈 실장님, 그리고 이 프로그램을 짜고 학생들을 사랑으로 맞아주신 최원규, 이윤경 선교사님과 주옥같은 이야기를 말씀해주신 모든 선교사님께 정말 감사드립니다.

다채로운 매력을 가진 몽골에서
삶의 방향을 찾다

조안나(연세대학교 간호학과)

　　몽골 의료선교 투어는 여러 방면에서 매우 값진 경험이었다. 먼저 이곳에서 만난 여러 선교사님의 모습과 그분들이 해주신 이야기는 선교의 의미가 무엇인지 되짚어보게 했는데 '복음을 전파한다'라는 의미에서 확장되어 '하나님을 믿는 사람들은 어떤 삶을 사는지 보여주는 것', 또는 '이웃과 어우러져 하나님의 은혜를 나누는 것'이라는 개념으로 다가왔다. 선교에 대한 개념을 확장하면서, 그동안 신앙에 대해 조금 방황해왔던 혼란스러움을 정리하는 것에도 도움이 된 것 같다. 주변 사람들의 얘기를 들어보면, 무조건 '하나님을 믿으세요.', '교회 다니세요' 하는 말들이 다소 억압적이라는 의견이 있었고, 나 역시 이에 대해 이것이 올바른 것인가 하는 생각을 하고 있었는데, 몽골에서 선교사님들의 다양한 이야기를 들으며 넓은 의미의 선교에 대해 생각해봄으로써 조금은

의료인을 꿈꾸는 연세인들, 세계를 품다

정리가 되었다. 이와 관련하여 선교 투어 2일 차에 방문한 아가페병원은 의료선교사로서의 삶에도 관심을 가지게 된 계기가 되었다.

아가페병원은 비영리 혈액투석 병원이다. 이곳에서 만난 박관태 의료선교사님은 고려대학교 의과대학 교수직을 뒤로하고 2013년에 무작정 몽골로 오셨다고 한다. 몽골은 의료서비스가 대부분 국가에서 보험처리가 되어 아가페병원을 운영하는데 자금이 부족하였고, 이 때문에 울란바토르에서 성형외과를 운영하시면서 아가페병원이 지속적으로 비영리병원으로 남을 수 있도록 힘쓰시고 계셨다. 박관태 선교사님의 이야기를 들으며 '편안한 삶을 뒤로하고 어떻게 몽골까지 와서 의료선교활동을 하실까?, 정말 대단하시다'라는 생각을 하고 있었는데, 박관태 선교사님께서 이 모든 것이 "제가 좋아서 하는 일입니다. 지금이 훨씬 행복하고, 힘을 쭉 빼고 사니까 정말 편안합니다" 하고 말씀해주셔서 오랜 시간 의료선교활동을 해올 수 있던 것이 신앙의 힘이 컸기 때문이라는 생각이 들었다.

의료선교 투어를 통해서 얻은 소중한 것은 이러한 경험을 함께 나누었던 친구들이다. 처음 의료선교 투어를 위해 모였던 몇 번의 자리에서는 어색함에 '과연 의료선교 투어를 하는 동안 친해질 수 있을까?' 하는 의구심이 들었다. 비행기를 탈 때까지만 해도 다른 과 사람들은 어색해서 간호학과 친구들과 수다를 떨었는데, 몽골에 도착하니 생각보다 친해질 수 있었다. 처음 자기소개를 하고, 이번 의료선교 투어에 대한 마음가짐과, 신앙과 관련된 이야기를 듣다보니 각자 다양한 이야기를 가지고 있었고, 다른 사람들이 이 투어에 대해 어떤 목표를 가

지고 있는지 나눌 수 있어서 나의 마음가짐 또한 풍부해지는 계기가 되었다. 함께 음식을 나누고, 알찬 프로그램을 통해 다양한 경험을 나누면서 자연스레 금방 친해졌고, 나아가 의료선교활동에 대한 생각 또한 나눌 수 있었다. 프로그램 후반에는 몽골 테마파크에 갔는데 자연스레 코믹한 사진도 같이 찍게 되어 기억에 남는 순간이었다.

마지막으로, 의료선교 투어를 통해 앞으로 나의 삶이 어느 방향으로 나아가야 할지, 어떤 마음가짐으로 살아갈지 복잡했던 머릿속이 한결 정리될 수 있었다. 그동안의 나는 어떤 일에 대하여 조건적으로 감사하고, 좋지 않은 일이 생겼을 때는 낙담하며 방황하곤 했다. 좋은 일이 있으면 나의 운, 나의 능력이라 생각해서 때로는 자만한 태도를 보이기도 하고, 나쁜 일이 생기면 누군가를 탓하려 하는 좋지 않은 태도도 있었다. 무언가에 대한 감사함보다는, 의도하지 않게 좋은 일이 생길 때마다 자신감보다 자만함이 컸던 것 같다. 하지만 여러 선교사님을 만나 이야기를 듣고, 몽골에 있는 동안 목사님과 친구들과 감사한 마음을 나누면서, '주어진 것에 감사하며 살아가는 것'이 얼마나 마음을 편하게 하고 사소하게 여기던 것들에 관심을 갖게 하는지 몸소 깨달을 수 있었다. 매일 아침 다함께 기도하고, 식사 전에도 감사기도를 드리고, 하루가 끝난 후에는 생각들을 나누면서 마무리하는 일들이 사소하게 지나갈 수 있는 것들을 내 인식 안으로 끌어와서 감사할 수 있도록 만들었다. 기도를 드림으로써 나의 하루, 나의 삶이 풍성해짐을 느낄 수 있었다.

몽골 투어 마지막 날 밤, 그 동안의 나의 삶에 대해 생각해보았다. 좋은 일도 많은 만큼, 좋지 않은, 또는 내 맘대로 되지 않는 일들이 일어나기도 했다. 모든 일이 내 마음대로 될 수는 없지만, 한 번에 여러 절망적인 일이 다가올 때면 다시 일어설 힘을 잃기도 하고, 마음의 여유가 없어지기도 했다. 그동안 이런 일들이 생길 때면 어려움을 극복하고 딛고서는 것이 시간이 오래 걸리고 힘겨웠다. 그럴 때마다 기도를 드리면서 고민을 털어놓고, 의지하는 것이 나의 생각과 태도에도 긍정적인 영향을 준다는 것을 깨달았다. 모든 일들이 그 순간에는 절망적으로 다가오더라도 그것을 통해 한층 성장하고, 다른 노력들을 통해서 결국에는 발전할 수 있는 방향으로 이끌어 주신다는 것을 느끼게 되었다.

새로운 여행지였던 만큼 설레고 좋았지만 무엇보다 좋은 사람들과 멋있는 추억을 공유했기 때문에 몽골은 더욱 애틋한 곳으로 남을 것 같다. 몽골에 한 번 온 사람은 또 몽골을 찾게 된다는 말이 있다고 들었다. 몽골의 매력을 온몸으로 느끼기에 일주일이라는 시간은 다소 아쉬움이 남는다. 몽골을 다시 오게 될 것 같고, 그때는 더욱 성숙한 사람이 되어 오기를 다짐해본다. 끝으로 현지 사람들과 의사소통하는데 어려움이 없도록 여행하는 내내 도와준 낸다 씨와, 동행하서서 인솔해주신 신광철 목사님, 여행 일정을 계획해주시고 의료선교 투어를 의미 있고 풍부하게 만들어주신 최원규, 이윤경 선교사님 그리고 함께 값진 경험을 한 분들께 감사하다는 말씀을 전합니다. 정말 감사합니다.

3장

몽골
의료선교 투어를
마치면서

'아름다운 선'들과의 만남

최원규(의료선교센터 선교사)

우리 삶의 여정은 아름다운 선을 그리는 것과 같다. 하나님께서는 주권과 목적과 사랑으로 허락하신 환경 가운데 우리들을 두셨다. 정하신 때에 각자의 삶의 여정이 시작되고 진행되며 마무리되어지는 하나의 선과 같다. 모든 사람들이 독특한 배경을 가지고 자신만의 선을 그려간다. 형형색색의 선들이 있고, 굵고 가는 선이 있다. 빨리 가는 선과 천천히 그려지는 선이 있다. 곡선도 있고 직선도 있다. 선들이 그려지는 과정에 누군가를 만나고, 서로에게 영향을 준다. 함께 어울려가며 선을 그린다. 선은 스스로 그리는 것 같지만, 그려져 가고 있다. 그 선들의 여정에는 이야기가 들어있고, 또 앞으로 이야기를 써내려 간다. 하나하나의 선이 아름답다. 그 선들이 어울려 더욱 더 아름다움을 이룬다.

연세대학교 의과대학, 치과대학, 간호대학의 학생들이 몽골로 의료선교 투어를 오고자 한다는 연락을 받았다. 12명의 학생과 처음으로 만나는 기대와 설렘이 있었다. 그들에게 허락하신 배경은 어떠하고, 지나온 여정들, 앞으로 갈 길을 함께 나누고 싶었다. 몽골에 대부분 처음으로 방문하는 학생들에게 몽골의 문화와 몽골 분들의 삶을 소개할 수 있는 기회이기도 했다. 몽골에서 삶을 드리고 있는 여러 선교사들과 가족들, 크고 작은 사역들, 또 다른 삶의 모습을 나누고 싶었다. 내게 찾아오신 하나님, 지난 20년 동안 나와 나의 가족을 처음 가는 여정으로 인도하시고 동행하신 하나님을 소개하고 싶었다.

일주일간의 학생들의 일정을 준비한다. 다양한 조건 가운데 지금까지 지내왔고 제각기 다른 상황에 처해 있는 학생들에게 몽골에서 어떤 경험을 갖게 할 것인가, 하나님께서 원하시는 것은 무엇인지 여쭈며 기도하였다. 하나님께서는 몽골을 방문하는 한 명, 한 명에게 계획이 있으시다는 마음을 주셨다. 그들의 삶이 귀하고 아름답다는 생각도 주셨다. 몽골에 와 계신 여러 의료선교사님들의 삶과 만나는 기회, 몽골에서 일하고 계신 하나님의 손길을 느끼는 기회가 되리라 기대하였다. 또 몽골의 아름다운 자연에 드러난 창조주의 신성과 능력을 엿보게 하고 싶다는 소망으로 일주일간의 일정을 준비하였다.

학생들은 몽골에서 새로운 문화와 언어, 정치, 경제, 사회 구조를 만나게 된다. 생김새는 비슷하지만, 다른 배경과 역사를 지닌 몽골 민족을 포용적인 마음으로 이해하고, 관계를 맺어가는 것을 배우게 하

의료인을 꿈꾸는 연세인들, 세계를 품다

고 싶었다. 전혀 다르고, 다양한 사람들을 만나며 서로를 존중하는 것을 경험하게 하고 싶었다. 몽골은 연평균이 영하 1도로 세계의 수도 중에서 가장 추운 곳이다. 땅은 남한의 15배이나 인구는 남한의 1/15로 인구밀도가 매우 낮은 나라이다. 그중에 40% 정도는 울란바타르 수도에 머물고 있다. 세계에서 두 번째로 공산주의를 시작해서 1990년까지 70년간 사회주의 체재를 유지했던 나라이고, 티벳불교와 샤머니즘이 그들의 배경인 나라이다. 지난 25년 민주주의와 자본주의로 체재가 바뀌면서 겪었을 몽골 민족들의 커다란 변화와 어려움, 새로운 문제와 적응, 성공과 도전들을 조금이나마 공유하길 원했다.

이곳에는 각 분야에 와 있는 많은 선교사들이 있다. 선교사들이 신비에 싸여 있는 어떤 특별한 사람들이 아니라, 평범한 사람을 부르신 하나님이 위대하시다는 것을 보여주고 싶었다. 여러 선교사님들과 만나는 시간을 준비했다. 모두의 이야기가 다르다. 공통점은 이 이야기의 주인공은 그들이 아니라 하나님이시라는 것이다. 한 사람, 한 사람을 독특하게 대하시고, 독창적인 방법으로 인도하신다. 미국에서 온 로버트와 멜린 부부 선교사 가정을 방문하고, 몽골의 시골과 그들의 삶 속에 들어가 보는 기회가 있었다. 평범해 보이는 삶이지만, 그들의 삶에 향기가 있다. 작은 자를 귀히 여기며, 끝까지 섬기는 예수님을 닮은 삶을 보았다.

학생들이 자라 온 삶의 여정에 귀 기울였다. 그 삶을 바라보시고, 친밀하게 관계하길 원하시는 하나님의 심정으로 들었다. 학생들의 삶과 나의 삶이 겹쳐진다.

대략 지난 나의 50년 삶을 돌아보면, 두 부분으로 나누어진다. 처음 30년간은 하나님을 모르고 지냈던 시간들, 나머지 20년은 믿음으로 하나님과 동행하며 살고자 했던 삶이 있다. 전혀 다른 두 종류의 삶을 살았다. 마치, 컴퓨터의 운영체계(OS, operating system)를 바꾼 것 같았다. 1) 내 삶의 주인이 바뀌었고, 2) 사는 목적이 바뀌고, 3) 새롭게 사는 방법을 갖게 되었다. 내 삶의 주인은 나 자신인 줄 착각했던 시간과 하나님께서 나의 주인이신 것을 깨달았을 때의 충격은 지금도 잊을 수 없다. 내 중심적으로 세웠던 나의 삶의 목표가 하나님의 관점으로 조절되었다. 내 지식과 능력, 나의 힘과 방법으로 살았던 것이 하나님께서 주시는 지혜와 능력으로 사는 은혜를 배우고 경험하였다. 새로운 운영체계에 새로운 소프트웨어가 필요했다. 나의 삶의 어느 부분은 학생들의 삶의 여정과 겹쳐진다. 눈에 보이지 않은 하나님을 나의 삶 가운데 보이신, 살아계신 하나님을 나누고 싶어진다.

이렇게 학생들은 몽골의 자연과 만났고, 몽골의 사람들, 선교사님들 그리고 그들의 삶을 통해 쓰신 하나님의 이야기와 만났다. 학생들의 과거, 현재, 미래의 삶이 다른 이들의 삶에서 발견되고, 서로의 삶을 성찰하게 된다. 서로를 나눔과 교제는 피상적인 만남이 아닌, 마음과 마음이 만나는 관계로 발전한다. 서로가 서로에게 선한 영향력을 나누게 된다. 그 가운데 하나님께서 일하시는 것을 기대하고 목격하며 증언한다. 한참을 깔깔깔 웃기도 하고, 돌연 숙연해지기도 하며, 때론 가슴 아픈 사연을 나누기도 한다. 내 상처와 아픔을 드러내는 것이

의료인을 꿈꾸는 연세인들, 세계를 품다

두렵지 않다. 그 마음을 공감하며, 따뜻하게 어루만지는 위로의 손이 있기 때문이다.

몽골 캄캄한 시골의 밤하늘은 수많은 별들로 꽉 차있다. 사방이 터져 있는 고비 사막에 누워 별을 보고 있으면, 이쪽 땅 끝에서 저쪽 땅 끝을 잇는 반구의 하늘이 펼쳐진다. 이 별들은 정적이지 않다. 빠른 속도로 유성이 떨어진다. 별들은 지속적으로 선들을 그어간다. 몽골 밤하늘의 별들과 같이, 우리 학생들 하나하나가 하나님 나라의 별들로 빛나기 바란다. 참 생명을 지니고, 영원한 생명을 전하는 간호사, 의사, 치과의사로 아름다운 선들을 그려 나가길 기대한다. 하나님께서 그들의 삶을 통해 써 나가실 이야기(His Story)를 기대하며, 수고하신 신광철 목사님과 학생들을 배웅한다.

무엇보다 뜨겁게
사랑할지니

신광철(연세대학교 의료원 원목실, 목사)

처음 몽골로 학생들을 이끌어 선교 투어를 떠나는 것이 결정되었을 때, 많은 걱정과 근심에 빠졌다. 여러 가지 이유가 있었지만 몇 가지 이유를 추리자면 첫째는 선교 투어의 기간이 문제였다. 의과대학, 치과대학, 간호대학의 학사 일정과 방학의 기간이 달랐기 때문에 각 단과대학 학생들의 시간을 맞추다 보니 우리에게 허락된 시간은 고작 1주일뿐이었다. 그렇기에 짧은 시간 속에서 12명의 학생들을 데리고 무엇을 할 수 있을 것인가라는 고민에 사로잡히게 되었다.

두 번째는 의료선교 투어의 목적이었다. 일반적인 의료선교 투어와는 달리, 이번 선교 투어는 교수님들을 대동하지 않은 순수한 학생들의 모임이었기에 의료행위가 불가능한 상황이었다. 일반적인 해외 의료선교의 경우 의사, 간호사분들과 함께 의약품을 가지고 철저한 분업과 계획 속에서 이루어진다. 하지만, 이번 선교 투어의 경우에는 아직 의사면허가 없는 학생들이었기에 이들을 데리고 직접 의료행위를 할 수는 없었다.

마지막 고민은 학생들 중의 상당수가 기독교인이 아니라는 사실이었다. 원목실이 주관을 하는 행사이며, 몽골로 가서 선교사님들을 만나는 자리기에 예배와 더불어 기독교 이야기가 필수적으로 논의되는 상황 속에서 기독교인이 아닌 학생들을 어떻게 대해야 하는지가 고민거리였다.

이렇게 많은 고민 속에서 기도로 준비를 하게 되던 중에 머릿속을 스친 생각은 '과연 이 선교 투어의 목적은 무엇이며 누구를 위함인가?'이었다. 일반적인 해외 의료선교는 해당 사역지의 의료적 혜택이 부족한 사람들을 위함이지만, 이번 선교 투어의 대상은 바로 학생들이라는 것을 되새기게 된 것이다. 우리가 몽골에 가서 몽골인들에게 의료 혜택을 주는 것이 아니라, 선교사님들을 만나고, 선교 현장을 보고 배우고 느끼고 돌아오는 것이 바로 이 선교 투어의 목적이라는 것을 깨닫게 되었다. 또한, 기독교인이 아닌 학생들에게는 몽골 선교 투어는 기독교 문화를 접할 기회이며, 기독교인인 학생들에게는 비기독교인에 대한 배려라는 경험의 장이라고 생각했다. 서로 다른 종교적 배경을 가진 사람과 함께하는 것은 성장의 기회이기 때문이다. 목적과 방향이 큰 틀로 잡히자 그동안 답답했던 머릿속이 깔끔하게 정리되는 것을 느낄 수 있었다.

선교 투어의 방향성이 분명히 잡힌 뒤에 이러한 생각을 기반으로 학생들과 준비해나가기 시작했다. 몽골로 출발하기 전에 사전 모임을 네 차례 진행하면서 몽골에 대한 간략한 정보와 준비물, 우리가 해야 할 것들을 점검하는 시간을 가졌다. 의료선교 투어에서 무엇을 얻을 것인가, 우리가 고려하고 생각해야하는 것이 무엇인가에 대한 이야기를 나누었다.

동시에 기독교인 학생들에게 이 선교는 교회에서 가는 일반적인 선교와는 다르다는 것을 명심시켰다. 이것은 가서 기독교를 전파하고 그들을 개종시키는 것이 아니라, 의료현장과 의료선교사들을 보고 우리들이 배워오는 것이라고 이야기했다. 또한 같이 가는 기독교인이 아닌 친구들을 항상 배려하고, 그들에게 기독교란 어떠한 것인지 옆에서 보여주는 것이라고 이야기했다. 그러한 대화 속에서 이 여행에서 무엇을 얻고, 무엇을 배우고 올 것인가를 되새길 수가 있었다.

오랜 준비와 기다림 끝에 드디어 몽골에 도착하고, 그곳에서 현지 선교사님들이 일하시는 선교 현장을 방문하여 현지 모습을 보고, 그분들의 간증과 강의를 들으면서 학생들과 나는 많은 것을 깨닫고 느낄 수 있었다. 파송된 의료선교사의 수와 역사가 다른 나라에 비하여 많기에 의료가 단시간 안에 발전한 몽골이지만, 한국에 비하면 턱없이 열악한 환경에서 선교사님들은 온 힘과 정성을 다하여 환자들을 만나고 치료하고 계셨다.

사전모임과 준비를 하면서 개인적으로 알고 싶었던 사실은 의료선교사들의 신념과 신앙이었다. 경제적으로 풍족한 삶을 누릴 수 있으며 사회적으로도 존중받는 직업이 바로 의사이기에, 한국 사회에서 가장 선호하는 직업이다. 이러한 의사라는 직업을 가진 이들이 왜 모든 부귀영화를 다 벗어던지고 상대적으로 열악한 나라에 가서 의료행위를 하는지 개인적으로 이해가 되지 않았다. 목회자도 아닌 그들

의료인을 꿈꾸는 연세인들, 세계를 품다

이 힘들게 들어간 대학에서부터 전공의 과정까지 10년을 넘게 공부를 하고 난 뒤, 한국에서 얻을 수 있는 모든 것을 버리고 해외 의료선교를 위해 나가는 것이 이해되지 않았다.

그러한 나에게 이번 몽골 선교 투어는 의문에 대한 깨달음과 동시에 큰 가르침을 전해주었다. 몽골에서 여러 선교사님을 만나서 그들의 간증과 삶의 이야기를 듣다가 한영훈 선교사님과 저녁 식사를 하게 되었다. 그분은 몽골로 가신 지 20년 정도 되었던 분이었다. 선교사님에게는 한 가지 버릇이 있었는데 몽골에 대하여 말할 때 '우리 몽골 사람', '우리 몽골'이라는 말을 꼭 붙여서 사용하는 것이었다. 그러한 선교사님이 이상하게 보였는지 학생 한 명이 선교사님에게 물어보았다. "선교사님, '우리' 몽골이라고 하시는데 선교사님 국적이 어디예요?" 그 말에 선교사님은 조금 당황하셨지만 밝은 웃음으로 그러한 말이 입에 익어서 자신도 모르게 '우리'라는 단어를 사용한다고 말씀하셨다. 선교사님에게 몽골은 단순히 내가 가서 도와줘야하는 대상, 몽골사람은 나의 의료적 도움을 받아야만 하는 사람들이 아니었던 것이다. 선교사님에게 몽골은 내가 사랑하는 나라, 몽골인은 나와 함께 살아가는 사랑하는 사람들이었던 것이다. 그러하였기에 여기 몽골, 여기 몽골인이 아니라 우리 몽골, 우리 몽골인이라고 표현하였던 것이다.

이러한 선교사님의 모습에서 평상 시 좋아하던 성경말씀이 하나 떠올랐다. 베드로전서 4장 8절에서 11절까지의 말씀, "무엇보다도 뜨겁게 서로 사랑할지니 사랑은 허다한 죄를 덮느니라. 서로 대접하기를 원망 없이 하고 각각 은사를 받은 대로 하나님의 여러 가지 은혜를 맡은 선한 청지기 같이 서로 봉사하라. 만일 누가 말하려면 하나님의 말씀을 하는 것 같이 하고 누가 봉사하려면 하나님이 공급하시는 힘으로 하는 것 같이 하라 이는 범사에 예수 그리스도로 말미암아 하나님이 영광을 받으시게 하려 함이니 그에게 영광과 권능이 세세에 무궁하도록 있느니라 아멘." 그 선교사님은 자신의 삶에서 이 말씀을 몸으로 실천하고 있는 것이기 때문이다.

그리고 그 원동력에는 기독교 신앙이 존재하고 있었다. 학생 중 한 명이 선교사님에게 질문을 던졌다. "선교사님, 기독교인이신 의료선교사와 비기독교인 의료선교사와는 어떠한 차이점이 있나요?" 그러자 선교사님은 많은 차이가 있지만 가장 기본적인 차이는 기간에 있다고 말했다. 기독교인인 의료선교사와 기독교인이 아닌 의료선교사들은 사실 그 출발점은 동일하게 전부 사명감을 가지고 출발한다고 한다. 그런데 도착해서 하다보면 주변의 사람들이 이야기를 한다고 한다. "이제 그만하고 돌아와. 그 정도면 충분히 봉사했잖아. 이번에 좋은 자리가 나왔는데 그만 들어오는 게 어때?" 그러한 말을 들으면 기독교인이 아닌 의료선교사들 중에 상당수는 현재까지의 자신의 봉사와 헌신에 만족을 하면서 돌아간다고 한다. 하지만 기독교인 의료선교사의 경우, 그보다 선교의 기간이 훨씬 길다고 선교사님은 말씀하셨다. 그 배경에는 하나님에 대한 사랑과 헌신이 있기 때문이다. 베드로전서 4장 11절처럼 하나님의 말씀을 하는 것 같이 하고, 하나님이 공급하시는 힘으로 하려고 하기에, 힘이 들고 지친다고 하더라도 이를 이겨낼 수 있었던 것이다. 힘든 환경 속에서도 다른 이를 위해서 자신을 희생하려는 의지가 훨씬 강하기에, 아직 부족하다고 여기는 것이다. 다른 사람들이 '이제는 됐어'라고 여길 때도, 아직 부족하다고, 내 사랑과 헌신을 쏟아야한다고 생각하는 것이 기독교인인 것이다.

그리고 선교사님은 학생들에게 "진정한 의미의 봉사는 내 것이 풍족해져서 남들에게 나눠주는 것이 아니라, 내 것이 부족하더라도 그것을 남들과 함께 나눌 수 있는 것"이라고 말씀하셨다. 베드로전서의 말씀처럼 뜨겁게 사랑하고, 대접하고, 선한 청지기 같이 봉사하고, 하나님이 공급하시는 힘으로 하는 것 같은 봉사. 이러한 성경의 말씀을 삶에서 보여주고 있는 것이었다. 선교사님들의 강의를 비롯해서 현장에서 직접 일하시는 것을 보면서 왜 그분들이 모든 것을 버리고 열정을 갖고 임하는지를 이해할 수 있었다. 그 안에는 하나님이 말씀하신 사랑과 봉사를 직접 실천하려는 마음이 있었기 때문이다. 내 것을 채우기보다 다른 이를 돌아볼 줄 아는 것, 뜨거운 사랑으로 다른 이를 섬기고 봉사하며 하나님이 하시는 것처럼 여기는 마음이 있기에 그분들은 그토록 열심히 의료선교를 할 수 있던 것이다.

일주일간의 몽골에서의 경험, 짧은 기간이었지만 그곳에서 만났던 선교사님들과 그분들의 신앙 간증, 그리고 실제로 보여주신 행동은 저와 학생들에게 있어 인생에 큰 지평을 넓혀주는 경험이었다. 무엇보다 뜨겁게 사랑하고, 대접하고, 봉사하는 삶을 살아가고자 다짐하며 스스로를 돌아보는 귀중한 시간이었다. 나와 마찬가지로 12명의 학생들에게도 이번 선교 투어가 인생에 있어서 큰 전환점이 되는 시간이 되었기를 간절히 소망한다.

제11부

도약을 향해 꿈틀거리는 베트남을 품다

베트남
의료선교 투어
개요

1. 목적

_ 의과대, 치과대, 간호대 학생들의 선교의식을 고취시킨다.

_ 선교사의 생활과 사역을 경험하고 이해를 도모하여 선교협력자로서의 역할을 함양한다.

_ 의료선교의 현장에서 실제적으로 의료선교를 경험함으로 의료선교에 대한 이해와 안목을 넓힌다.

_ 단기선교를 통하여 장기선교사로서의 가능성 및 비전을 확인한다.

2. 안내

_ 방문국가: 베트남

_ 파송기관: 연세의료원 원목실

_ 방문예정: 2018년 8월 7일(화) ~ 12일(일)

_ 소요일수: 5박 6일

_ 참석인원: 학생 9명 (의과대 3명/치과대 3명/간호대 3명)
　　　　　　신광철 목사(연세의료원 원목실)

_ 현지 코디네이터: 김시찬 선교사(연세대학교 의과대학 81년 졸업)

_ 8월 7일: 출국 및 도착 예배
_ 8월 8일: 김시찬 선교사 클리닉 방문, 바익마이(bachmai) 국립병원 방문, 김시
  찬 선교사 강의
_ 8월 9일: 소수민족마을 방문, 베트남 보건소 방문 및 강의, 타이구엔(Thai
  Nguyen) 의대 학생들과의 교제, 김시찬 선교사 강의
_ 8월 10일: 빈맥(Vinmec) 병원 방문, 선메디컬센터(Sun Medical Center) 방문,
  선교사 강의
_ 8월 11일: 문화 체험– 하노이 시내 견학 및 자유일정, 출국 예배
_ 8월 12일: 새벽 귀국 및 기도 후 해산

| 1차 모임 |
일시 4월 26일 목요일 오후 12시 / 장소 이대 후문 하노이의 아침

신광철 목사, 김시찬 선교사가 아홉 명의 의대, 치대, 간호대 학생들과 '하노이의 아침'에서 만남을 가졌다. 의과대학, 치과대학, 간호대학이라는 소속과 학년이 모두 달랐기에 서로 만나는 시간을 잡는 것은 쉬운 일은 아니었다. 여러 번의 시간 조율 후에 가진 첫 만남에서 학생들은 각자의 소속과 학년에 대하여 말하고 자기소개를 하였고, 베트남 의료선교 투어에 기대하는 바에 대하여 간단히 말하는 시간을 가졌다. 서로 어색해하는 만남 속에서 사전 모임의 중요성은 이러한 어색함의 탈피와 더불어 서로를 알아가는 것이 가장 중요하다고 이야기를 나누었다. 베트남 의료선교 투어는 단순한 관광과는 그 목적을 달리하기 때문에, 베트남에 가서 무엇을 배우고 올 것인가에 관한 생각해보기로 하였다.

| 2차 모임 |
일시 5월 24일 목요일 오후 12시 / 장소 종합관 5층 사무처 회의실

두 번째 모임에서는 뜻하지 않게 긴급하게 구성원을 교체하는 일이 있었다. 의과대학생 중 한 명이 실습 기간을 착각했던 것이다. 자신의 실습 기간과 베트남 선교 투어의 시간이 겹친다는 것을 인지하지 못하고 신청을 했다. 따라서 급하게 구성원을 구하는 일이 벌어졌고, 참석자 중에서 추천자를 받아서 사전 모임을 갖게 되었다. 이날의 모임의 장소는 종합관 5층의 사무처 회의실이었으며 신광철

목사와 기존의 학생들, 그리고 새로 합류한 의과대학 이성환 학생이 만남을 가졌다. 이날의 중요 대화 내용은 일주일 동안의 간략한 일정과 제출해야 하는 보고서에 대한 설명이었고, 학생들의 역할을 배분하였다.

| 3차 모임 |
일시 6월 22일 금요일 오후 12시 / 장소 신촌 아비꼬

의대, 치대, 간호대 학생과 정종훈 교목실장, 신광철 목사, 김시찬 선교사가 아비꼬에서 세 번째 사전 모임을 가졌다. 이날은 자신들이 여행에서 기대하는 점에 대해 이야기를 나누었다. 정종훈 교목실장님은 학생들에게 만남의 소중함에 대한 이야기를 하셨다. 다른 단과대학의 학생들이 이렇게 함께 소중한 추억을 나눌 기회가 흔하지 않음을, 이 만남이 단순히 선교 투어를 마지막으로 끝나는 것이 아니라 계속적인 만남이 되기를 말씀하셨다. 학생들에게는 다시 한번 베트남 선교 투어에 대하여 기대하는 바를 정리해보는 것이 좋을 것이라는 이야기를 하셨다. 학생들은 세 번째 사전모임이라서 그런지 처음보다 훨씬 친해진 분위기에서 대화를 나눌 수 있었다.

의료인을 꿈꾸는 연세인들, 세계를 품다

베트남으로 떠나기 전 마지막 사전모임을 가졌다. 김시찬 선교사는 한국으로 방문할 일이 있으셔서 함께하셨고, 이날 모임에서는 우리의 일정에 대하여 다시 한 번 점검하는 시간을 가졌다. 베트남의 기후와 문화에 대한 설명과 더불어 준비해야 할 물건들에 대하여도 간단히 말씀해주셨다. 또한, 생각해야 할 것은 선교 투어를 다녀온 것으로 끝이 아니라 의료선교센터에서 진행될 글로벌 헬스 리더쉽 프로그램에 대한 간단한 설명과 더불어 계속적인 공부를 해야 할 것이라는 말씀도 하셨다.

1장

설렘과 기대로
투어를
준비하다

베트남 의료선교 투어를
기획하면서

신광철(연세대학교 의료원 원목실, 목사)

몽골 의료선교 투어를 다녀온 지 몇 달이 되지 않아서, 두 번째 의료선교 투어의 여행지를 물색하게 되었다. 의료선교센터의 도움을 얻어서 적합한 대상지로 선택한 곳은 바로 베트남이었다. 일반병원의 원목실이 환자들과 교직원들을 위한 사역을 진행하고 있다면, 연세의료원 원목실은 일반 병원의 원목실의 역할과 더불어 교목실의 역할도 겸하고 있다. 환자들을 케어하고 연세의료원 교직원들에게 기독교 정체성을 강화, 확립시키는 한편, 의과대, 치과대, 간호대 학생들에게 예수 그리스도의 사랑을 전하는 교목실의 역할도 하고 있다. 이러한 역할 중에 하나로서 의료선교 투어는 의과대, 치과대 ,간호대 학생들에게 의료선교란 무엇이며 실제로 어떻게 행해지고 있는지 지평을 넓혀주고, 의료선교사로서의 비전을 보여주는 것이 목적이라고 할 수 있다.

솔직하게 말하자면, 작년 이때쯤 몽골에 다녀왔던 나로서는 이번 베트남 투어는 큰 부담이었다. 몽골에서의 의료선교 투어를 기획, 준비, 실행하는 과정에 사실 큰 힘이 들었기 때문이다. 당시에 11명의 학생들을 인솔하는 책임을 지고 몽골로 떠나 계속적인 스케줄 체크를 하며 현지의 의료신교사님들과 만남을 갖는 것은 쉬운 일이 아니었다. 무엇보다 학생들의 건강과 안전이 최우선이었기에 인솔자로서 계속 신경을 쓰는 것이 쉽지만은 않았기 때문이다. 따라서 이번 베트남 의료선교 투어는 솔직하게 가고 싶지 않은, 피하고 싶은 투어였다.

그럼에도 불구하고 작년에 몽골 의료선교 투어를 다녀온 아이들의 변화된 모습과 만족을 바라보면서 이 일에 대하여 사명감을 가지고 올해 초부터 준비하기 시작했다. 연세대학교를 졸업하고 베트남 현지에서 의료선교사로 일하시는 김시찬 선교사님과 지속적인 연락을 하면서 약속을 조율하기 시작했다.

준비하는 과정 내내 선교사님은 놀러 오는 것이라면 오지 말라고, 학생들에게 많은 훈련이 있어야 할 것이라고 이야기하시곤 하셨다. 그러한 선교사님의 이야기가 있었기에 학기 중에도 자주 만나서 사전 모임을 진행하였다. 서로 간의 얼굴을 익히고, 친분을 쌓는 한편, 선교란 무엇인가에 대하여 되짚어보는 시간을 가졌다. 워낙 학기 중이 바쁜 친구들이라 큰 교육을 하는 것이 힘겨웠지만, 그럼에도 서로 간에 친분을 쌓으며 이 의료선교 투어가 갖는 의미에 대하여 다시 한 번 생각해보는 시간이 되었다.

약속한 당일이 되어서 인천공항에 집결하고, 학생들과 베트남으로

의료인을 꿈꾸는 연세인들, 세계를 품다

향했다. 올 여름은 유난히도 무더웠던지라, 베트남의 더운 기후는 크게 걱정하지 않았다. 그러나 베트남 날씨는 한국의 그것보다 훨씬 덥고 습했다. 가만히 있어도 등에 땀이 주르르 흐를 정도로 무더운 날씨였고, 그런 날씨 속에서 일정을 소화해야만 했다. 무더운 날씨 때문이었는지, 첫날부터 학생 두 명이 구토와 함께 힘겨워하기 시작했다. 다행히도 첫날의 일정이 김시찬 선교사님의 클리닉 방문이었기에 그곳에서 약과 링거로 회복할 수 있었다. 두 학생을 바라보면서 하나님께 학생들이 더 이상 아프지 않고 건강하게 이 선교 투어를 마치게 해달라고 간절히 기도했다. 기도가 하늘에 닿았는지 그 후에는 아픈 학생이 없이 무사히 일정을 소화할 수 있었다.

짧은 일정이었지만, 학생들이 그 기간 얻었던 것들은 결코 적지 않은 것이라는 생각이 든다. 기독교인이었던 학생들뿐만 아니라 기독교인이 아닌 학생들의 마음에까지 하나님을 섬기는 일이 무엇을 의미하는지, 그 안에 담긴 헌신과 사랑이 얼마나 위대한지를 깨닫는 선교 투어였다고 생각한다.

베트남 의료선교 투어를
신청하다

김도훈(연세대학교 의과대학)

선교 투어를 신청하게 된 계기

처음 베트남 선교 투어에 대한 공지가 올라왔을 때에는 의과대학 본
과 생활의 특성상 시간적 여유가 없어 깊게 생각해보지 못했었다. 그
러나 그렇게 바쁜 생활을 이어나가다 우연히 다시 공지를 보게 되었을
때에는 다음과 같은 문구가 눈에 띄었는데 그 내용은 다음과 같다.

"선교사의 생활과 사역을 경험하고 이해를 도모하여 선교협력자로
서의 역할을 함양한다."

"의료선교의 현장에서 실제적으로 의료선교를 경험함으로 의료선
교에 대한 이해와 안목을 넓힌다."

"단기선교를 통하여 장기선교사로서의 가능성 및 비전을 확인한다."

이 문구들을 본 나는 혼란스러웠다. 의사의 꿈을 꾸고 있는 나의 앞에 놓여있는 여러 갈래의 길들이 어떤 길들인지조차도 모르는 현 상황에서 의료인으로서 선교사의 생활을 한다는 것은 더욱 어둡게 감춰져 있는 길처럼 느껴졌기 때문이다. 결국 알지 못하는 길에 대한 호기심으로 시작된 의료선교에 대한 관심이 선교 투어를 신청하도록 하였고, 이번 기회가 아니면 앞으로 다른 기회는 없을 것 같다는 생각이 촉매제가 되었다.

선교 투어에 바라는 점

지원하게 된 동기를 바탕으로 선교 투어를 통해 배웠으면 하는 바는 다음과 같다.

첫째, 선교 투어가 '의사로서 선교사의 삶은 어떠한 삶인지'를 이해할 수 있게 하고, 의과대학을 졸업하여 진로 선택의 순간이 왔을 때에는 올바른 선택을 할 수 있도록 기여하는 경험이었으면 한다.

둘째, 선교 투어를 통해 의료선교가 무슨 일로서 가치를 어떻게 가지는지에 대하여 알고 그 이해를 바탕으로 의료선교사에 대한 인식을 함양한다.

셋째, 의사로서 할 수 있는 많고 다양한 일들 중 의료선교만이 가지는 특징적인 점들을 직접적인 현지 경험을 통해 정확히 이해한다.

간단하게 세 가지로 선교 투어에 바라는 점을 정리하였지만 이 이상으로 많은 것을 경험하고 깨달을 수 있기를 희망한다.

선교 투어에 기대하는 점

2번 목차에서 기술했던 선교 투어에 바라는 점 외에 선교 투어의 목적을 고려하여 많은 사람들이 함께한다는 점, 새로운 사람들과 문화를 마주하게 된다는 점, 그리고 음식을 비롯한 생활 전반 등으로부터 얻을 수 있는 것들이 내게 소중한 경험이 될 수 있기를 기대한다. 그리고 마지막으로 나 스스로에게 이번 선교 투어에 참석하여 적극적으로 또한 열정적으로 활동하기를 기대하며 글을 마친다.

의료인을 꿈꾸는 연세인들, 세계를 품다

미래의 나를 위한
한 걸음

김진영(연세대학교 치과대학)

고등학교에서 대학으로의 진학 이후 나의 시야는 매우 넓어졌다. 오로지 '나'와 '공부'만을 바라보았던 고등학교 시절과는 달리 대학 진학 이후에는 나만이 아닌 다양한 사회 문제와 남에게도 관심을 갖게 되었다. 넓혀진 시야로 보니 나는 매우 축복받은 사람이었다. 건강하고 딱히 부족함 없는 신체로 태어나 부모님의 지원을 받으며 큰 문제 없이 성장해왔다. 이를 알아차린 후, 나의 능력을 통해 남에게 도움이 되는 삶을 살겠다고 다짐했다.

치의학과라는 전공을 선택하게 된 것도 그러한 이유에서였다. 가장 자신 있는 전공분야를 통해 남에게 직접적인 도움을 줄 수 있으니 나의 목표에 맞는 최적의 직업이라고 생각했다. 남에게 도움이 되기 위해 치의학과를 선택했지만 전문 자격증을 따기 이전에는 의료와 관련된 봉사를 직접적으로 하는 것은 어렵다고 생각했다. 그래서 자격증을 따기 이전까지는 간접적인 도움을 주거나 미래에 내가 할 일에 대해 미리 알아보고 싶다고 생각했다.

처음으로 선택한 것은 세브란스 암병원 병원학교에서 봉사하는 일이었다. 병원학교는 소아암이나 다른 병들로 인한 입원 때문에 학교에 다니지 못하고 있는 아이들을 위한 곳이었다. 그곳에 선생님으로가 매주 아이들을 위한 수업을 준비하고 아이들을 가르치는 것이 내가 할 일이었다. 물론 전공을 살린 봉사는 아니었지만 내가 나중에 일하게 될 환경을 미리 경험하고 환자인 아이들과 그 보호자 분께 어떤 말과 행동, 마음으로 대해야 할지에 대해 알 수 있는 기회라고 생각했다. 매주 시간을 내 봉사를 가는 것이 쉬운 일은 아니었지만 나에게는 무의미할 수도 있는 2시간을 통해 수술과 치료 등으로 인해 고통 받는 아이들이 기뻐하는 모습을 보며 스스로 반성하고 한 번 더 하느님에게 감사한 마음을 갖게 되었다. 봉사를 시작하기 이전에는 나의 봉사는 아픈 아이들을 위한 일이라고 생각했다. 하지만 아이들뿐만 아니라 부모님에게도 휴식이 되고 기쁨이 된다는 사실을 알게 되었다. 한 가정에 입원한 환자가 있을 경우에 환자를 포함한 모든 가족이 육체적, 정신적으로 고통 받는다는 사실을 미처 알지 못했었다. 하지만 병실에 계시는 보호자분들이 아이들을 병원학교에 잠시 맡기시고 씻거나, 식사하거나 휴식을 취하시며 행복해하시는 모습을 보며 미래에 환자를 상대할 때는 환자뿐만 아니라 보호자 또한 의사가 어루만져 줘야 한다는 것을 깨달았다. 암병원 병원학교에서 봉사를 통해 훌륭한 의사가 되기 위해서는 뛰어난 의술도 중요하지만 이런 것들을 미리 경험하고 깨닫는 것이 얼마나 중요한지를 알게 되었다.

베트남 선교 투어를 가겠다고 다짐한 것도 이러한 이유 때문이었다. 나는 자격증을 딴 이후에는 나의 의료 기술을 통해 의료 기술과 정책이 부족한 국가에 도움이 되고 싶다는 생각을 했었다. 직접적인 도움을 줄 수 없는 지금의 상황에서는 미래에 내가 할 일에 대해 어떤 모습과 방향으로 진행되고 있는지 미리 경험해보는 것도 좋을 것이라고 생각했다. 이전에 생각했던 활동은 의료선교보다는 의료 봉사에 가까웠지만 그리스도를 믿는 나로서는 그리스도의 사랑을 의술을 통해 베풀고 널리 알리는 것 또한 매우 의미 있는 일이라고 생각해 망설임 없이 베트남 의료선교 투어에 지원을 하게 되었다.

막상 지원은 했지만 생각해보니 의료선교에 대해 내가 아는 것은 아무 것도 없다는 것을 알게 되었다. 의료봉사와의 차이점도 모를 뿐만 아니라 선교사님들이 어떤 계기와 이유에 의해서 어떤 방법과 체계로 의료선교를 하시는지에 대해 들어보거나 알아본 적도 없었다. 그저 '가난하고 낙후된 지역에 가서 다치고 병든 사람들을 치료해 주는 것이겠지'라고 생각했었다. 하지만 사전 만남을 통해 듣게 된 의료선교의 방향은 내가 생각했던 것과는 달랐다. 달랐을 뿐만 아니라 전혀 새로운 내용이었다. 선교사님은 베트남에서 온전한 병원을 운영하고 계셨다. 낙후된 지역을 찾아가 천막을 치고 간이 병원을 만들어 사람들을 치료해준다고 생각했던 내 머릿속의 의료선교와 실제 의료선교는 조금 거리가 있다고 생각했다.

이번 베트남 의료선교 투어를 통해 의료선교가 정확히 무엇인지에 대해 알고 싶고, 베트남의 의료선교가 어떤 다양한 방법으로 진행되는지에 대해서 직접 눈으로 보고 싶다. 또한 베트남 현지의 의료 기술 수준과 베트남 국민들이 어떤 의료 서비스를 받는지에 대해 직접 두 눈으로 보고 싶다. 베트남 의료선교 투어를 통해 의료선교의 전반적인 모습에 대해 배우고 미래의 나를 위해 배워야 할 것들을 찾아나가고 싶다.

의료인을 꿈꾸는 연세인들, 세계를 품다

잊어버렸던
꿈을 찾아서

김태연(연세대학교 치과대학)

이번 베트남 해외선교가 의료봉사와 사역, 문화교류 및 해외체험 등 자기계발의 시간을 보낼 좋은 기회라 생각하여 지원하게 되었다.

이전에 진료선교 동아리에서 해외 의료봉사로 인도네시아에 다녀왔던 적이 있다. 인도네시아 중에서도 무의촌으로 가서 진료봉사를 하였는데, 굉장히 뜻깊고 보람찼던 시간이었다. 또한 이번 여름에는 필리핀으로 해외사역을 하고 왔다. 해외 현장에서 진료를 하고 사역을 할 수 있는 것은 큰 축복이라고 생각한다. 그래서 기회가 될 때 이러한 선교활동과 봉사활동을 더욱 하고 싶었다.

이번 '연세의료원 해외선교 투어'는 현지 지역사회에 도움을 줄 뿐 아니라 나눔이 되는 착한 여행이라고 생각한다. 현지에서 다른 국적의 친구를 사귀고 내 전공과 전문 분야에 맞추어 현장에서 직접 일할 기회가 될 것 같아 설레었다.

또한 베트남 의료선교의 현장에서 실제로 의료선교를 경험함으로써 의료선교에 대한 이해와 안목을 넓히고 싶다. 현지의 의료선교사님들을 뵙고, 선교사의 생활과 사역을 경험하고 이해하고 싶었다. 스스로 선교 협력자로서의 능력을 함양하면 좋겠다.

바쁜 치과대학 생활을 보내면서 목적의식을 잃었던 적이 있다. 본과 생활을 하며 수업과 실습에 지쳐있었고, 하루하루 스케줄을 소화하기에 급급했다. 여유가 없었고, 다른 생각은 하지 못 했다. 본과 생활은 생각했던 것보다 버거웠고, 입학 전에 내가 가지고 있었던 꿈과 목표가 점점 희미해지는 느낌이 들었다.

이번 해에 본과 3학년이 되면서, 본과 진입할 때와는 다른 큰 장벽을 만났다. 병원 실습을 하면서 환자를 대하고, Attending과 Observation을 하면서 체력적으로도 크게 부담이 됐다. 항상 피곤한 상태였고, 더욱 여유가 없는 삶을 살았다. 빠듯한 시간 속에서 다람쥐 쳇바퀴 굴러가는 삶을 살았고, 매번 피곤에 지쳐 쓰러져 잠드는 나날을 보냈다. 물론 환자를 대할 수 있고, 직접 진료를 하면서 보람되고 기쁘기도 하였다. 하지만 큰 뜻을 갖고 원하는 바를 이루기에는 너무 지쳐 있었고, 내가 기존에 갖고 있던 꿈의 의미가 퇴색되어 가는 것 같았다.

그러던 와중에 '베트남 의료선교 투어'는 전환점이 될 것 같았다. 지친 삶의 단비 같은 여행이 될 것 같아 기대가 크다. 몇 년 전에 갖고 있던 나의 생각과 꿈을 다시 찾을 수 있을 것 같은 기분이 들었다. 병원과 학교에서 벗어나 더욱 큰 세상에서 자유롭게 활동하고 경험해 보고 싶다. 나와는 다른 삶을 살아온 사람들을 만나며, 그들에게서 많은 것을 배울 수 있을 것 같다.

또한 이번 선교를 통해 내가 원래 꿈꾸었던 '봉사하는 삶'에 대해 다시 생각해 볼 수 있을 거라 기대한다. 현지 의료선교사님들을 만난다면, 굉장히 많은 것을 배울 수 있을 거라 확신한다. 현장에서 일하고 있는 선교사님들의 삶이 궁금하고, 그들의 태도를 배우고 싶다. 선교사님들의 활동과 생각을 공유하면서 '나라는 사람도 기회가 된다면 나중에 의료선교를 할 수 있지 않을까?' 하는 작은 바람이 생길 것 같다.

베트남의 의료시설을 방문하여 현지 병원 시스템을 경험해 보고 싶고 사회주의 국가의 의료체계는 어떤 식으로 운영되는지도 궁금하다. 다양한 기관을 방문하여 여러 가지 형태의 병원이 가지는 각각의 특성을 알고 싶고 현지 선교사님들께서 펼치시는 의술을 실제로 보고, 환자를 대하는 모습도 보고 싶다.

또한 베트남 의과대학을 견학하고 의과대학 학생들과의 만남을 통해 현지의 의과대학 커리큘럼을 이해하고 싶다. 의과대학이라는 공통점이 있겠지만, 분명 다른 점들이 많을 것 같다. 재학 과정 중의 고충이나 졸업 후의 진로 고민 등을 들어 보고 싶다.

이번 해외선교 투어를 통해 베트남을 처음 방문하게 되는데, 베트남의 역사와 사회를 알아보고, 문화를 체험해 본다면 굉장히 뜻깊은 시간이 될 것 같다. 또한 현지의 문화를 경험해 볼 수 있으면 좋을 것 같다. 현지 사람들도 만나보고, 그들의 삶의 방식도 알아보고 싶다.
사회주의 국가는 어떻게 다른지 사회적, 역사적 부분들도 살펴보고
싶다.

나의 인생의
방향과 목적은 무엇인가

서동연(연세대학교 간호대학)

솔직하게 말하자면, 내가 베트남 하노이 선교 프로그램을 신청하게 된 계기는 사실 선교 프로그램인지 알지 못했기 때문이었다. 나는 이 중요한 사실을 프로그램에 지원하고, 면접을 보고, 그 후에 목사님과 첫 미팅을 할 때야 알게 되었고 철회할 때는 이미 때가 늦은 후였다. 프로그램 개요에는 "'의료'선교사의 특강을 듣고… '의료'선교 현장의 현실과 과제를 배움"이라고 적혀 있었고, 나는 그중 내가 보고 싶은 '의료'라는 단어만 보았던 것이었다. 내가 생각했던 프로그램 진행은 간호대학생으로 가능한 의료 봉사를 하거나 베트남 하노이에 가서 의료 현실을 보고 느끼며 강의를 듣는 것이었는데, 갑자기 목사님과 선교사님을 만나서 선교에 대한 이야기를 하고 있자니 사전 모임 때도 입이 떨어질 턱이 없었고, 아무 말도 하지 못했기 때문에 기독교인들 사이에서 그만큼 기독교와 선교에 대해 무지하다는 것을 깨달을 수 있었다. 따라서 처음에는 가서 내 역할을 잘 해낼 수 있을지, 프로그램에 관심을 가지고 참여를 할 수 있을지 등에 대한 걱정과 두려움이 앞섰다.

물론 이전에 얼떨결에 신앙을 가진 적이 있었다. 신앙이라기보다 그 그룹에 속한 사람들이 정말 좋았기 때문에 그 사람들을 따라서 교회에 다닌 것이지만, 당시에는 하나님께 기도했으며 그 기도가 이루어졌다고 생각되면 하나님의 존재를 깨달았다고 생각하기도 했다. 하지만 1년도 다니지 않았고, 그 후에 교회를 다니지 않은지 약 5년 만에 다시 교회를 다니는 것도 아닌데 졸지에 선교를 하게 된 것이 선교 투어 전의 내 상태였다. 따라서 프로그램에 아무런 기대를 가지고 있지 않았다. 사실은 그냥 모르는 사람들, 동기들과 여행을 하고 새로운 문화를 접하자는 생각을 가지고 떠난 선교 투어였다. 단 한 가지 이 프로그램을 통해 원하는 점이 있다면 모르는 사람들과 같이 있을 때 혼자 속으로 불편해하거나 혼자 있고 싶어 하는 성격 등 나의 단점을 이번 기회에 새로운 사람들과 함께 지내면서 극복하는 것이었다.

이렇듯 선교에 대한 배경 지식과 의지가 없었음에도 불구하고 프로그램 신청을 취소하지 않은 것은 이전에 교회에 다닐 때 함께 있던 사람들이 미션트립(mission trip)을 다니는 것을 보고 감명을 받았기 때문인 것도 한 몫을 한다. 나는 한 번도 가보지 않았지만 친구들이 해외 각지로 날아가 타인을 도와주는 것이 멋있어 보여 그렇게 살자는 다짐을 했던 경험이 있다. 그리고 내가 공부와 과제가 엄청 힘들다는

의료인을 꿈꾸는 연세인들, 세계를 품다

간호학과에 지원해서 공부하러 온 이유까지 덧붙이면서 프로그램에 참여를 했고, 의료선교의 현실을 현장에서 느껴보러 간다는 사실을 두고 스스로 프로그램을 취소하지 않기로 마음먹을 수 있었다.

김시찬 선교사님이 보내주신 아홉 가지의 질문들 중 선교에 관해 무지한 내가 생각해볼 수 있던 유일한 질문은 8번인 "나의 인생의 방향과 목적은 무엇인가?"뿐이었다. 본래 내가 간호학과에 간 이유는 의료인, 전문인으로서 타인을 도와주는 삶을 살고 싶었기 때문이다. 이러한 계기를 스스로 정확하게 설명할 수는 없지만, 그냥 그러한 마음을 가지고 태어난 것처럼, 어릴 적부터 사회복지사가 되거나 봉사를 다니는 것이 내 삶의 목표라고 생각을 했었다. 그러다가 대학진학을 앞두면서 단순히 앞으로 무엇을 어떻게 할지도 모르는 아무런 봉사를 하는 것이 아니라 전문성을 살려서 타인을 도울 수 있는 것이 무엇이 있을까 생각을 해볼 기회를 가지게 되었다. 그리고 결과적으로 간호사라는 직업을 가지고 싶다고 생각을 하게 된 것이다. 따라서 이번 프로그램을 통해 내가 미래에 어떠한 일을 하게 될 것인지 미리 살펴보고 의지를 굳히고 싶다는 기대감도 가지고 있었다. 위에서도 언급했지만 의료선교가 의미 있는 이유는 자신이 무엇을 어떻게 해야 하는지 알고 행동할 수 있다는 점이라고 생각했다. 자신이 가장 잘하는 것으로 전문성을 살려서 타인을 도와줄 수 있다는 것은 아주 멋진 일이고, 할 수 있는 여건이 된다면 당연히 해야 마땅한 일이라고 생각되었다.

나는 목사님이나 선교사님을 이렇게 가까이서 마주 보고 이야기를 한다는 것을 생각해본 적이 없었다. 미팅 전까지만 해도 이분들은 아주 근엄하고 특별하신 분들일 것이라고 생각했고, 눈을 마주보거나 말을 거시면 저절로 긴장이 되었다. 기독교에 대한 아무런 지식도 없는 내가 한 특정한 행동이 이분들의 뜻에 어긋나는 일이 될까 봐 잘 움직이거나 말을 하지도 못했다. 하지만 몇 번 만나보고 나니 이분들 또한 주변에서 볼 수 있는 일반 사람들처럼 함께 웃고 떠들 수 있는 사람들이며 상대방이 타종교를 가지거나 종교를 가지지 않음을 존중해줄 수 있는 융통성 있는 분들이라는 것을 깨달았다. 심지어 뜻깊은 책을 한 권씩 나눠주신 것과 베트남에 가기 전 스스로 생각해볼 수 있도록 여러 가지 질문을 던져주는 것을 통해 학생 한 명 한 명을 소중히 여겨주신다는 것을 느낄 수 있었고, 오히려 감동적이기도 했다. 베트남으로 출발하기 전부터 좋은 사람들을 통해 종교에 대한 선입견이 사라지고 종교를 받아들일 수 있는 상태가 되었다.

의료인을 꿈꾸는 연세인들, 세계를 품다

새로운 시작이
다가오다

이성환(연세대학교 의과대학)

살면서 여태까지 한 번도 종교가 나에게 제대로 와 닿았던 적이 없었다. 물론 시도가 없었던 것은 아니다. 고등학교 때 친구의 전도를 받아 코람데오라는 기독교 동아리에서 기도하고, 찬양을 하기도 했으며, 재수생 때는 어머니를 따라 절에 가서 연꽃 모양 초에 불을 붙이고 108배를 드리고는 했다. 중학생 때는 세계의 5대 종교에 대해 무려 3년 동안 배우며 종교의 특징, 통계, 신조 등을 외우기도 했었고, 성적도 괜찮게 나왔었다. 그러나 종교계의 실망스러운 장면들을 보고 현실이 고된 탓이었을까. 어떠한 종교도 나에게 '철학' 이상의 의미로 다가오지 않았다. 그리고 직접 생활비와 학비를 벌어 다니던 내게 어울리는 철학은 불교철학이었다.

불교철학이 잘 맞는다고 생각했던 이유는, 내가 가진 고난과 괴로움이 미래 또는 윤회 이후의 나에게 도움이 되는 과정이라고 생각할 수 있게 했기 때문이다. 그렇기에 이러한 철학을 접하기 이전에 나의 상황과 남을 탓하며 못나게 굴었다면, 그 이후에는 내가 이겨내야 할 하나의 '미션'처럼 느껴질 수 있게 하였다. 어려움이 거대할수록, 넘어섰을 때 성취감은 더했으며, 무언가 소중한 것을 적립한다는 느낌을 주었다. 더 나아가, 계속해서 부딪히는 어려움 속에서도 평온한 마음을 잃지 않고 묵묵하게 해결해나갈 수 있는 여유를 내게 주었다. 이러한 철학은 다분히 자기소모적이었다. 견딜 수 있을 만큼의 어려움은 자기를 성장시킨다고 하나, 견디지 못할 만큼의 어려움이 복합적으로 다가왔을 때 비로소 내가 지쳐있다는 것을 알게 되었다. 무엇인가 항상 혼자 해내려고 했던 경험은 외로움이 되어 다가왔다.

종교에 내가 관심을 가지게 된 것은 본과 해부 실습 때였다. 근육골격부터 비뇨생식계통까지 다양한 장기와 조직들을 관찰하면서, 학생들을 위해 자신의 시신을 기증하신 분과 그분 유가족들의 마음을 알고자 노력했다. 나는 과연, 의사가 되기 위한 새내기들이 나의 피부를 벗겨내고 실수로 나의 혈관과 신경을 끊어내는 것을 포용할 수 있을까. 아무리 생각해도 쉽게 내릴 수 있는 결정은 아닌 것 같았다. 무엇이 이 환자분으로 하여금 이렇게도 경건하고 희생적인 결정을 내릴 수 있는 데 영향을 미쳤을까? 기독교 정신을 단순하게 철학을 받아들였을 때, 이다지도 체화된 희생을 할 수 있을까? 이러한 질문에서 종교에 대한 인식이 조금씩 바뀌기 시작했다.

많은 이과생들이 그러하듯이, 나 역시도 증명되지 않은 신학은 무

가치하다고 생각했다. 굳이 비정형의 존재를 설정하면서 믿음을 강조해야 하는지 이해할 수 없었다. 최소한, 증명되지 않은 말이라도 철학처럼 논리가 있으면 좋을 텐데, 신학에서는 '선 믿음, 후 깨달음'을 강조하는 사람들이 많았다. 이러한 가치관의 기저에는 분명히 여러 기독교인들의 영향이 있었다. 예수를 믿지 않으면 지옥에 간다는 빨간색 글자의 피켓을 들고 휴대용 마이크 음량을 최대로 맞추어 사람들에게 설교하는 지하철 속의 아저씨들, 건국대학교 앞에서 끈질기게 따라오며 예수를 믿어야 한다고 전파하는 외국인 목사, 그리고 고3 시절 한 대학의 면접을 보고 난 후 나에게 선배라며 쫓아와 카페에서 설교하고 돈은 내가 내게 한 파렴치한 사람들이 그랬다. 이들에게 어쩌면 종교는 자신의 삶의 휴식처이자 구도의 삶을 사는 목적이 아니라, 단순한 수단이었을지도 모른다. 그러나 어린 시절의 나는 좋은 종교인과 나쁜 종교인이 있다는 사실을 구분하여 생각하기에는 미숙했고, 뭉뚱그려 종교에 대한 부정적인 인식이 쌓이는 계기가 되었었다.

　나의 인식이 바뀌었던 결정적인 계기는 연세대학교의 신광철 목사님을 만나면서부터였다. 종교에 대한 회의감이 가득했던 나에게 마치 동네에 있는 친한 형처럼 가깝게 다가오셨다. 여전히 마음 한 구석에서 '당신이 종교에 대해 어떠한 말을 하든 받아들이지 않을 준비가 되어 있다'라는 방어기제가 있었지만, 목사님은 그보다는 오히려 기독교가 보이고 있는 나쁜 모습에 대해 성찰하고 반성하는 자세를 가져야 한다고 말씀하셨다. 많은 사람들을 이끌며, 신을 섬기는 목사의 위치에 있는 사람이 교회를 세습하거나 부정을 저지르는 행위들에 대해 구체적이고도 비판적으로 말씀하셨고, 이러한 모습을 보며 가지고 있던 경계심을 조금이나마 누그러트릴 수 있었다. 더 나아가 목사님이 개인적인 이야기를 해주는 것이 무척이나 와 닿았다. 목자의 길을 걸으리라 생각하지 못한 어린 시절, 사춘기의 방황 속에서 헤맸던 이야기, 지금의 사모님을 만난 이야기, 아이들이 아파 함께 뒤풀이에 가지 못해 남는 아쉬움 등을 듣고 느낄 수 있었다. 그러자 신학이라는 학문이 어쩌면 공동체를 만들 수 있는 '철학'이 아닐까라는 생각이 들었다. 철학이 개인의 논리를 쌓아올리는 첨예하고 다소 냉정한 작업이라면, 종교라는 것은 추상적이지만 보편적인 가치를 앞세워 공동체를 모으는 효과를 준다. 그리고 공동체에서 '믿음'을 통해 더 많은 사람들을 도울 수 있는 선순환이 일어나는 것 아닐까. 그래서 믿음으로 종교는 얕지만 넓고, 따뜻한 철학이라는 생각을 하게 되었다.

그래서 이번 선교 투어를 통해서 기독교라는 종교가 정확히 어떻게 다가오는지 알고 싶다. 많은 사람들이 기독교를 믿는 이유를 아직 모른다. 현실 속에서 부딪혀온 내가 접한 기독교는 호감이 가는 종교가 아니었다. 하지만 목사님, 동기 누나, 해외봉사를 다녀온 동생들의 성품과 따뜻한 기도가 호기심을 불러일으킨다. 나를 위해 기도하는 사람들이 어떠한 마음으로 믿음을 가지고 기독교를 대하는지 알고 싶다. 종교를 떠나, 내가 가진 어려움과 두려움에서 자유로워지고, 남들에게 따뜻한 위로의 기도를 할 수 있는 사람이 되고 싶다. 이번 선교 여행은 나에게 현실에서의 자유를 주는 여행임과 동시에, 기독교에 대해 자세히 알 수 있는 기회가 될 것이라고 생각한다.

의료인을 꿈꾸는 연세인들, 세계를 품다

세상에 힘이 되는
치과의사

장윤서(연세대학교 치과대학)

나는 치과의사를 꿈꾸었을 때부터 단순한 직업으로서 치과의사가 아닌, 많은 환자를 도우며 세상에 힘이 되는 치과의사가 되고 싶었다. 어렸을 적부터 낙후된 지역의 어린이들을 후원해 오신 부모님과 교회에서 의료선교 봉사를 떠나는 봉사자분들을 보고 자랐기에 이러한 봉사에 대해 큰 관심이 있었다. 이런 마음들이 합쳐져, 치과대에 진학하면 의료선교를 가보고, 치과의사가 되어서도 꾸준히 봉사를 하고 싶다는 생각을 항상 해왔다.

그래서 치대에 합격한 순간부터 학교에서 진행하는 의료선교 활동을 찾아보던 중에, 베트남 의료선교 투어에 대한 공지를 보게 되었다. 그리고 이 기회를 놓치고 싶지 않아 망설임 없이 지원했다. 작년 여름 몽골봉사에 지원했을 때에는 아쉽게 기회를 얻지 못했기에, 이번 기회가 더욱 소중하게 느껴졌다.

이번 베트남 의료선교 투어가 다른 의료선교 관련 활동들보다 매력적으로 다가온 이유는, 타지에서 생활하며 의료인으로 살고 계신 선교사님들을 뵙기 때문이었다. 직접 현장에서 활동하고 계신 의료선교사님들을 만나 그분들의 간증을 듣고, 의료선교사의 삶을 두 눈으로 확인하는 것이 내게 매우 좋은 기회일거라고 여겼다.

베트남 의료선교 투어를 통해 베트남의 의료현장은 어떤지, 한국과의 차이는 어떤지 알고 싶다. 해외여행을 통해 그 나라의 문화와 음식을 접하기는 쉽지만, 의료 현장을 접하고 배우는 것은 정말 흔치 않은 일이다. 때문에 이 선교 투어를 통해 베트남의 병원을 방문하여 경험해 보고 싶다.

또한 의료선교사님들의 삶을 보고 싶다. 한국에 거주하며 단기간 해외선교를 다녀오시는 것이 아닌, 직접 해외에 거주하며 그곳에서 의료선교 활동을 펼치시는 의료선교사님들을 만난다는 것이 굉장히 기대된다. 그분들의 간증을 듣고 삶의 자세를 배워보는 시간을 가지고 싶다.

의료로
섬기는 삶

조원정(연세대학교 의과대학)

의과대학에 합격한 직후 내가 가장 처음 알아보았던 것은 현재 다니고 있는 분당우리교회 의료선교부의 올겨울 단기 의료선교팀 참여 가능 여부였다. 나에게는 학업적으로 고될 본과 생활을 지치지 않고 감사로 버티기 위해서는 의학을 공부하는 이유를 더욱 명확하게 알고 더욱 선명한 비전을 가지는 것이 최우선 순위였다. 그렇게 올여름부터는 방학 때마다 짧게라도 국내·해외로 의료봉사를 가서 현장의 수요를 보고 의학을 대하는 마음과 동기를 새롭게 다잡고자 하는 마음의 소원이 생겼었다. 하지만 올겨울 단기 선교는 없고 여름에만 해외 단기 선교가 있다는 안내를 받아 아쉬운 마음을 감출 수 없었다.

그런데 마침 연세대학교 의과대학에서 베트남 선교 공고를 보게 되었고, 설레는 마음으로 지원하게 되었다. 처음에는 아직 본과 1학년 학생이니 지식과 경험적으로 의료봉사를 한다는 것이 턱없이 부족하고 실제 현장에서 얼마나 도움이 될 수 있을지 몰라 지원에 주저하였다. 하지만 중학교 1학년 때 "창끝"이라는 선교 영화를 보고 의료선교에 도움이 되는 사람이 되겠다는 비전을 갖고 공부하여 의과 대학에 오게 되었기에 이번 선교에 용기를 내어 지원하였다. 선교 투어를 가면서 가장 우선으로 내 삶의 가장 궁극적인 꿈인 의료봉사를 실천하기 위해 직접 현장에 가서 그 수요를 피부로 느껴 "세상에 선을 베푸는" 의학의 의미를 찾고, 공부로 지치고 힘들 때마다 환우들의 눈물과 필요를 기억하며 버텨내고 싶었다. 현지에서 만나는 환우들과 사랑으로 섬기는 선교사님들을 뵙고 이를 통해 하나님께서 내게 주신 비전, '가는 곳마다 선교지이며 주변인들을 의료로 섬기는 삶'이 더 명확해지는 소망과 지금까지 학업을 이어나갈 수 있도록 내 삶을 어우른 은혜에 대한 이유를 찾고자 하는 기대로 선교 투어를 선택하게 되었다.

기대를 안고
떠날 준비를 하다

최민경(연세대학교 간호대학)

사실 지난 한 학기 동안 간호대학 학생회 부회장을 역임하면서 신체적으로, 심리적으로 많이 힘들었다. 때문에 방학 동안 이루어지는 국제교류 프로그램을 일상에서 벗어나기 위한 하나의 도피처 정도로 생각했던 것 같다. 간호대학 내에는 많은 국제교류 프로그램이 존재한다. 학우들의 이목을 끌기에 충분한 캐나다, 미국 등 여러 선진국의 간호사의 현재를 알 수 있는 그런 프로그램 말이다. 하지만 내가 그중에서도 '베트남 선교 투어'를 선택한 이유는 여러 가지 궁금증이 생겼기 때문이다. 첫째로 우리 세브란스 병원도 외국 의료선교사들의 선교를 통해 설립된 병원인데, 우리는 의료선교가 무엇인지 제대로 알고 있을까라는 의문점이 들었다. 둘째로 세브란스 병원은 내가 미래에 근무하게 될지도 모르는 곳인데 과연 선교가 무엇이길래 현재까지 남을 큰 업적을 남길 수 있는 것인가에 대한 궁금증이 생겼다. 마지막으로 가톨릭 신자인 나도 어느 순간부터 종교에 대한 부정적인 감정들이 하나씩 생겨난 것 같아서 이러한 나의 마음 또한 이번 선교 투어를 통해서 다 잡을 수 있을까 하는 조금은 엉뚱한 궁금증 또한 생겼던 것 같다. 곧 떠나게 될 선교 투어에서 내가 떠올렸던 이 궁금증들에 대한 답을 찾고 싶다는 마음과, 어떤 해답을 만날 수 있을까 하는 생각에 선교 투어에 대한 기대치는 높아져만 같다.

이번 선교 투어는 의과대학, 치과대학, 간호대학 3개의 단과대학생들과 함께 진행된다고 전해 들었다. 사실 의료원 소속인 의과대학, 치과대학, 간호대학 3개의 단과대학생들은 마주칠 일이 종종 발생하지만, 그렇게 교류가 활발한 것은 아니라고 생각했다. 나만 하더라도 앞서 언급한 단과대학생들을 잘 모를뿐더러, 동아리 같은 교류 프로그램도 참여하고 있지 않기 때문이다. 개인적인 생각으로 대학생활이라는 것은 물론 학업과 성적도 중요하지만, 그중 으뜸은 인간관계라고 생각해왔다. 하지만 학년이 오를수록 어려워지는 전공, 점심 먹을 시간조차 충분하지 않은 시간표를 보며 타단과대학생들과 교류할 엄두조차 내지 못했었다. 그렇기 때문에 방학 기간을 통해 이루어지는 본 베트남 선교 투어 프로그램에 대한 기대가 더 컸었던 것 같다. 나아가 이번 프로그램과 같은 유익한 시간을 통해서 투어 팀원들이 비슷한 전공 관련 이야기도 나누고, 의료선교란 무엇인지, 어떻게 생각하는지에 대한 이야기도 나눌 수 있는 시간을 가질 수 있다는 생각에 설렘은 커져만 갔다.

의료인을 꿈꾸는 연세인들, 세계를 품다

하지만 막상 선교 투어를 떠나는 당일이 가까워지자 나는 조금씩 초조한 감정을 감출 수 없었다. 그 이유는 내가 간호대학 대표로 참석해서 4박 6일의 일정을 잘 해낼 수 있을까라는 생각 때문이었던 것 같다. 평소에 내가 가장 힘들다고 생각하는 감정은 부담감인데 이러한 부담감이 점점 나를 옥죄어왔다. 그렇게 점점 출발일은 다가오고, 이 감정 상태로는 도저히 투어를 떠날 수 없겠다는 생각에 친한 친구에게 상담을 요청했었다. 사실 그 당시 내가 느꼈던 감정들 그리고 고민들은 남들이 생각하기에 사서 고생한다고 느낄 수도 있다. 하지만 나의 성격상, 그러한 부담감은 일의 결과에 조그마한 스크래치를 항상 남겨왔기 때문에 정리를 위해 친구와 상담이 더 절실히 필요했던 것 같다. 그렇게 친구와의 이야기는 상당히 길어졌고 수많은 해답을 내게 남겨주었다.

딱 한 가지만 말하고 싶다. 바로 '사서 고생 할 필요가 없다는 것.' 요즘 사람들은 젊은이들에게 이 말을 정말 많이 건넨다. "너 나이 때 고생은 사서도 한다." 그리고 나도 그렇게 생각해왔다. 지금 하는 고생이 나중에는 빛을 발하고 풍성한 열매를 맺을 것이라고. 하지만 이번 고민을 통해 느낀 것이 있다. 만약 내가 느끼는 부담감이나 어떤 다양한 감정들이 어떠한 일의 방향성을 흩트리는 감정들이라면 사서 할 필요가 없다는 것을 말이다. 그래서 긍정적으로 생각하기로 마음먹었다. 내가 간호대학 대표로 참여해서 그 역할을 잘 수행해내지 못 할 것이라는 생각보다는 아직 부족하지만 최선을 다하는 사람이 되자고 말이다. 그렇게 생각하자 점점 부담감은 내 어깨에서 내려오기 시작했고 가벼운 마음으로 선교 투어를 떠날 수 있었다.

사실 이번 선교 투어에서 기대되는 점은 굉장히 많다. 나의 궁금증을 해결해줄 경험을 할 수 있을까. 다학제적인 접근이 상당히 많이 이루어지고 있는 이 시점에서 해외에서의 의사, 치과의사, 간호사는 어떠한 역할을 수행하고 있을까, 단과대학의 대표로 과연 나는 리더십을 잘 발휘할 수 있을까 등의 의문이 존재한다. 하지만 이러한 기대들은 나의 노력으로 충분히 해결하고 성취할 수 있는 것들이라고 생각한다.

고등학교 재학할 당시 독실한 크리스천이었던 나의 친한 친구가 가톨릭을 비하하고 폄하하였는데, 그 당시의 기억이 꽤나 충격적이었던지 선교 투어 프로그램을 접하면서 "과연 선교란 무엇일까"라는 의문이 가장 먼저 생겼었다. 그래서 기독교를 기초로 한 선교 투어 프로그램이라고 하면 나와 같이 부정적인 기억을 가지고 있거나 무신론자 혹은 타종교의 신자들은 약간의 거부감을 느낄 수 있다고 생각한다. 때문에 강요하지 않고 서로를 존중하고 배려하는 선교 투어가 됐으면 하는 바람이다.

이번 선교 투어를 통해서 많은 것을 얻기 바라고 또 기대한다. 앞으로 내가 미래에 어떻게 나아갈 수 있을지에 대한 방향성을 결정하기 위한 선교 투어. 지금은 출발 12시간 전이다.

의료인을 꿈꾸는 연세인들, 세계를 품다

세계로 내딛는
나의 첫 발걸음

허종윤(연세대학교 간호대학)

처음에는 급하게 선교 투어에 신청을 하게 돼서 내가 꼭 가야 하는 이유에 대해 생각하지 못 하고 준비도 하지 못 하고 면접을 보았다. 면접 이후 내가 선교 투어에 가야 하는 이유에 대해서 진지하게 생각해 보는 시간을 가지게 되었다.

미국, 캐나다, 일본 등 간호대학에서 실시하는 다양한 국제 교류 프로그램이 있었다. 그중에서 나는 단순히 '선교'라는 점에 끌려서 처음에는 뚜렷한 이유 없이 프로그램을 신청하게 되었다. 하지만 면접을 보고, 목사님과 선교사님을 뵈면서 이유와 목적을 찾아야겠다고 생각했다. 여행이든 공부든 의미 없이 시간을 보낸다면 그저 시간을 보내는 것이지만 목적을 가지고 나아간다면 처음에는 뚜렷하지 않았던 의미와 목적도 생기는 것을 경험하였다.

아직 살아온 인생이 길지는 않지만, 크게 넉넉하게 살지도 않았지만, 삼시 세끼 문제없이 먹고, 학원 다니며 큰 걱정도 없었다. 대학에 와서는 부모님께서 등록금도 내주시고, 용돈도 주셨다. 그럼에도 불구하고 더 넉넉하지 않다는 이유로 항상 나의 삶은 불평, 불만으로 가득차 있었다. 간호대학에 입학할 때는 특별히 주변의 소중한 사람이 아프거나, 나 또한 크게 아파본 적이 없었기 때문에 어떠한 목적이나 이유 없이 학교에 지원했다. 그런데, 내가 어떤 목적성이나 사명의식이 전혀 없이 단지 '직업'을 가지기 위해, 돈을 벌기 위해 간호대학을 다니면 분명 짧은 기간 안에 버티지 못 하고 나갈 것 같다는 생각을 하게 되었다. 그래서 간호, 의학 관련 학문 및 각종 국제 간호 사정을 알기 이전에 내가 어떠한 목적을 가지고 수학을 해야 할지 알고 싶었다.

또한, 내가 과연 간호사로서 어떤 역할을 할 수 있을지 직접 눈으로 확인하고, 의과대학, 치과대학 학생들, 선교사님, 목사님과 교류하면서 성숙하고 싶었다. 의료선교사님의 특강, 선교 기관 방문, 의료선교 현장의 현실과 과제 배우기가 이번 의료원 원목실 주관 베트남 국제교류 프로그램의 내용인데, 과연 국제의료 내에서 할 수 있는 역할이 있을까, 혹은 임상간호사의 영역을 넓혀서 어떤 일을 할 수 있을까, 우리나라와 다른 외국의 의료 환경은 어떨까 등 궁금한 점이 굉장히 많았다. 다양한 국제교류 프로그램이 있었지만, 선교 투어는 나의 질문에 대한 답을 찾을 수 있을 것 같았고, 이런 귀중한 기회가 쉽게 오지 않을 것 같아서 마음이 기울어졌다.

학교생활을 바쁘게 하다보면 주위 사람들을 둘러보지 못하고 이기

의료인을 꿈꾸는 연세인들, 세계를 품다

적인 사람이 될 때가 많다. 이번 선교 투어를 통해 나만이 아닌 다른 사람을 돌보고 배려할 줄 아는 사람이 되고 싶다. 긴 실습시간과 교직 이수로 체력적으로, 심리적으로 하루하루를 보내는 것이 힘들다보니, 사람을 만날 때도, 공부를 할 때도, 심지어 놀 때조차 그저 시간을 때우곤 했다. 내 자신을 돌아보고 하나님을 다시 만나고 싶다. 유치원부터 중학교까지 교회에서 보낸 나의 인생은 하나님의 은혜 속에 행복하고 찬란하였다. 하지만 중학교에 다니면서 점차 세상에 물들어가고 공부와 교회 내 각종 비리 사건들을 핑계로 교회와 하나님을 떠나게 되었다. 성인이 되어서는 각종 세상의 말을 듣고, 안 좋은 교회와 관련된 기억으로 인한 두려움으로 하나님과 말씀을 잊으며 살아왔다. 이번 선교 투어로 하나님을 다시 만나고 그 안에서 다시 살아가고 싶다.

2장

배움과 열정의
현장을
돌아보다

설레는
시작

김태연(연세대학교 치과대학)

2018년 8월 7일(화요일) 대망의 해외 의료선교 투어가 시작되었다. 의과대학 세 명, 치과대학 세 명, 간호대학 세 명의 학생과 목사님까지 총 열 명의 대원이 집결했다. 한껏 들뜬 마음으로 모두 설렌 표정이었다. 각자 수속을 마치고, 단체 사진을 찍었다. 처음 만남은 어색했지만 금방 친해졌다. 수속을 마친 후, 공항에서 필요한 물품을 구입하고, 환전도 하였다. 각자 식사를 마친 후 6시 30분에 탑승 게이트에 모였다. 탑승이 지연되어 7시에 비행기에 올랐고 7시 30분에 비행기가 이륙하였다. 한국을 떠나며 설레는 마음을 가득 안고 베트남행 비행기에 몸을 실었다.

밤 11시 30분, 베트남의 수도 하노이 노이바이공항에 도착하였다. 장시간의 야간비행으로 지쳐있을 법도 한데, 다들 웃는 얼굴이었다.

짐을 찾은 후, 미니버스에 승차했다. 숙소에 도착하니 새벽이었다. 두세 명씩 한 방을 쓰게 되었다. 방 배정을 받은 후, QT를 위해 한 장소에 다 같이 모였다.

도착 예배를 드린 후, 신광철 목사님께서 좋은 말씀을 해주셨다. 마가복음 구절을 읽어 주셨고 함께 낭독했다. 그리고 한센인 이야기를 들려주시며 육체로도, 마음으로도 치료할 수 있어야 된다고 하셨다. 첫날 새벽이었지만, 앞으로 선교활동을 위해 마음을 다잡을 수 있는 시간이었다. 선교 투어가 설레고 보람될 것이라 확신했다.

여학생들은 일부러 학과와 상관없이 방을 섞어 썼다. 다들 친해질 좋은 기회였다. 나는 민경이와 종윤이와 한 방을 썼고, 윤서는 진영이와, 동연이는 원정이와 함께 방을 썼다. 성환이는 도훈이와 한 방을 썼다. 성환이와 도훈이가 사 온 아이스크림을 같이 먹으며 장시간 여정의 피곤을 풀었다. 담소를 나누며 인사를 하고, 친해질 수 있었다.

의료인을 꿈꾸는 연세인들, 세계를 품다

의료 정책의 중요성을
실감하다

김진영(연세대학교 치과대학)

베트남에 도착해 일정을 진행하는 첫날의 일과는 아침 9시 30분 시작되었다. 우리가 묵은 호텔은 하노이 스포츠호텔로 아침 식사는 호텔 조식이었다. 현지에서 먹는 첫 식사였기 때문에 엄청난 궁금증을 안고 있었다. 역시 쌀국수가 조식의 가장 큰 부분을 차지했다. 직원이 직접 쌀국수를 떠 주었고, 쌀국수 위에 고수와 고기 등의 고명을 올려주었다. 이외의 조식 음식들은 다른 국가들의 호텔 조식과 비슷했다. 소시지, 빵, 계란, 과일 등이 주를 이루었다. 조금 특이한 점이 있었다면 집게와 같이 음식을 담는 기구들이 완벽하게 준비되어 있지 않았다. 빵과 같은 음식들은 집게 없이 손으로 직접 담게 되어 있었다. 또한 주스를 마시기 위해 준비되어 있는 유리컵에는 얼룩이 묻어 있었다. 이는 아마도 컵을 씻을 때 깨끗이 정수된 물 이외에 석회수를 쓰기 때문이라고 생각되었다. 실제 여행을 하면서 봤을 때 마시는 물을 포함해 음식이나 식기 도구들을 세척할 때 깨끗이 정수된 물을 쓰는 나라는 많지 않은 것 같다. 우리나라에서는 정수를 쓰는 것이 당연하지만 많은 국가에서 석회수를 사용하고 마시는 것이 일반적으로 보였다. 의료선교 투어를 통해 베트남에 방문한 만큼 건강 측면에서 보면 식생활이 몸 건강에 직결되는 부분이기 때문에 이런 위생적인 부분들이 해결되면 국민들의 건강 수준이 높아질 것 같다고 느꼈다.

아침식사 이후에는 15~20분에 걸친 간단한 큐티(Quiet Time)가 있었다. 큐티는 하나님과 개인적으로 갖는 영적 교제의 시간으로 우리는 목사님의 성경 말씀 이후에 학생 한 명이 오늘의 활동을 위해 기도드리는 것으로 진행하였다. 일정 첫날 목사님의 말씀은 '착한 사마리

▐ 일정 첫날 아침 식사 모습

의료인을 꿈꾸는 연세인들, 세계를 품다

아인'에 관한 이야기였다. 누가복음 10장 30~37절에 기록된 '착한 사마리아인'의 내용은 다음과 같다.

예수께서 대답하여 가라사대, "어떤 사람이 예루살렘에서 여리고로 내려가다가 강도를 만나매 강도들이 그 옷을 벗기고 때려 거반 죽은 것을 버리고 갔더라. 마침 한 제사장이 그 길로 내려가다가 그를 보고 피하여 지나가고, 또 이와 같이 한 레위인도 그 곳에 이르러 그를 보고 피하여 지나가되, 어떤 사마리아인은 여행하는 중 거기 이르러 그를 보고 불쌍히 여겨, 가까이 가서 기름과 포도주를 그 상처에 붓고 싸매고 자기 짐승에 태워 주막으로 데리고 가서 돌보아 주고, 이튿날에 데나리온 둘을 내어 주막 주인에게 주며 가로되 '이 사람을 돌보아 주라. 부비가 더 들면 내가 돌아올 때에 갚으리라' 하였으니 네 의견에는 이 세 사람 중에 누가 강도 만난 자의 이웃이 되겠느냐?" 가로되 "자비를 베푼 자니이다." 예수께서 이르시되, "가서 너도 이와 같이 하라!" 하시니라(누가복음 10:30-37).

'착한 사마리아인'의 내용은, 노출되면 가장 위험한 상황에 처할 수 있는 사마리아인임에도 불구하고 강도에 습격 받아 크게 다친 사람을 지나치지 않고 그 사람을 치료해준 사람에 관한 이야기이다. 위험을 무릅쓰고 치료해주었을 뿐만 아니라 자신의 돈을 지불하면서까지 다친 자를 신경써준 사마리아인이 진정으로 하나님의 말씀을 실천하고 있는 사람인 것이다. 우리도 사마리아인처럼 다른 사람의 시선을

▋ 대조가 되었던 낙후된 건물과 발전된 건물들

신경 쓰는 것보다는 이웃을 먼저 사랑하고 손을 내밀 수 있는 자가 될 수 있는 용기를 갖는 사람이 되었으면 좋겠다는 목사님의 설명을 들었다. 역지사지의 입장에서 이웃을 사랑하고 돕는 것이 그리스도의 말씀을 실천하는 것이자 사랑을 베푸는 방법일 것이다.

아침식사와 큐티를 마친 이후에는 우리의 일정 동안 함께해주시는 김시찬 선교사님께서 운영하고 계시는 킴스클리닉(KIM's Clinic)을 방문하였다. 킴스클리닉을 찾아 차로 이동하는 과정에서 본 베트남의 거리는 매우 신기했다. 처음 큰 도로로 빠져나가기 전의 작은 도로들은 내가 상상했던 동남아의 모습과 매우 유사했다. 작은 가게들이 있고 위생이나 시설이 좋아 보이지 않은 곳들이 대부분이었다. 하지만 킴스클리닉으로 향하는 큰 도로로 나오니 으리으리한 건물들이 줄지어 서 있었다. 우리나라의 서울과 크게 다를 것 없는 모습이었다.

킴스클리닉은 발달된 건물들 중 하나에 위치한 병원이었다. 골든 펠리스 A동 3층에 위치한 병원은 우리나라의 작은 개인병원과 크게

의료인을 꿈꾸는 연세인들, 세계를 품다

다른 것 없는 모습이었다. 우리나라의 작은 개인병원은 세분화된 진료과목 중에서 하나의 과목을 진료하는 것과 달리 킴스클리닉은 내과, 외과, 피부과를 비롯한 다양한 진료과목을 가지고 있었다. 우리나라에 비해 덜 발달된 의료 기술을 갖고 있는 베트남이지만 킴스클리닉은 우리나라와 동등한 의료 장비와 기술을 지니고 있었다. 그 때문인지 대부분의 환자들이 한국인이었다.

우리는 세 팀으로 나누어 병원을 세부적으로 둘러보았다. 의대생 세 명과 치대의 본과생은 클리닉의 의사 선생님들을 따라 설명을 들었고 간호대생들은 클리닉의 간호사 선생님들을 따라 클리닉에서 간호사들의 역할에 대한 이야기를 들었다. 나를 포함한 치대의 예과생들은 병원과 함께 있는 약국에서 약사분의 일을 도우며 병원의 전반

▌킴스클리닉의 외관

적인 일에 대해 설명을 들었다.

병원에서 진찰을 받고 약국으로 가 약을 받는 우리나라의 병원과는 달리 킴스클리닉은 병원 내에 있는 약국에서 약을 처방해주고 병원의 진찰비와 함께 계산하는 형식이었다. 한국인 환자들이 대부분인 킴스클리닉에서 나는 베트남 약사 분을 도와 한국어로 약의 이름과 복용법을 적는 역할을 했다. 약사 분을 도우면서 우연히 처방전을 보고 깜짝 놀랐다. 우리나라에서는 싼 값에 구할 수 있는 해열제와 소화제 같은 약들이 베트남에서는 몇 만 원은 줘야 구할 수 있는 것이었다. 약이 보험으로 처리되어 싼 값에 구입할 수 있는 우리나라와는 달리 베트남은 의료보험과 같은 정책이 성립되어 있지 않았던 것이다. 의료기술의 수준이 아무리 높아진다 해도 보험과 같은 의료 정책이 발전하지 않는다면 일반 국민들은 금전적인 부담으로 인해 치료를 받거나 약을 구입하는 일은 상상조차 힘들 것 같다고 생각했다. 한 국가의 의료수준의 발달을 위해서는 의료기술뿐만 아니라 의료정책 또한 매우 중요한 부분이라는 사실을 느낄 수 있는 경험이었다.

의료인을 꿈꾸는 연세인들, 세계를 품다

꿈을 심는
선교

김도훈(연세대학교 의과대학)

점심을 맛있게 먹고 오후 1시 베트남의 국립병원인 백마이병원을 방문하였다. 병원 건물 밖의 거리에는 많은 사람이 대기하고 있는 모습을 확인할 수 있었는데, 처음에는 이들 모두가 환자로 진료를 받기 위해 대기하는 줄로만 알았다. 그러나 확인해 보니 베트남의 풍습상 환자 1명당 친인척 두세 명이 대기한다고 한다. 우리나라에서는 감염 방지 및 환자의 안전을 위하여 가족 방문을 제한하고 있는 실제와는 대조적이었다. 김시찬 선교사님의 병원에서 함께 근무하시는 알렉스 (Alex)의 친구이자 백마이병원에서 의사 생활을 하시는 쿠펑 의사선생님과 함께 병원 투어를 시작했다.

본격적으로 중환자실이 있는 병원 건물부터 투어를 시작하였는데 여기도 한국처럼 층마다 다른 분과가 존재하고 각 층에서 과별로 나뉘어 존재하였다. 다만, 복도에 많은 환자와 친인척이 바닥에 앉아 있었다는 점과 환기가 원활하지 않고 실내 온도가 적절치 않았다는 점에서 위생상태의 개선이 필요해 보였다. 이 건물의 중환자실은 5층과 6층에 있는데 5층의 경우에는 혼수상태(coma)에 빠진 환자 등 중환자가 있어 들어가지 못하고 6층은 아직 준비 중에 있는 상태였다. 특히 심장과의 경우에는 UNIT 10까지로 나누어져 있었으며 새로 지어진 건물과 구건물이 함께 존재하였다.

쿠펑 선생님께서는 대학병원이 따로 있는 것은 아니고 90% 이상이 국가병원이라고 하셨으며, 전체 의사 중 불과 30%만이 전문의 과정을 대형병원에서 밟고 나머지 의사들은 일반병원으로 가서 더 공부한다고 하였다. 한국에서는 90% 이상이 전문의 과정을 밟는다는

▌ 베트남의 국립병원인 백마이병원

의료인을 꿈꾸는 연세인들, 세계를 품다

점과 비교할 때 매우 대조적이다.

이어 다른 병원 건물들을 둘러보기 위해 밖으로 나왔다. 외래 진료를 하는 건물, 정신과(Psychiatric clinic) 및 신경과(neurology) 건물, 국가열대성질

▌백마이병원 건물에서 환자를 기다리는 친척들

병(National tropical disease)을 케어하는 건물, 재활학과(rehabilitation welfare), 약국 건물, 피부과(derma- tology) 건물, 심장과 구관, 이비인후과 건물, 혈액학과(hematol- ogy) 건물 등이 있었다. 여러 과로 나누어 생각보다 구체적으로 잘 갖춰져 있다는 점이 놀라웠다. 하지만 병원 밖에서 돌아다닐 때 담배를 길거리에서 걸어 다니며 피우거나 위생이 다소 걱정되는 음료를 판매하는 것 등이 아쉬웠다.

킴스클리닉에 들러 김시찬 선교사님을 모시고 함께 문묘(반 미에우 van mieu)로 출발하였다. 문묘가 있는 거리에는 빌 클린턴 대통령이 다녀갔다는 CRAFTLINK 기념품 가게가 있었으며 길거리에는 한국 돈으로 천 원이면 머리를 깎아주는 길거리 이발소가 있었다. 이어 문묘에 도착하여 한 사람당 33,000동, 한국 돈으로 약 1,700원의 입장료를 내고 입장하였다. 문묘의 문 위쪽에는 공자와 그 제자들이 조그맣게 동상으로 있었으며 내부 옆쪽으로는 공원과 연못이 있었다. 안

쪽 뜰에는 진사 시험 곧 과거시험에 합격한 사람들에 대한 기록이 비석으로 남겨져 있었으며 하노이의 상징물로 일컬어지는 문 또한 있었다. 베트남에서는 왕을 용(탕롱)으로 나타내므로 그에 대한 상징물이 있었으며 옆으로는 기념품을 판매하는 가게가 있었다. 건물 안에는 공자와 제자들에 대한 동상이 있었으며, 안쪽으로 들어가면 과거 시대의 대학이 나오고 공자와 제자들의 동상을 찾아볼 수 있었다.

 허기진 배를 이끌고 도착한 곳은 아이들이 요리의 꿈을 키울 수 있도록 도와주는 비영리기업에서 운영하고 있는 음식점이었다. 'KOTO'(Know One, Teach One)라는 모토로 한 사람 한 사람씩 가르쳐

▌문묘의 문

의료인을 꿈꾸는 연세인들, 세계를 품다

▌베트남에서 가장 오래된 교회의 외관과 내부 모습

나가는 시스템으로 운영되고 있었고, 음식은 매우 다양하게 구성되어 있었으며 그 맛 또한 매우 훌륭하였다.

저녁식사를 마치고 간 곳은 베트남 하노이를 비롯한 베트남 북부에서 제일 큰 교회였다. 이 교회는 베트남에서 가장 오래된 교회로(약 102년), 현재 신도들은 약 1,000명 정도 된다. 베트남은 종교에 대한 규제가 강하여 베트남의 크리스천은 믿음이 아주 강한 편이라고 한다. 참고로 현재 선교활동이 베트남으로부터 라오스로 활발하게 전파되고 있는데, 그 이유는 베트남에서 라오스로 많이 건너가 경제의 밑바닥부터 열심히 일하고 있기 때문이라고 한다.

교회에 다녀온 후에는 숙소로 향했고 하루의 일과를 마치기 전 선교사님께서 저녁 강의를 해주셨다. 베트남에 대해서 그리고 선교사님의 삶에 대해서 알 수 있었던 좋은 시간이었다. 현재는 달라졌지만 당시 베트남 사람들의 '평화를 위한 투쟁, 사회의 평등, 문화와 교육 증진, 어린 세대를 위한 복지'(struggle for peace, equality of community, culture and education promotion, care for young generation) 덕분에 베트남 하노이는 1999년 유네스코로부터 '평화의 도시'(city of peace)로 선정되었다고 한다. 더불어 우리들이 선교활동을 하면서 느껴야 하는 것으로는 한 사람 한 사람이 모두 매우 귀중한 존재임을 깨닫는 것, 참고 기다리는 인내심이 필요하다는 것, 필요로 하는 것에 반응하고 열심히 다가가는 것, 마지막으로는 타인에게 꿈을 실어주어야 한다는 것이 있음을 배웠다. 이어 선교사님의 활동에 대해서 자세한 이야기를 들었고 각자 생각해보는 시간을 가졌다. 강의 중에 본 성경 구절을 남기며 오늘의 기록을 마친다.

You don't need a lot of equipment.

You are the equipment(Matthew 10:10 "the Message").

의료인을 꿈꾸는 연세인들, 세계를 품다

베트남 소수민족과의
만남

장윤서(연세대학교 치과대학)

　오늘 일정을 위해 먼 길을 가야 했기 때문에, 우리는 새벽 6시에 모여 차에 탔다. 이른 시간인지라 다들 차에서 정신없이 눈을 붙였다.

　약 두세 시간을 달려 도착한 곳은 베트남의 소수민족이 모여 사는 마을이었다. 베트남에는 54개의 소수민족들이 있고, 그 속에서도 계통별로 나뉘어져 다양한 생활형태의 모습을 가지고 살아간다. 우리는 그들의 생활방식을 직접 보고 느끼고 체험해 봄으로써, 그들이 가지게 되는 건강문제와 해결책은 무엇이 있을지 생각해보기로 하였다.

　우리는 그중 두 집에 방문했는데, 첫 번째 집은 룽족, 그 중에서도 잉잉계통의 집이었다. 들어가기 전, 마당에서 주민들과 인사를 나눴다. 남녀노소 구분 없이 다들 웃음으로 친절하게 맞이해주셔서 마음이 따뜻해졌다.

　이들의 집은 지상인 1층과 낮은 2층으로 나뉘어져 있고 1층에는 개나 닭과 같은 가축을 키운다. 거주공간은 2층에 마련되어 있으며 이는 가축과의 접촉을 최소화하기 위해 설계된 것이라고 한다. 하지만 1층과 2층의 경계가 나무 한 겹으로만 나뉘어져 있기 때문에, 밑에서 올라오는 가축의 병균을 피하기란 어려워보였다.

　계단을 통해 2층으로 올라가면 부엌이 바로 보이는데, 24시간 장작으로 불을 피운다. 우리가 방문했을 때에도 평소처럼 불을 피우고 있었고, 탁한 연기로 숨이 막히는 기분이 들었다. 이러한 생활방식 때문에 많은 거주민들이 호흡기 질환을 가지고 있다고 한다. 지붕과 벽을 보면 빛이 거의 들어오지 않는 구조이며, 환기가 잘 되지 않는다. 이 또한 호흡기질환의 원인이 된다. 그리고 어두운 공간에서 생활하기 때문에 위생관리가 잘 되지 않는다고 한다.

　부엌 옆쪽으로 들어가면 중앙에 커다란 공용생활공간이 있다. 이곳에 잠시 둘러앉아 집 구조와 이들의 풍습에 대한 설명을 간단히 들

　　　　　의료인을 꿈꾸는 연세인들, 세계를 품다

었다. 여기서 흥미로운 이야기를 하나 들었는데, 바로 이곳의 여성들은 앞니를 까맣게 염색하는 풍습이 있다는 것이다. 실제로 집주인 할머니께서도 검은 앞니를 가지고 계셨다. 앞니가 까말수록 미인으로 여기며, 검은 앞니가 충치를 예방한다는 미신이 있다고 한다. 치대에 재학 중인 나에게는 이 이야기가 기억에 강하게 남았다.

집주인이 '얀'이라는 과일을 대접해 주셨는데, 가지 채로 들고 다니며 한 열매씩 따먹는 과일이다. 얀은 우리 팀이 이번 베트남 투어 내내 손에 들고 다니며 먹었을 정도로, 한국에 와서도 계속 생각날 정도로 정말 맛이 있었다. 댁에 초대해 주셔서 감사하다는 의미로 작은 선물을 드렸다.

두 번째 집 또한 룽족의 집이었다. 외관이 첫 번째 집보다 조금 더 반듯하고 깔끔한데, 이는 경제적으로 더 잘 산다는 것을 의미한다.

집안 곳곳에서 첫 번째 집에 비해 더 나은 시설들을 확인할 수 있었다. 가장 확연히 드러난 곳이 부엌이었다. 첫 집과 달리 부엌을 구분지어 만들었고 더 위생적이었다. 풀과 기와를 엮어 만든 지붕을 통해 빛과 공기가 잘 드나들 수 있어서 한결 쾌적했다. 시간상 첫 집만큼 오래 머무르며 얘기를 듣지 못해 아쉬웠지만, 주인이 따스하게 맞아주셔서 감

사했다. 작은 선물을 드리고 마을을 떠나왔다.

　다음으로 이 마을의 지역보건소(Health Station)에 방문했다. 보통 의사 1명, 보조의사 1명, 간호사 3~4명이 근무하며 분만실, 응급실, 주사실 등이 있다. 한 달에 한두 번 정도 주민들에게 백신주사를 무상 제공하는 등 지역복지에 힘쓰고 있고, 의료계에 종사하는 실습생들이 파견을 오기도 한다. 2층의 교육실에서 보건소 부원장님과 앞선 일정에서 느낀 점을 공유하고, 간단한 질의응답을 통해 대화를 나누는 시간을 가졌다.

　　　　　　　　　　　의료인을 꿈꾸는 연세인들, 세계를 품다

Q1 현재 보건소의 목표와 방향은 무엇인가요?

A1 가정의학 전파. 이곳의 주민들이 기본적인 치료를 스스로 할 수 있도록 돕는 것이 주된 목표이다.

Q2 이 마을의 가장 시급한 문제와 해결책은 무엇인가요?

A2 위생이나 환경으로 인해 생기는 질병과 종족 내 결혼이 잦기 때문에 생기는 유전질환이 큰 문제이다. 최근 식습관이나 생활습관 개선을 통해 여러 질병들의 발병률이 눈에 띄게 낮아지고 있다. 그러나 한계에 부딪힌 이유는 과거부터 계승되는 소수민족의 풍습 때문이다. 예를 들어, 한 소수민족은 출산

직후부터 일정기간 젖을 주지 않는 풍습이 있는데, 이는 신생
아에게 영양문제를 갖게 한다. 이러한 문제는 뿌리 깊은 풍습
을 바꾸지 않는 이상 완벽한 해결이 어렵다. 종족 내 결혼으
로 발생하는 유전질환도 마찬가지이다.

Q3 위와 같이 소수민족의 풍습과 현대의학 간의 갈등이 생길 때, 어디
에 우선순위를 두나요?

A3 소수민족의 풍습에 우선순위를 둔다. 소수민족은 베트남에
서 큰 비율을 차지하고 있기 때문에 국가에서 많은 존중을 해
준다. 그래서 소수민족의 풍습과 현대의학 간의 갈등이 생길
경우를 대비하여, 이를 해결하기 위한 국가적인 프로그램이
존재한다. 예를 들어 따이족은 병원의 분만실이 아닌 집에서
분만하는 풍습을 고집하기 때문에, 조산사가 그들의 집으로
파견을 나가 출산을 돕는 프로그램이 있다.

마을 방문부터 지역 보건소에서의 질의응답까지, 오전 투어를 진
행하며 베트남 소수민족의 의료문제와 그에 대한 국가적인 정책에
대해 배울 수 있어서 정말 뜻깊은 시간이었다.

넓게 보라

서동연(연세대학교 간호대학)

2018년 8월 9일 오후부터 저녁 사이에는 소수민족 박물관 관람, 현지 의대생들과 미팅을 한 후 저녁식사를 하고 선교사님의 강의를 듣는 일정을 가졌다.

소수민족 박물관 관람

소수민족 박물관에서는 베트남의 소수민족에 대한 설명과 함께 특히 그들의 문화를 배우고 직접 체험해볼 수 있었다. 베트남에는 54개의 소수민족이 존재한다. 박물관 입구로 들어가자마자 보이는 동상이 있는데 이는 호치민이었다. 호치민은 구-베트남 민주공화국의 초대 대통령으로, 베트남의 대표적인 인물이다. 동상의 뒤에는 많은 사람들이 그려진 큰 그림이 있었는데, 이 그림은 베트남의 동서남북 각각의 문화가 그려져 있는 것이었다. 소수민족박물관에서는 베트남의 문화를 직접 시현해주고 체험해볼 수 있었다. 처음 들어간 방에서는 전통 인형극을 볼 수 있었는데, 지금껏 알던 인형극과 다른 점은 물속에서 인형을 조종한다는 것이었다. 긴 막대기 끝에 인형이 달려있고 흙탕물 속에서 막대기를 움직여 인형이 조종되는 것을 보이지 않게 했다. 이러한 눈속임과 더불어 물의 움직임으로 인해 인형극이 아주 생동감이 있고 흥미진진했다.

다음 방에서는 빌리지 게이트를 보았다. 마을 앞에 사람이 지나다니는 큰 문이 있는데, 비록 지금은 없지만 그 밑에 있는 길을 신부가 결혼할 때 걸었다고 한다. 이후에 소수민족의 집과 관련된 문화를 봤

다. 중국문화를 토대로 낀족 85%가 조상을 위한 상을 차리는데, 가난한 사람은 낮고 작은 책상을 사용하고, 부자들은 높고 큰 책상을 사용한다고 한다. 이러한 것 외에도 고자인/고송이라는 배수로 만드는 장비, 동굴이나 숲속에 살았던 토족의 해먹, 그리고 악기 등을 보았다. 특히 이 전날 직접 방문해서 보았던 몽족의 집과 그들의 문화도 볼 수 있었다.

세 번째 방에서 아주 특이했고, 모두 흥미로워했던 문화인 마켓 데이에 대해서 들었다. 일반 마켓은 일주일에 한번 씩 열리지만 매년 음력 3월 27일은 러브마켓데이로, 서로가 결혼할 짝을 고르는 날이라고 했다. 사람들은 가장 좋고 화려한 옷을 입고, 직접 만든 바구니들을 내놓는다고 한다.

마지막으로 소수민족 박물관에서 전통 춤을 보았다. 항아리를 머리에 이고 춤을 추는데 머리에서 떨어지지 않고 안정적이었다. 춤은 마치 농작물을 수확하거나 열매를 따 항아리에 넣는 듯한 인상을 주었다. 후에 항아리를 직접 이어봤는데 머리에 닿는 부분이 둥그렇게 파여 있어 안정적일 수 있다는 것을 알았다.

현지 의대생들과의 미팅

3시경에 라이언카페에서 베트남 의대생 4분을 만났다. 3명은 6학년이고 1명은 졸업생이었다. 그들의 이름은 밍, 둠, 호아였으며 모두 세계 보건(global health)에 대해 공부했고 매우 관심이 많았다. 이들과 나누었던 대화에서는 서로에 대한 관심사와 같이 서로를 알아갈 수 있는 이야기를 포함해 각자의 의료 환경이나 공부 환경에 대해 궁금한 점, 그리고 김시찬 선교사님께서 주도하시는 세계 보건에 관한 내용 등이 오고갔다.

Q 연세대학교 학생 베트남에서는 의사가 일을 어떤 식으로 하나요? 밤을 새기도 하나요?

A 베트남 의대생 모든 의대생과 의사는 힘이 듭니다. 야간 근무(Night shift)가 일주일에 적어도 한 번은 있고, 로테이션도 하죠. 오후에는 메디컬 스쿨에서 공부하고, 저녁 7시경부터 다음날 아침까지 야간 근무를 하기도 합니다. 한국도 그렇겠지만 많은 지식이 필요하다는 점이 힘이 들어요. 공부를 많이 해야 하고, 많이 졸리기도 하고요(웃음).

이렇게 각자의 생활에 대해 궁금한 점에 대해서 이야기를 나누었다. 자리에 함께한 베트남 학생들은 연세대학교에 방문한 적이 있는 학생들이었는데, 그들은 한국 학생들이 매우 똑똑해 보였다며 서로에 대해 좋게 생각했고 밝은 분위기 속에서 미팅을 하였다.

저녁식사

이야기를 마친 후, 선교사님께서 사모님을 모시고 자주 오셨다는 추천 베트남음식 맛집에서 저녁을 먹었다. 모두 맛있게 먹어 다음날 또 가고 싶었을 정도로 훌륭한 음식점이었다. 후식으로 주신 디저트가 정말 특이하다고 생각했다. 항상 데이트할 때 식사 후에 먹는다는 디저트에는 코코넛 밀크에 다양한 종류의 젤리가 들어가 있었다. 즐겁게 식사를 마친 후, 숙소로 돌아가 잠시 휴식을 했다.

김시찬 선교사님의 강의

김시찬 선교사님의 강의 내용은 항상 인상적이며 의미 있었다. 9일 저녁에는 의사가 갖출 덕목들과 public health에 대해서 강의하셨다. 의과대학 학생들뿐만 아니라 치과대학과 간호대학 학생들도 함께 있었지만 의료인으로서 갖출 덕목은 모두 비슷하거나 동일할 것이기 때문에 함께 강의를 들었다.

우선 의사가 되는 것은 "get certified, stay certified, 그리고 develop others"라고 하셨다. 여기서 'develop others'란 사람에 대한 이해를 의미한다고 한다. 의료인 자격증을 가지고 있더라도 한 대상자가 살아온 환경이나 특이사항에 대한 이해가 없이 의료 활동을 하면 제대로 된 치료가 불가능할 수도 있음을 예시를 통해 설명해주셨다. 그리고 의사가 갖출 덕목에는 동정, 좋은 경청기술, 탐구력, 배움을 사랑하는 것, 체력, 인내, 그리고 강한 윤리적 원칙이 필요하다는 것을 배웠고, 그중에 선교사님은 윤리에 대해서 강조하셨다.

다음으로 사람들이 의사가 되고 싶어 하는 이유는 여러 가지가 있겠지만, 선교사님께서는 좋은 동기와 나쁜 동기로 구분해주셨다. 좋은 동기에는 타인을 돕고자하는 열망, 영향을 끼치고자 하는 열망 (desire to make a difference), 과학과 의학에 대한 관심, 의료 실무를 증진시키고자 하는 열망이 있으며, 반대로 나쁜 동기에는 돈을 벌기 위해, 단순히 항상 의사가 되어야한다고 생각해왔기 때문에, 부모님의 영향 아래에서 직업을 선택했기 때문에, 그리고 가족에 의사가 많기 때문에 의사라는 직업을 선택하는 것 등이 있음을 알았다. 선교사님은 "out of the box", 즉 넓게 보라는 말씀도 하셨다.

건강에 영향을 미치는 요소에 대해서도 알았다. 생활습관, 지역사회, 지역경제, 활동, 인공적인 환경, 그리고 자연적 환경성별에 따라서도 의료 접근에 차이가 있을 수 있다는 것을 배웠다. 선교사님께서는 예시를 들면서 개인적인 요소 중 여성이라는 성별에 대해서 이야기하셨다. 여성 권리가 바닥인 사회에서는 여성의 의료접근도 취약할 수밖에 없다고 하신 것이 그 말씀이다.

공공 건강 관리(Public health care)에 대해서 배웠다. 공공 건강에는 많은 것들이 연관되어 있는데, 그중에는 감시(surveillance), 관찰(monitoring), 분석(analysis), 발발(outbreaks), 전염병(epidemics), 질병예방(disease prevention), 의사소통(communication), 위험성(risk), 연구(research), 건강증진(health promotion) 등이 있다. 또한 이것에 대해서 이야기하면서 발전된 지역사회 건강은 공공 건강 우선순위 관리(public health primary care)가 가능하게 될 것이라고 말씀하셨다. 공공 건강 우선순위 관리를 위해서는 사람들의 건강할 권리를 위한 강한 리더십, 비용효율적인 중재를 위한 우선순위 처리, 지역사회 협정, 지역사회 측면에서의 지속적인 관리, 갖춰진 의료진들, 피드백을 사용한 정보체계 등이 갖추어져 있어야 한다. 또한 선교사님은 건강에 대한 형평성(equity)과 평등성(equality)에 대해서 이야기하시면서 건강관리(health care)의 균형을 찾는 것이 중요하다고 말씀하셨다.

빈부격차를
실감하다

허종윤(연세대학교 간호대학)

셋째 날 오전에는 쌀국수로 아침식사를 하고, 신광철 목사님이 말씀을 전해주시는 QT를 시작으로 선교 투어를 시작했다.

첫째 날 몸이 아파 공공병원에 방문하지 못하였는데, 공공병원에 방문했던 동기들, 목사님, 선교사님의 말씀과 사진에 의하면, 공공병원은 무더위에도 에어컨이 작동되지 않고, 한 방에 20명을 수용하지만 bed는 6~8개뿐이라는 말을 들었다. 환자들이 서로 돌아가면서 bed에서 생활하고, bed에서 자지 못하는 경우에는 바닥에서 잔다는 말에 충격을 많이 받았다. 각종 매체에서 아프리카의 열악한 환경은 보고 들었으나, 베트남은 무섭게 성장하고 있는 나라이고, 한국에서 베트남 음식 및 여행 열풍이 있기 때문에 그런 일이 있을 것이라고 생각하지 않았기 때문이다. 뿐만 아니라 아직 공산체제인 베트남은 공공의료 서비스를 제공하고 있기 때문에, 의료진, 의료기구 등이 현저히 부족하고, 대부분의 공공병원 의사, 간호사들이 목숨을 담보로 엄청난 촌지를 요구한다는 말을 들었다. 특히 중환자실에 입원해야 하는 경우는 더 많은 비용을 지불해야 한다고 한다. 말 그대로 목숨을 가지고 장난을 치는 의료진 및 공무원이 많았다.

하지만, 첫째 날 들었던 공공 의료기관과는 너무나 상이하게 셋째 날 방문했던 빈맥병원은 한국과 비교해도 손색이 없을 정도로 최신식 기계, 여러 국가에서 초빙한 최고의 의료진, 화려한 시설을 자랑했다. 세브란스의 문화공간과 비슷하게 입구부터 환자들과 보호자를 위로하기 위한 악기 연주도 인상 깊었다. 빈맥병원은 모든 병실이 1인

　　　　　　　　　　　의료인을 꿈꾸는 연세인들, 세계를 품다

실이고 베트남 내 다른 병원에서는 쉽게 찾아볼 수 없는 최고의 시설에, 각종 국가에서 온 의사들로 구성되어 있었다. 빈맥병원의 1인실 입원비는 약 20만 원으로 우리나라와 비교했을 때는 크게 비싸다고 생각하지 않을 수도 있겠지만, 베트남의 1인당 국내총생산(GDP)이 2,545$인 것을 감안하면 엄청난 가격이다. 이렇게 베트남 내의 빈부격차는 양질의 의료에 대한 접근을 방해하고 있었다.

빈맥병원에서는 이형규 선교사님과 사모님을 뵈었다. 이형규 선교사님은 종양학(oncology), 사모님은 방사선학(radiology)을 전공하시고 한국에서 근무하시다가 빈맥병원에서 한국의 선진의료를 전하고 계셨다. 이형규 선교사님은 한국에서 교수님이셨다가, 빈 그룹에서 세우기로 계획하고 있는 빈 대학의 교수진을 위해 오셨다. 빈 그룹은 부동산 사업을 시작으로 현재 베트남의 삼성이라고 불리는 기업이고, 빈맥은 2018년 기준 의료서비스 품질인증(JCI)을 받은 베트남의 첫 번째 종합병원이다.

많은 가족 구성원을 책임지고 계셨던 이형규 선교사님은 너무 힘들고 불합리한 일도 많이 겪지만, 좋은 기회로 베트남에 와서 일을 하며 선교할 수 있어서 좋다고 하셨고 그래서인지 선교사님의 웃음에는 진실된 행복이 가득하다는 것을 느낄 수 있었다. 선교사님의 선한 영향력 때문인지 빈맥병원의 의사·간호사 선생님은 먼 나라에서 방문한 우리들에게 성심성의껏 답변해주시고 설명해주셨다.

우리나라의 기업과 개인들은 우리나라만을 기준으로 생각하고, 그 나라의 문화를 생각하는 문화적 감수성이 많이 부족하다고 하셨다.

사업을 하는 데도 이렇게 문화가 중요한데, 인생 전반의 철학을 완전히 바꿀 수도 있는 종교에 있어서 문화 감수성, 즉 상황화가 얼마나 중요한지 느낄 수 있는 시간이었다. 무엇보다도 셋째 날 오전 일정은 베트남 의료의 발전과 동시에 베트남 내의 극심한 빈부격차를 눈앞에서 직접 보고 느낄 수 있는 일정이었다.

의료인을 꿈꾸는 연세인들, 세계를 품다

낮은 곳을 찾아가
구멍을 메우는 삶

조원정(연세대학교 의과대학)

셋째 날 오후 의료선교 투어는 선메디컬센터 방문과 양승봉 선교 사님의 강의로 이루어졌습니다. 점심식사 후 도착한 선메디컬센터에 는 '한국 의사 담당 진료'라는 현수막이 걸려있었습니다. 주요 진료과 목은 한국치과, 치아교정수술, S-Line 코수술, 양악수술과 피부재생 센터이며 원내 진료과목은 한의과, 산부인과, 내과, 치과, 피부과, 성 형외과, 방사선과, 소아과로 규모가 상당히 큰 병원이었습니다. 대전 선병원의 협력으로 지어진, 한국인이 세운 병원 중 시설이 가장 좋고, 하노이의 '판교'라 불리는 지역에 위치한 떠오르는 2차 병원으로 소개 되었습니다. 이곳은 불과 2년 전 만해도 낙후지역이었습니다. 개원 2 년 만에 내원 한국인이 6천 명이며, 베트남에서 가장 많은 한국 의사 가 진료하는 병원으로 소개되었습니다.

도착해서는 한의사로 근무하시는 선교사님께서 반갑게 맞이해주시며 병원 안내를 해주셨는데, 침을 놓는 한의학 진료실에서 선교사님께서 어떻게 베트남에서 의료선교사가 되셨는지 간증의 시간을 가졌습니다. 원래 IT업계에 종사하시며 단기 의료선교를 많이 다니시다가 선교에 서원하셨고, 이후 중국 의과대학 졸업 후 중의사로 일하시다가 베트남에 오셨다고 하시며 양의학과 달리 침만 있으면 진료를 할 수 있기에 선교도구로 너무나 좋은 의료방법이라 한의학을 소개해주시는 점이 감명 깊었습니다.

이 후에는 연세대학교 의과대학 출신이신 마취과 이원재 선생님을 뵈었고, 현재 하고 계시는 성형외과와 피부과 진료에 대해 설명해주셨습니다. 더불어 베트남에 대해서도 한국과 비교하며 흥미롭게 소개해주셨는데, 베트남은 현재 평균 연령이 36세로 높은 연평균 경제성장률과 인구밀도를 가졌으며, 평균 연령이 52세인 우리나라에 비해 굉장히 낮기 때문에 젊은 사람이 많고 의료의 진출 기회가 많다고 합니다. 우리나라의 80년대처럼 아이를 많이 낳기 때문에 소아과와 산부인과가 가장 인기가 많으며, 선진 의료기술을 갖추고 자세히 설명

의료인을 꿈꾸는 연세인들, 세계를 품다

해주는 한국 의사에 대한 신뢰가 매우 높다고 하셨습니다. 이렇게 베트남의 의료수준을 끌어올리기 위해 애쓰시는 선교사님들을 뵈면서 나는 '의료인이 되면 어떤 기여를 할 수 있을까' 생각할 수 있었던 일정이었습니다.

원내 탐방 후에는 빈마트에서 필요한 장을 보고, 전날에 갔던 베트남 전통식당에서 저녁식사를 했습니다. 저렴하게 베트남 전통음식을 즐길 수 있어 전날의 감격을 다시 느끼기 위해 찾아갔는데, 역시나 반새우와 춘권, 마늘과 볶은 모닝글로리 등은 감동이었습니다.

이후 저녁에 『의료선교의 길을 묻다』, 『네팔에 희망을 심다』를 저술하신 양승봉 선교사님께서 강의를 해주셨습니다. 1993년부터 25년간 네팔·베트남 의료선교사로 섬기시는 선교사님께서는 어떻게 선교사가 되셨고 복음의 최전선에서 역사하시는 하나님께서 하신 일들

은 무엇인지 나누어주셨습니다. 일반외과 의사인 선교사님께서는 시편 116장 12절의 "하나님께서 내게 주신 모든 은혜와 사랑을 무엇으로 보답할꼬"라는 말씀을 붙잡으시며 생선의 중간 토막을 드리듯 일생에서 가장 젊고 힘이 있는 청년의 때를 하나님께 온전히 드리겠노라 서원하셨습니다. 네팔의 탄센 병원에서 4년 동안 섬기셨고 네팔의 세브란스인 UMN병원에서 사역을 하셨는데, 네팔 교회의 성장에 대해서도 설명해주시며 95년도에는 매주 교인이 늘어날 정도로 세계에서 가장 빠른 교회 성장을 보인다고 하셨습니다.

나눔 중 선교사님께서 강조하셨던 것은 선교는 사람이 아닌 하나님께서 하신다는 것이었습니다. 수술이 끝없이 밀려와 한 달에 두 번 교회 가기도 힘들 정도로 수술을 하셔야했던 선교사님께서는 선교사가 맞나 하는 의문을 가지셨는데, 이때 하나님께서는 사도행전의 주어가 사도 바울이 아닌 하나님이신 것을 깨달으셨다고 하셨습니다.

의료인을 꿈꾸는 연세인들, 세계를 품다

그렇게 병원에서 하나님께서 하신 일이 무엇인지 적으셨던 일지는 A4용지로 50장이 되었고, 출판을 하자 500부가 금방 완판되어 누가회에서 다시 2,000부를 발행하셨다고 합니다. 선교사님은 마치 어떤 소년이 예수님께 보리떡 다섯 개와 물고기 두 마리를 드려 오병이어의 기적을 이룬 것처럼 선교는 전부 하나님이 이루신 일이었다는 경험을 이 일지에 기록했던 것이라고 합니다.

가장 인상 깊이 마음에 오래 남았던 간증은, 자기를 사랑하는 사람은 아프지도 않고 잘 유지되지만 몇 년 후에는 심어도 싹이 나지 않는 반면, 우리가 다른 사람을 위해 썩어지는 삶을 살면 몇 십 배의 열매가 맺어지고, 내 아버지께서 나를 귀히 여기시라는 기쁨을 누릴 수 있다는 말씀이었습니다. 편안한 삶보다는 의미 있는 삶을 추구하고 낮은 곳을 찾아가 구멍을 메우는 삶이 참된 의료인이라는 깨달음은 마치 숨겨둔 보물을 발견한 것 같은 저녁 강의였습니다.

기대 이상이었던
베트남 선교 투어

최민경(연세대학교 간호대학)

오늘 아침은 다른 날들과는 다른 새로움을 느끼기 위해 호텔 근처 Pho식당에 가서 식사를 했다. 물론 호텔 조식 또한 흠 잡을 곳 없이 맛있었지만, 현지 식당에 가서 쌀국수를 먹으니 분위기 때문인지 훨씬 맛있게 느껴졌다. 간단한 아침식사를 팀원들과 함께 나누었다. 그 후 호텔 내의 카페에서 QT를 시작했다. QT를 하면서 느끼는 점이지만 항상 좋은 말씀을 전해주시는 목사님께 감사하다는 말씀을 전하고 싶었다. 그렇게 아침식사와 QT를 끝낸 후 버스를 타고 호찌민단지로 이동했다.

처음 본 호찌민단지는 굉장히 웅장하고 멀리서도 한눈에 알아볼 수 있을 것만 같았다. 이곳에는 호찌민묘, 호찌민박물관, 주석궁, 바딘광장, 사원 등 여러 가지 관광거리들이 한 곳에 모여 있다. 아쉽지만 우리가 방문한 토요일은 박물관 입장이 불가능한 날이라 밖에서만

▮ 호찌민묘

▮ 바딘광장

관광할 수 있었다. 때문에 호찌민박물관과 호찌민묘에 대해서 조사를 해보았다. 하노이에 세워진 호찌민박물관은 베트남의 독립 영웅인 호찌민의 탄생 100주년을 기념하면서 세워졌다. 소련의 지원 아래에서 지어졌기 때문에 당시 소련의 건축양식을 보여주고 있으며, 묘소의 뒤편에 자리한 박물관은 베트남 혁명에 대한 자료들로 채워져 있다고 한다. 이번 관광을 통해서 몰랐던 점을 알게 되었는데, 호찌민은 생전 자신이 사망하면 화장을 부탁한다고 유언을 남겼지만 방부제 처리를 통해서 아직까지 그대로의 모습을 유지하고 있다는 것이 조금은 안쓰럽기도 했다. 하지만 베트남에서 호찌민은 그냥 '호 아저씨'라는 친숙한 이름으로 불리며 아직까지도 많은 사랑을 받고 있다고 하니 행복한 일이 아닌가 싶다.

이렇게 호찌민박물관 근처 관광을 끝내고 근처 콩카페로 이동했다. 콩카페는 한국으로 진출했을 만큼 베트남 내에서 인기를 가지고 있는 카페 브랜드이다. 대표 메뉴는 코코넛 커피, 연유 커피, 그린라이스 스무디로 세 가지 메뉴 모두 아주 달콤하고 한국커피와 다른 매력을 가지고 있다.

▌콩카페 코코넛 커피

다음 일정은 점심식사였다. 우리는 하노이 시내에 있는 루프탑식당으로 이동했다. 사실 처음 이 식당에 들어섰을 때의 감동을 잊을 수가 없다. 베트남 특유의 나무로 만들어진 인테리어와 곳곳에 센스 있는 물건들, 마지막으로 창문 너머로 보이는 환상적인 전망. 게다가 음식 또한 플레이팅, 맛 어느 한 가지도 떨어지지 않아서 만족스러운 식사를 했다. 지난 3일 동안 베트남에서 먹은 음식들이 비슷비슷했는데 이번에는 샤브샤브, 여러 종류의 튀김 등 다양한 음식을 먹어볼 수 있어서 더 특별했던 것 같다.

우리는 식사를 마치고 하노이 시내 자유투어를 시작했다. 사실 매번 짜여진 일정에 따라 움직이다가 이렇게 자유롭게 움직이려고 하니 뭔가 어색하기도 하면서 설레었다. 나와 치과대학 친구 중 한명이 가방과 여러 액세서리에 관심이 많다고 실장님께 말씀드렸더니 실장님은 근처에 액세서리, 가방 등 여러 물건을 팔고 있는 편집샵을 소개해 주셨다. 베트남은 특유의 고즈넉함을 가지고 있는 것 같다. 어느 가게에 가더라도 손으로 만든 인형, 가방 등을 팔고 있었고 가게 점원들은 모두 친절했다. 그러한 그들의 마음이 나에게 닿아 좀 더 편안한 관광을 할 수 있었다. 그렇게 우리는 쇼핑을 마치고 자유관광의 마지막 코스인 네일아트샵으로 향했다. 한국에서는 기본 네일아트가 2만 원에서 3만 원인데, 베트남에서 네일아트 가격은 단돈 만 원이었다.

의료인을 꿈꾸는 연세인들, 세계를 품다

때문의 우리들의 흥미를 끌기에 충분했고 아무래도 여학생들이고 학기 중에는 실습 때문에 네일아트를 하지 못해서 더욱 관심이 갔다. 우리는 네일아트샵에 들어가 안마의자 같은 곳에 누워서 1시간 정도 네일아트를 받았다. 말이 통하지 않는 베트남 직원들이지만 역시 미용은 어딜 가든 실력 있는 사람들이 해주어서 아주 마음에 들었다.

마지막으로 우리는 저녁식사를 하기 위해서 근처 한국식 오리구이 식당으로 자리를 옮겼다. 도착했을 때에는 이미 선교사님들과 베트남 CMF 회원들이 계셨다. 베트남 선교사님께서 기도를 해주시고 그들의 언어를 알아듣지 못하지만 마음의 소리로 함께 하나님께 기도드렸다. 3일만의 한식이라서 매우 설레기도 하고, 베트남까지 와서 한식을 먹는 것이 새롭기도 하였다. 한국과는 다른 점이 많았는데, 밑반찬이 떨어지면 알아서 채워준다는 것과 오리고기를 구워서 가져다준다는 것이었다. 한국에서는 직접 구워 먹는 것이 자연스러운데 구워서 가져다주니 약간 부담스러우면서도 새로운 기분이었다. 식사가 끝나고 근처 카페로 자리를 옮겨서 마지막으로 이번 선교 투어에 대한 이야기를 나누기로 했다.

나는 4박 6일의 일정이 너무 짧게 느껴졌다. 함께 이야기를 나누면서 선교 투어 팀원들 모두 기대 이상이라는 말을 하며 아쉽다는 표정을 드러냈다. 하지만 우리는 이번 선교 투어가 끝이 아니기를 바라면서 각자 짧은 소감을 말하며 모두 잘 마무리할 수 있었고, 이번 선교 투어 일정을 무사히 마치고 한국으로 갈 비행기 탑승을 위해 노이바이공항으로 이동했다.

3장

잊을 수 없는
소중한 경험들을
기억하며

의료선교에 대한
이해의 폭을 넓힌 값진 경험*

김도훈(연세대학교 의과대학)

이번 선교 투어는 나에게 많은 배울 점과 좋은 추억들을 안겨주는 소중한 경험이 되었다. 처음 선교 투어를 신청하던 때만 하더라도 선교란 무엇인지, 그중에서도 특히 의료선교는 무엇인지에 대해 막연한 생각만 가지고 있었으며 가서 어떠한 것을 얻을 수 있는지에 대해서 잘 알지 못했다. 그렇게 준비가 전혀 되지 않은 상태로 선교 투어를 신청하였다. 그러나 선교 투어를 떠나기 몇 달 전부터 목사님, 선교사님, 원목실장님과 함께 식사를 하며 다양한 이야기를 들었던 덕분에 준비하는 것부터, 가서 선교 투어를 하는 것까지 모든 일에 전혀 지장이 없었고 결과적으로 이번 선교투어는 값진 경험이 되었다.

---
*본 후기는 선교 투어에 대한 간략한 설명과 함께 경험했던 느낌 위주로 서술하였다.

사람

목사님을 포함하여 의과대학 소속 세 명, 치과대학 소속 세 명, 간호대학 소속 세 명으로 총원 열 명이 베트남 하노이로 떠나기 위하여 인천공항에 모였다. 우리들은 몇 번의 사전미팅을 통하여 함께 모이는 시간을 가지기는 하였으나, 어색한 기류는 여전히 존재한 채로 베트남을 향해 출발했고, 이때까지만 하더라도 지금과 같이 친해질 수 있을 것이라고는 생각지도 못했다. 그러나 아침부터 저녁까지 함께 하는 시간이 길었고 일정이 다소 빽빽하여 몸이 고되었는지 서로에게 의지하는 바가 있어 다시 인천공항에 도착하였을 때에는 원래부터 알고 있던 친구들처럼 친해져 돌아올 수 있었다. 서로에 대해 깊게 알 수 있는 시간이었고 바쁜 학교생활 중에는 불가능할 4박 6일이라는 긴 시간 동안 함께할 수 있었던 소중한 시간이었다. 이러한 점은 이번 선교 투어를 떠나기 전부터 다녀온 이후까지 가장 의미 있었던 것 중 하나가 아니었나 싶다.

문화

이번 선교 투어를 통해 베트남 하노이를 처음으로 가보았다. 아무것도 알지 못했던 베트남 현지 상황을 선교사님의 말씀을 들으며 그리고 직접 몸으로 체험하며 배울 수 있었다. 하노이 공항에 처음 내려 보았던 그들의 문화 중 가장 놀랐던 것은 교통문화였다. 차도 위에

의료인을 꿈꾸는 연세인들, 세계를 품다

선이 그어져 있었으나 그것은 사실 의미가 없었으며 수많은 오토바이와 차가 섞여 클랙슨 소리와 함께 속도를 달리한 채 달리고 있었다. 이러한 광경을 처음 보는 나로서는 사고가 나지 않을까 걱정이 되었고 신경을 곤두세운 상태로 숙소까지 향했다. 그들에게는 일상이었기에 문제가 생기지 않을 것임을 알면서도 그들의 교통문화에는 쉽사리 적응되지 않았던 것은 것이었다. 그러나 점차 베트남 현지사람들에게는 클랙슨 소리가 강한 경고라는 의미보다는 일종의 '여기에 내가 있음'을 알리는 신호전달의 의미가 강하다는 것을 이해하게 되면서 그들의 교통문화 또한 그 상황에 맞게 적절했구나 하는 것을 느낄 수 있게 되었다.

이어 식문화를 보면 향이 다소 강한 음식이 많았고 특히 과일의 종류가 다양했다. 그러나 우리나라 사람들의 입맛에 맞는 음식들 또한 많았기에 함께 갔던 목사님과 친구들 모두가 매끼마다 만족하며 식사를 할 수 있었다.

베트남은 여러 소수민족들로 이루어진 나라로 우리들은 선교사님께서 도와주신 덕분에 그들 중 한 소수민족을 만나볼 수 있었다. 그 소수민족은 나무로 집을 짓고 가축동물을 키우며 조상신을 모시는 민족으로 도시와는 외진 곳에 살고 있었으나 전기는 들어왔으며 조금 떨어진 곳에 보건소 형태의 의료시설이 존재하는 등 어느 정도 현대문명이 공존하고 있었다. 해당 지역을 소개시켜주시는 분의 말씀에

따르면 국가에서 소수민족들이 서로 잘 어우르며 살 수 있도록 지원을 해주고 있다고 한다. 이처럼 베트남의 민족 구성 및 소수민족의 삶을 직접 볼 수 있었다는 것 외에도 그들의 소비문화, 빈부격차, 정치 등 전반적인 부분에 대해서도 간접적으로 배울 수 있었다는 점은 기독교의 복음전달 방법인 '상황화'에 대해 조금이나마 이해할 수 있게 하는 중요한 경험이었다.

의료

처음으로 선교사님의 병원을, 다음으로 국립병원, 국제병원, 민간병원 등의 방문을 통해 베트남 현지의 의료현황과 시설에 대해서 자세히 알 수 있었다. 베트남은 영리병원이 허용되는 나라이므로 병원마다 시설의 차이는 크게 났고 그로 인해 진료비, 수술비 등에서 또한 많은 차이가 있었으나 가장 중요한 해당 병원들에 있는 의료진들의 능력에는 어느 정도의 차이가 있는지 알지 못하였다는 점이 다소 아쉽게 느껴지는 부분이었다. 우리나라에서는 비슷한 금액으로 어느 병원이든 쉽게 갈 수 있는 것에 비해 베트남에서는 미흡한 건강보험제도와 소득수준의 큰 차이로 인하여 국민에게 제공되는 의료서비스의 질이 환자에 따라 크게 차이가 난다는 점이 우리나라와는 다른 점이었다. 물론, 어느 제도가 더 좋은 제도인가를 논하는 것은 의미가 없겠으나 베트남 국민들 모두가 최고의 수준은 아니더라도 적절한 의료혜택을 받을 수 있었으면 하는 생각이 들었다. 조금만 신경을 더 쓴

다면 개선될 수 있는 부분이 보였으며 그로 인해 혜택을 누릴 수 있는 환자들 또한 늘어날 수 있다는 생각이 들었기 때문이다. 아직 가보지 않은 국가들 중 베트남보다 열악한 의료수준을 가지고 있는 국가들 또한 많을 것이지만 이번 기회를 통해 시야를 넓혀 국내와 더불어 타국의 의료수준에 대해 관심을 가지게 되었다는 점으로부터 이러한 관심을 유지하고 배워나가는 것은 의료인으로서의 사명이라는 점을 깨닫게 되었다.

선교

아침에는 QT를, 밤에는 강연을 통해 성경말씀과 의료선교를 배웠고, 낮에는 베트남 현지의 다양한 곳을 돌아다니며 목사님과 선교사님께서 해주신 말씀을 토해 많은 것을 배웠다. 직접 선교활동을 한 것은 아니지만 선교 투어라는 목적에 맞게 활동하며 배울 수 있었고 돌이켜보면 4박 6일이라는 같은 시간 안에서 직접 선교활동을 한 것보다 더 많은 것을 배웠지 않았나 싶다. 특히 선교사님께서 베트남으로 향하기 며칠 전에 보내주신 질문들과 함께 이번 선교 투어를 하였던 것은 상황에 따라 숙고하게끔 하여 선교란 무엇인지 그리고 선교사의 삶이란 무엇인지에 대해 깊게 알 수 있게 하였다. 무엇보다 이번 기회를 통하여 선교사들이 짊어지고 있는 무게와 그들이 치르는 희생을 알게 되었다는 점은 큰 배움이 아니었나 싶다.

마치며

짧다고 하면 짧지만 이번 선교 투어를 통해 정말 많은 것을 배우고 경험하고 올 수 있었다. 아주 조금이나마 선교에 관심이 있는 앞으로 의료인이 될 많은 분들께 선교와 의료를 보는 시야를 넓힐 수 있다는 점에서 선교투어를 적극 추천하고 싶다.

한여름
베트남의 꿈

김진영(연세대학교 치과대학)

베트남 의료선교 투어를 마친 이후의 소감은 너무 다양해 한마디 말로 표현하기 어려웠다. 그렇지만 이런 다양한 생각들을 대표할 적당한 말을 꼽자면 '스스로가 너무 무지했다'가 가장 적합할 것 같다. 그만큼 베트남에서의 4박 6일은 많은 것을 배우고 느끼게 해주었다.

'의료선교'와 '의료봉사'가 어떻게 다른지도 모르고, '의료선교'라고 하면 아프리카와 같은 낙후한 지역을 방문해 치료 받지 못 한 자들을 치료해주고 돌아오는 활동이라고만 생각했었다. 하지만 베트남을 방문하고 현지에서 직접 선교사님들을 만나 뵙고 모든 투어의 일정을 소화하면서 내가 얼마나 무지했는지 알게 되었다.

베트남 의료선교 투어의 첫 일정은 우리의 일정을 계속 함께해 주신 김시찬 선교사님의 병원인 킴스클리닉을 방문하는 것이었다. 킴스

의료인을 꿈꾸는 연세인들, 세계를 품다

클리닉의 내부와 시설은 우리나라의 개인병원과 큰 차이가 없어 보였다. 하지만 클리닉과 함께 있는 약국에서 본 약의 가격은 충격적이었다. 해열제, 항생제와 같은 약들이 몇 만 원에 판매되고 있었다. 베트남 국가의 국내총생산(GDP)를 고려해 봤을 때 자국민들에게 이는 어마어마한 금액이 아닐 수 없었다. 의료보험으로 약 가격의 대부분을 국가가 지원해주는 우리나라와는 달리 베트남은 적은 부분만을 국가에서 부담하는 의료정책을 갖고 있었다. 아무리 의료기술이 최상의 수준으로 발달한다고 해도 치료와 약의 가격이 일반 국민에게 감당 불가능한 정도로 책정된다면 해당 국가의 의료수준, 건강수준은 발달하기 어려울 것 같다는 생각을 갖게 되었다. 실제 킴스클리닉을 보더라도 환자 비율의 대부분을 한국인이 채우고 있는 것을 통해 의료정책의 중요성을 한 번 더 실감하였다.

킴스클리닉과 같이 높은 의료기술을 갖고 있는 병원에 베트남 국민들이 많지 않은 것을 보고 '그렇다면 베트남 자국민들은 어떤 병원에서 치료를 받고 있는 것일까'에 대한 궁금증을 갖게 되었다. 그 궁금증은 하노이의 현지병원(Local Hospital)을 방문하면서 해결되었다. 그곳을 방문한 베트남 사람들은 정말 무수히 많았다. 병원의 크기는 대략 세브란스병원보다 조금 작거나 비슷한 수준이었는데 병원 건물 사이의 모든 거리가 사람들로 꽉 메워져 있어 거리를 지날 때마다 수많은 사람들과 눈이 마주칠 정도였다. 많은 사람들 중에서 줄을 서 있는 사람들을 볼 수 있었는데 그들은 모두 진료를 받기 위해 기다리고 있었다. 의료인의 수가 환자의 수보다 부족해 진료를 받기 위해 하염

없이 기다리는 것이었다. 킴스클리닉에서 일하는 의사 알렉스의 말에 의하면 줄을 서고 있는 사람들 중에서는 하노이에서 온 사람들도 있지만 비교적 싼 가격의 현지병원에서 진료를 받기 위해 먼 지역에서 온 사람들도 많다고 했다. 그들은 진료를 받을 수 있다는 기약도 없이 순서를 위해 며칠 동안 기다린다고 한다. 현지병원에서 본 베트남의 의료시설은 우리나라의 90년대 모습을 보는 것과 같았다. 현지병원에서 일하는 의사분이 이 병원에서는 좁은 병실 하나를 6~8명의 환자가 나눠 쓰며 대부분의 환자들은 바닥에 누워서 치료를 받는다고 설명해주셨다. 또한 베트남에서는 한 명의 환자가 병원을 방문할 때 여러 명의 가족이 함께 오는 것이 문화로 자리 잡고 있어서 병원의 거

의료인을 꿈꾸는 연세인들, 세계를 품다

리는 항상 수많은 사람들로 가득 차 있다고 하셨다. 병원 내부의 수술실과 진료실 또한 시설과 위생의 측면에서 낙후되어있다는 것을 느낄 수 있었다.

첫째 날 현지병원을 방문한 이후 셋째 날 다른 병원을 방문하였다. 빈맥병원인데 베트남에서 큰 기업인 빈그룹(VIN Group)에서 지은 병원으로 외관부터 현지병원과는 너무 달랐다. 우리는 빈맥병원에서 근무하시는 이현규 선교사님을 통해 병원의 내부를 자세히 살펴볼 수 있었다. 베트남에서 가장 부유한 빈그룹의 소유 병원이기 때문에 사용되는 장비는 최고가의 최신 장비들이었다. 병실들도 깔끔하고 좋은 시설을 갖추고 있었다. 현지병원을 방문한 이후였기 때문에 두 병원의 너무도 큰 차이에 놀라워하며 환자들을 유심히 본 결과 방문하는 사람들의 옷차림이 다른 것을 알 수 있었다. 사람들의 옷차림으로 누가 더 낫다고 평가할 수는 없지만 빈맥병원을 방문하는 사람들이 현지병원을 방문하는 사람들보다는 훨씬 부유해 보이는 옷차림을 하고 있었다. 빈부격차에 따른 생활의 차이는 모든 나라에 발생하는 현상이다. 하지만 겉모습으로 보았을 때 현지병원의 방문객들이 특별히 나라의 평균보다 가난한 사람들이라고 전혀 생각되지 않았고 베트남의 평범한 국민이라고 생각되었는데 너무나 큰 의료 수준 차이가 난다는 것에 놀랐다.

또한 현지병원에서는 의료진의 수와 병실이 부족해 대기하는 곳에만 사람들이 길게 늘어서 있었던 것과 달리 빈맥병원에서는 비어 있는 병실이 많았고 상대적으로 훨씬 한산했다. 두 병원의 너무도 큰 차

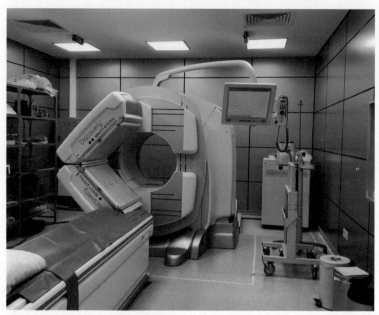

▌최고급 기기들이 있는 빈맥병원 검사실

이에 대해서 선교사님께서는 베트남의 북부는 사회주의 성향을 띠고 있기 때문에 중산층이 존재하지 않아 극히 일부의 상류층을 제외하면 나머지의 국민들은 빈곤하게 살아가고 있다고 하셨다. 현지병원에서 진료를 기다리는 환자들을 보며 안타까움을 느꼈고 빈맥병원을 보며 사회제도에 의한 문제라는 점에서 극복되기 어려울 것이라는 생각에 한 번 더 안타까움을 느끼게 되었다. 그리고 해결되기 어려운 격차를 가진 이런 국가에 의료선교는 필수적이라는 것 또한 느낄 수 있었다.

'의료선교사'는 의료활동을 통해 하나님의 말씀을 전하는 사람들을 일컫는 말이다. 하나님의 말씀을 따르기 위해서는 개인의 부와 명예를 중시하며 살아가기보다는 이웃에게 사랑을 베풀고 낮은 곳으로 내려갈 줄 아는 사람이 되어야 한다고 생각한다. 베트남 의료선교 투어를 통해 하나님의 말씀을 따르고, 전하는 방법에는 다친 사람들을 치료해 주는 것뿐만 아니라 우리나라와 비교해 상대적으로 의료기술이 덜 발달되어 있는 베트남으로 건너가 의료수준을 향상시키기 위해서 노력하는 방법도 존재한다는 것을 알게 되었다. 또한 지속적으로 베트남의 다양한 문화에 관심을 기울이며 그들의 문화를 보존하면서 국민 전체의 건강수준을 향상시키는 방안에 대해 고민하고 도움을 주는 방법도 있다는 것을 깨달았다. 베트남에서 만난 한국인 의료선교사는 총 네 분이었다. 하지만 각각의 의료선교사님은 다른 위치에서 다른 방법으로 의료선교에 힘쓰고 계셨다는 것을 알 수 있었다. 따라서 내가 뵙지 못한 수많은 의료선교사들을 고려한다면 정말 다양한 방법으로 의술을 통해 하나님의 말씀을 전할 수 있겠다고 생각하였다.

베트남 의료선교 투어를 통해 정말 많은 것을 얻을 수 있었다. '의료선교'가 무엇인지에 대해 확실히 알 수 있었고 베트남의 병원들뿐 아니라 소수민족, 시장 등을 통해 그들의 문화와 사회에 대해 알 수 있었다. 또한 선교사 분들이 힘든 생활 중에서도 선교사로서의 끈을 놓지 않은 것은 하나님 덕분일 것이라는 생각에 종교에 대해 깨닫고, 반성하는 시간도 가질 수 있었다. 훌륭한 의료인이 되기 위해서는 단지 의술에 대한 지식 이외에도 여러 문화, 사회를 포함한 다방면의 지식 또한 필요하다는 것을 절실히 느꼈다. 그동안 오로지 문제에 대한 답만을 해결하는 것에만 집중해왔던 무지한 내가 부끄럽고 많이 부족하다는 사실도 뼈저리게 느꼈다.

이렇게 많은 것을 배운 활동이었지만 누군가 나에게 '베트남 의료선교 투어를 통해 얻은 가장 소중한 것은 무엇이냐'라고 묻는다면 망설임 없이 함께 간 선교 투어 팀원들을 꼽을 것이다. 의과대학, 치과대학, 간호대학에서 온 학생들의 팀원들은 각기 비슷하고도 다른 업종에서 일을 하게 될 사람들이었다. 그렇기 때문에 하나의 병원, 의료 상황에 대해서도 각기 다른 생각을 갖고 있는 것을 느낄 수 있었고 이에 대해 끊임없이 이야기하면서 내가 몰랐던 각 분야의 상황이나 입장들에 대해 알 수 있었다. 어떻게 하면 각 직업에 종사하는 사람들이 좋은 환경에서 일할 수 있을지, 어떻게 하면 여러 직업이 협력해 환자에게 좋은 의료기술을 제공할 수 있을지에 대해 계속해서 고민해볼 수 있는 시간이었던 것 같다. 세분화되는 직업은 다르지만 미래의 의료인을 꿈꾼다는 점에서 강한 동질감을 느꼈고 관심을 갖는 대화 주제가 같아 끊임없이 서로 생각을 공유하며 성장할 수 있었다. 이런 팀원들이 타지에서의 힘든 일정 가운데 의료선교 투어를 너무나도 아름답고 행복했던 기억들로 남길 수 있게 만들어준 가장 큰 요인이 아닐까 생각한다.

나에게 베트남 의료선교 투어는 과분한 경험이었다고 생각한다. 훌륭한 미래 의료인 동료들과 함께 나를 한층 발전시키고 미래의 나아갈 방향성 또한 희미하지만 제시해준 경험이었다.

의료인을 꿈꾸는 연세인들, 세계를 품다

인생의 목표와 비전이
바뀌다

김태연(연세대학교 치과대학)

2018년 8월 7일(화요일) 대망의 베트남 의료선교 투어가 시작되었다. 의과대학 세 명, 치과대학 세 명, 간호대학 세 명의 학생들과 목사님까지 총 열 명의 대원이 집결했다. 한국을 떠나며 설렘 가득 안고 베트남행 비행기에 몸을 실었다.

밤 11시 30분 베트남 하노이 노이바이공항에 도착했다. 방 배정을 받은 후, QT를 위해 한 장소에 다 같이 모였다. 신광철 목사님께서 한센인 이야기를 들려주셨다. 육체적으로, 마음으로도 치료할 수 있어야 된다고 하셨다.

첫날은 여러 곳을 탐방했다. 먼저 '킴스클리닉'에 방문했다. 그곳에서 김시찬 선교사님을 뵐 수 있었다. 김시찬 선교사님은 베트남 1호 한국인 의사였다. 클리닉에는 다양한 전공의 많은 전문의들이 있었다. 나는 가정의학과 전공인 알렉스의 진료실에 들어가 환자를 문진하고 진료를 보았다.

다음으로 알렉스의 인솔하에 베트남 병원을 방문했다. 현지병원의 선생님과 인사를 나누었고 그들이 직접 가이드 해주었다. 그곳은 대형병원으로 복합의료단지였다. 많은 건물이 들어서있었고, 굉장히 많은 사람들이 대기 중이었다. 우리나라 70~80년대 병원과 흡사했다. 더운 날씨 탓에 병원 내부도 굉장히 더웠다. 환자들은 복도에 누워서 부채질을 하고 있었다.

그 후 클리닉에서 김시찬 선교사님을 뵙고 '문묘'를 방문했다. 문묘

❚ 알렉스와의 만남

의료인을 꿈꾸는 연세인들, 세계를 품다

는 베트남의 최초의 대학교인데 모습은 흡사 우리나라 궁궐같이 생겼다. 사원이 있고, 정원이 아름답게 가꾸어져 있었다. 베트남의 역사를 체험해볼 수 있는 공간이었다. 아직도 이런 곳이 건재해 있다는 것이 신기했다.

　다음으로 베트남에서 가장 큰 교회를 방문했다. 현지 외국인 목사님께서 좋은 말씀을 많이 전해 주셨다. 사회주의 국가에 대해 이야기해 주셨다. 안타깝지만 베트남은 기독교인이 소수라고 말씀해 주셨다. 또한 김시찬 선교사님께서는 "우리가 어느 정도의 고통은 감내해야 한다"라는 말씀을 해주시며, 인내의 중요성에 대해 설명해 주셨다.

▌하노이에서 가장 큰 교회

다음날 소수민족의 가정을 방문했다. 베트남은 50개가 넘는 소수민족이 존재하는 나라이다. 소수민족의 전통을 이해할 수 있어야 베트남에 대해 제대로 안다고 할 수 있다. 우리는 가정집을 직접 방문하여, 현지인들을 보고 이야기를 나누었다. 주택의 구조가 매우 신기했고, 도심과 떨어져서 그들만의 문화가 아직도 존재한다는 것이 매우 신기했다. 아이들은 밝고 해맑았다.

다음으로 베트남 보건소를 방문했다. 생각보다 규모가 커서 놀랐다. 다양한 진료실이 존재했고, 많은 의사들이 있었다. 현지 의사선교 사님께 좋은 이야기를 많이 들을 수 있었다. 베트남 보건소의 보건의료시스템을 배울 수 있어서 좋았다.

그 후 '소수민족박물관'을 방문하였다. 앞서 방문했던 가정들 외에 50개가 넘는 소수민족에 대해 알아볼 수 있는 기회였다. 문화가 잘 보존되어 있어 매우 신기했다. 공연을 관람하고 그들의 문화와 사회를 체험해 보았다. 베트남의 역사에 대해 배울 수 있는 매우 좋은 시간이었다.

다음날 여러 의료기관을 방문했다. 먼저 '빈맥병원'을 방문했다. 베트남에서 가장 큰 병원이었다. 베트남의 '빈그룹'이 세운 병원으로, 빈그룹은 우리나라의 삼성그룹과 마찬가지이다. 그런 곳에서 대규모의 현대식병원을 지은 것이 빈맥병원이다. 시설이나 규모에서 매우 우수했다. 베트남은 주로 소아과와 산부인과 진료를 많이 받는다고 한다. 그도 그럴 것이 국민의 평균연령이 36세로 젊은 나라이고, 그만큼 신생아가 매우 많다. 우리는 다양한 진료과들 중 '옹콜로지', '영상의학

의료인을 꿈꾸는 연세인들, 세계를 품다

과', '스템셀연구실', '유전자센터', '간센터'를 방문했다. 그곳에서 부부 의사선교사님을 뵈었는데 굉장히 특별한 시간이었다. 각각 옹콜로지와 영상의학과를 전공하시고 베트남에 오셔서 선교활동을 하신다고 말씀해 주셨다. 이후 스템셀연구실에 가서 뇌손상 받은 아이들을 치료하였고, 유전자센터에는 골수이식전문 선생님을 뵈었다. 또한 간센터에서는 드라마 '하얀거탑'의 수

▌국립병원 로비

술 손 장면을 담당하신 주종우 선생님도 뵈었다. 빈맥병원은 모든 병동이 1인실로 이루어져 있고, 간호사와 의사의 근무환경도 매우 좋았다. 장비와 시설도 최신으로 갖추어져 있었다.

다음으로 한국인이 세운 가장 좋은 베트남 병원인 선메디컬센터를 방문했다. 하노이에는 50개의 정부 병원과 55개의 개인병원이 존재하는데, 그중에서 가장 좋은 병원인 빈맥병원과 선메디컬센터를 방문하였다. 선메디컬센터에는 많은 한국 의사 원장님들이 계셨다. 그곳에서 근무하시는 의료선교사님들의 설명이 매우 좋았다. 한방과 양방을 협진하는 병원이었고, 성형외과, 피부과, 외과, 산부인과 등의 다양

■ 선메디컬센터 유닛체어

한 진료과와 치과도 있었다. 최신식 병원 장비가 갖추어져 있었고, 무척 청결했다. 연세대학교 치과대학병원 원내생 진료실에서 쓰는 유닛체어와 동일한 체어를 쓰고 있었다. 우리를 안내하여 주신 분은 중국에서 한의학을 전공하신 한국인 의료선교사님이셨다. 베트남의 현지 의료법을 배울 수 있는 기회였고, 선교사로서의 고충도 들을 수 있었고, 베트남의 전반적인 사회 문화를 배울 수 있었다.

현지에서 다양한 선교사님들을 뵈었고 강의도 들었다. 어떻게 하면 의료선교사의 길을 걸을 수 있는지 배웠다. 자신을 성찰하고, 다잡을 수 있는 뜻깊은 시간이었다.

인생의 나침반이 되어 줄
선교 투어의 경험

서동연(연세대학교 간호대학)

　선교 투어를 마치고 난 뒤가 아니라 선교 투어를 시작하자 든 생각은 '프로그램에 신청하기를 잘했다'였다. 어떤 일정으로 프로그램을 진행할 것인지 듣고 가장 기대되는 점은 여러 군데의 병원과 소수민족 마을 방문이었다.

　첫째로, 여러 병원 중 가장 좋았던 방문은 단연 김시찬 선교사님의 클리닉 방문이었다. 실제로 베트남 병원의 현실을 느껴볼 수 있던 병원은 현지병원이었고 가장 시설관리가 잘 되어있던 병원은 베트남의 빈그룹에서 설립했다는 빈맥병원이라고 느꼈지만 클리닉이 가장 좋았던 이유는 선교와 봉사, 의료가 어우러진 병원이라고 생각되었기 때문이다. 조그맣다면 조그맣고, 또 넓다면 넓다고 생각되는 공간에는 어떠한 환자든지 상태를 확인하고 치료할 수 있도록 아주 많은 의료장비가 있었다. 주사나 수액을 맞는 것부터 시작해 간단한 수술까지는 모두 가능하도록 수술실도 준비되어 있었고, x-ray나 hematocrit을 시행할 수 있는 기구도 있었다. 심지어 안과기구까지 준비되어 있으니 놀라웠다. 좁은 공간에는 물품들이 가지런하게 정리되어 있어 지저분해보이는 곳이 없었다. 그곳의 간호사님들은 여느 병원들처럼 환자가 오면 각자의 개인정보를 의사가 미리 알도록 하고 의사에게 보낸다. 처치를 해야 할 일이 있으면 수행하고, 정리하는 것까지 모두 간호사의 몫이었다. 나는 그곳에서 간호사님이 IV를 하는 것이나 헤마토크릿 분석을 하는 것을 직접 볼 수 있었고, 이러한 간단한 일들이 모여 누군가에게 도움이 될 수 있다는 사실은 한국과

의료인을 꿈꾸는 연세인들, 세계를 품다

다를 것이 없다고 생각되었다. 이곳이 인상 깊었던 이유는, 물론 간호사님과 영어로 대화했기 때문에 잘 알아들었는지는 확실하지 않지만, 간호사님께서는 김시찬 선교사님(원장님)의 지시로 인해 치료가격이 다른 병원에서 수행되는 것에 비해 매우 싸다고 말씀하셨다. 이 사실과 선교 투어를 통해 생각해본 바로는 선교사님께서는 누구보다 타인을 위해 봉사하는 마음이 크고, 열정적인 분이시라는 생각이 들었다. 그분은 Health for all을 자주 말씀하셨는데, 본인이 하시는 말씀을 스스로 잘 이행하고 계시는 대단한 분이라는 생각이 들었다. 이 병원이 인상적이었던 이유는 타인을 생각하는 마음이 큰 사람들 여럿이 모여 이렇게 반듯한 클리닉을 설립하였고, 몇 년 안 되는 기간 동안 방문한 환자 수가 아주 많다는 사실이 매우 감동적이었다. 선교사님이 강의 중 가르쳐주신 말씀 중에 이런 성경구절이 있었다. "You don't need a lot of equipment. You are the equipment"(Matthew 10:10 "the Message"). 내가 아는 사람들 중 선교사님께서는 이 구절에 가장 잘 어울리시는 분이었다. 또한, 미래에는 간호사로서 내 자신이 하나의 equipment가 될 수 있다는 사실에 가슴이 벅차오르는 그런 구절이었다.

둘째로, 소수민족 마을 방문이 정말 뜻깊었다는 생각이 든다. 그들이 사는 환경과 사는 방식이 인상적이었을 뿐만 아니라 그들 자체도 친절하고 좋다는 생각을 가졌다. 특히 그들의 집안에서 불을 피우면 환기가 잘 안되어 연기를 직접적으로 들이마시고, 플라스틱 병을 재활용해서 사용하는 것 등의 비위생적인 환경에서 살고 있다는 사실은 놀라웠고 실제로 그런 거주환경을 본 것이 처음이었다. 선교사님께서 원래는 집안이 훨씬 비위생적이고, 집 밑에는 가축을 키우기도 했다고 말씀하셔서서 더욱 놀랐다. 많은 가정의학과 의사선생님들이 이런 환경에서 사는 사람들을 관찰하며 무엇이 건강에 문제를 끼칠지 생각하고 연구한다는 사실을 듣고 난 후 간호사로서 이런 사람들을 돕기 위한 연구를 하면 어떨까라는 생각이 들었다. 후에 전문 간호사로서 활동을 하게 되거나 대학원에 가서 이런 분야의 연구를 한다면 흥미로울 것 같아 앞으로 진로를 결정하는 데 도움이 될 수 있는 아주 뜻깊은 방문이었다. 이후에 지역 보건소에 들려 그곳의 선생님들과 미팅을 했다. 이때 알게 된 점은 베트남에는 산부인과나 조산사가 우리나라보다 훨씬 많다는 것이었다. 방문하는 모든 보건소나 병원에 가면 산부인과가 눈에 띄었다. 그 이유를 물어보고 싶었지만 그러지 못해 아쉬웠다. 경제적으로 잘 살지 못하는 베트남 사람들일수록 피임이 잘 이루어지지 않아서일까? 아니면 자식을 많이 낳아서 후에 경제적인 활동을 할 수 있는 가족 구성원을 늘리기 위함일까? 혹은 문화일까? 이렇게 많은 궁금증들이 있었고, 이를 풀지 못해 아직도 후회스럽다. 다음에 이렇게 좋은 프로그램과 기회가 있다면 궁금한 것은 다 물어볼 수 있는 내가 되었으면 한다는 생각을 이번 기회를 통해 가져보았다.

이렇게 선교 투어를 비신앙인으로서 한 번 떠나보니 한국에서 전도를 위해 타인을 배려하지 않으며 무분별하게 종교를 권유하는 사람들과 선교는 전혀 다른 것이라는 것을 깨달을 수 있었다. 출발 전

의료인을 꿈꾸는 연세인들, 세계를 품다

선교사님이 주셨던 질문을 통해서 알아본 결과 전도는 주로 같은 언어-문화의 사람들에게 종교를 전파한다는 뜻으로, 선교는 다른 언어-문화의 사람들에게 전파한다는 뜻으로 쓰인다고 했다. 서로 다른 문화나 언어를 가진 사람들에게 종교를 전파하려 할 때는 당연히 조심스럽게, 그들이 잘 받아들일 수 있도록 하나님의 뜻을 통해 그들을 도와줌으로서 이행이 되어야하는 것이 당연하다는 생각이 들었었다. 실제로 보니 선교는 하나님의 뜻을 전달함과 동시에 종교가 없는 이들의 문화나 언어 등을 존중하면서 이루어졌고, 의료선교사님들은 베트남에서 의료계 일을 하였으며, 특히 김시찬 선교사님께서는 의료봉사도 다니시며 하나님의 뜻을 이루어가고 있었다.

비록 신앙은 없지만, 선교에 대해서 알지는 못했지만, 선교사님의 강의와 그곳에서 만났던 사람들은 모두 아주 좋았다. 아침시간에 하는 QT라는 것도 처음에는 무엇을 하는 것인지 부담스럽고 두려웠지만 목사님께서 좋은 말씀과 내용을 준비해주신 덕분에 감명 깊은 시간이 될 수 있었다. 비록 그 내용들은 곧 잊고 기억에 남지 않겠지만 한 번 경험한 그날의 기억과 생각들이 남아서 앞으로 내가 사는 길에 나침반이 되어줄 것이고, 나를 좋은 곳으로 이끌어줄 것이라고 생각이 된다. 따라서 내가 다녀온 선교 투어는 결코 헛된 것이 아니고 오히려 내 삶에서 중요한 일이라는 생각이 든다.

어떤 일을 할 때 항상 정확한 때가 중요하다. 대학교 3학년 1학기, 힘든 실습의 첫 학기를 마치고 나아가야 할 길이 간호사가 맞는지 한창 고민하고 힘들어하던 때에 운 좋게 다녀온 선교 투어는 선교와 신앙을 배우기에 아주 좋은 때였고 더 나은 내가 될 수 있는 계기를 마련해주었다. 앞으로도 이런 프로그램이 있거나, 혹은 원목실·교목실에서 주최하는 다양한 활동에 참여할 수 있는 기회가 있다면 다시 한번 참여해 5일간의 감동을 다시 느끼고 싶다. 혹시 나처럼 종교가 없지만 다른 문화를 경험하거나 몰랐던 좋은 사람들과 좋은 여행을 함께하고 많은 것을 배우고 싶다면, 다음에 있을 원목실 선교프로그램에 신청하는 것을 강력하게 추천한다.

의료인을 꿈꾸는 연세인들, 세계를 품다

작은 변화와
감사

이성환(연세대학교 의과대학)

가장 마지막으로 선교 투어에 합류하며 가까스로 프로그램에 참여할 수 있었다. 정신없이 바쁜 본과 생활을 하면서 이러한 선교 프로그램이 학생들에게 제공되는지 전혀 알지 못했고, 결국 정식 신청기간에는 신청을 할 수가 없었다. 그러나 운이 좋게도, 9명의 참여자 중 의과대학에서 결원이 발생하게 되었고, 선착순으로 진행한 추가모집에서 선발될 수 있었다. 하지만 나에게 선교 여행은 '선교' 여행이 아닌, 선교 '여행'이었다. 학교의 지원을 받아 베트남에 저렴하게 다녀올 수 있는 기회가 얼마나 될까. 그 많은 신청자들 사이에서 내가 가장 빠르게 선교를 신청할 수 있었던 것은 그만큼이나 여행과 휴식이 절박해서였을 것이다. 본과 1학년을 살아가며, 학업적으로도, 개인적으로도 힘든 일이 많아서 모든 것을 잊고 좋은 추억을 쌓고 싶었을 뿐이다.

내가 합류하고 나서 처음으로 가지는 만남에서 자기소개를 해야 했었다. 내가 어떤 사람이고, 어떠한 계기로 선교에 합류하게 되었는지를 이야기해야 했는데, 거짓말 없이 솔직하게 이야기하기에는 부담스러웠다. 특히, 종교가 그랬다. 개인적으로 나는 종교가 없는 사람이라고 생각한다. 그래도 절을 다니시는 어머니의 영향을 받아 연세대학교 본교의 불교학생회에서 활동하고 있었고, 그곳의 사람들을 매우 좋아하고 아꼈으며, 불교 철학에 관심을 가지기도 했다. 그리고 사실 내가 여기까지 올 수 있는 동력이 불교의 철학이기도 했다. 얕은 지식이지만, 개인적으로 불교가 스스로 설 수 있는 힘을 주는 종교라고 생각한다. 고난 앞에서 감정적으로 동요하며 고통스러워하는 것이 아니라, 초연하게 포용하는 불교의 태도는 대학 입학 후 나에게 동경심을 주었다. 스스로의 그릇을 계속해서 넓혀나가며, 어떠한 상황에서조차 내적으로 귀인하며 이겨낼 수 있는 역량을 갖추는 것이 내게 다가온 불교였다. 특히, 대학 입학 후 스스로 생활비와 학비를 벌어 다니는 생활을 하면서 고단한 삶을 버틸 수 있게 하는 이유가 필요했다.

어쩌면 많은 종교 중 내가 처음으로 택할 수 있었던 철학은 불교 철학이 최선이었을 것이다. 3남매의 장남으로서, 친가와 외가의 첫 손자로서 스스로 가정이 어려운 상황을 맞이할 때마다 나 자신이 굳세야 된다고 생각했다. 여행 전 날에도 크게 싸운 아버지와 동생을 보며, 그 생각에는 변함이 없었다. 학교에 다니며 스스로 학비와 생활비를 벌고, 온갖 대회를 준비하며 끊임없이 나를 증명하려는 노력을 했다. "노세 노세 예과 때 노세"라는 말이 의과대학에 있지만, 예과는 내게 '찬란한 슬픔'이었다. 친구보다는 일을, 쉼보다는 달리는 것을 택해야 했기에 점점 지쳐만 갔다. 나에게 불교 철학은 과거의 내가 버틸 수 있는 질긴 이유였고 지금도 이에 감사하다. 하지만 지금의 나에게는 나를 이끌고 지지해줄 수 있는 힘이 필요했다.

가장 좋았던 기억 중 하나는 식사 시간에 식전 기도를 내가 하게 된 것이다. 종교도 없고, 오히려 기독교와 전혀 다른 종교 철학을 좋아하는 나에게 이러한 기회를 주는 것이 다소 생경했다. 두 손을 맞잡고, 엄지의 첫 번째 마디를 코에 대고, 눈을 감고, 입을 떼서 말하는 과정이 느리게 지나간다고 느껴질 정도로 긴장되고 어색했다. 기도도 더듬더듬 어렵게 이어갔을 뿐이다. 그런데 단순한 식전 기도였지만 내

가 누군가를 위해 기도할 수 있다는 사실이 포근하게 다가왔다. 내가 하는 말이 누군가에게 위로가 되고 힘이 될 수 있다면, 나 역시도 남에게서 위로를 받고 힘을 낼 수 있다면 좋겠다는 생각을 하게 되었다. 특히, 나중에 성공적으로 졸업해서 의사가 되었을 때, 환자를 위해 기도할 수 있는 사람이 되었으면 좋겠다고 생각했다.

아직도 불교철학은 내게 큰 의미로 다가온다. 여전히 자신을 증명해나가는 삶을 살고 있는 나에게, 고난과 역경들을 이길 수 있는 힘은 이곳에서 나오기도 한다. 하지만 내가 종교를 택해야 하는 순간이 왔을 때 불교를 택할 것 같지는 않았다. 나에게 요구하는 것처럼 남들에게 고통이나 고난이 모두 자신의 자양분이 될 것이라는 말을, 특히 아무런 죄가 없는 환자들 앞에서 하기는 다소 비정하다는 생각이 들었다. 내가 이들을 완전히 이해하고, 나아가 내 주변의 사람들에게 보다 따뜻한 사람이 되기 위해서는 크리스천이 되어야겠다는 생각을 하게 되었다. 나 역시도 매일 감사하고, 힘든 하루하루 의지하고 믿을 수 있는 분이 나를 이끌어주셨으면 좋을 것이라고 생각한다. 어쩌면 내가 선교 투어를 통해 경험한 작은 변화들이, 나의 삶을 바꿀 수 있는 감사함으로 다가올 수 있을 것 같다.

의료선교에 대한
시야를 넓히다

장윤서(연세대학교 치과대학)

8월 7일부터 8월 12일까지, 6일간의 의료선교 투어가 벌써 끝이 났다. 정확히 말하자면 8월 8일부터 8월 11일까지 4일간의 활동이었다. 짧다면 너무 짧고 길다면 긴 시간 동안 너무나 뜻깊은 나날을 보냈고 많은 것을 느꼈다. 그 모든 것들을 이 글에 써 내려가고 싶지만 세 가지로 요약해서 적고자 한다.

첫 번째, 깊은 반성과 함께 새로운 삶의 자세를 배웠다.

어렸을 때부터 교회에 나갔기에 남들보다 의료선교에 대한 소식을 많이 접할 수 있었고, 그래서 의료선교는 굉장히 친숙한 존재였다. 치대에 합격한 순간부터 당연히 의료선교를 가야 한다는 생각이었고 채플 시간에 의료선교 투어 공고를 듣자마자 너무도 당연하게 신청을 했다. 하지만 선교 투어를 다녀오고 나서, 내가 단지 '기독신앙을 가진 의료인'이라는 이유만으로 의료선교를 가고 싶어 했던 게 아니었나, 그 속에 감춰진 희생, 어려움, 하나님의 말씀과 미션은 보지 못한 채 보이는 겉모습만 보고 의료선교를 판단했었구나 하는 생각이 들었다.

친숙하다는 것은 그만큼 그에 대해 깊은 생각을 하지 못한다는 의미와 같다. 의료선교가 내게 그랬다. 내가 어렸을 때부터 보아온 의료선교사님들은 늘 웃음이 가득한 모습이셨기에 의료선교 현장도 늘 웃음이 가득하리라 생각했다. 하지만 현장에서 직접 본 의료선교사님들의 모습은 감히 상상할 수 없을 정도의 어려움과 희생이 가득했다. 한국에서 탄탄한 직장과 그동안 쌓아올린 커리어는 물론, 한국에 거주하고 있는 가족마저 포기하고 오직 의료선교라는 하나의 목표만으로 낯선 타지에서 생활하는 의료선교사님들을 마주했을 때, 정말 깊은 반성을 하게 되었다. 게다가 한국에서 수많은 희생에 이어, 현장에서 마주하는 언어적 장벽, 종교적 탄압 등을 직접 피부로 느껴보니 더욱 깊은 반성을 하게 되었다.

하지만 이러한 어려움에도 불구하고 이번 선교 투어에서 만난 모든 의료선교사님은 진심으로 행복하다고 하셨다. 힘든 환경 속에서도 자신의 능력을 통해 타인을 치료하며 도울 때, 특히 하나님의 말씀을 전할 때 큰 보람을 느낀다고 하셨다. 어렸을 때 보았던 의료선교사님들이 늘 웃음을 잃지 않으셨던 이유는 의료선교가 편하고 즐거워서가 아니라 많은 어려움 속에서도 자신이 남을 도울 수 있음에 감사하셨기 때문이라는 사실이다. 4일간 내가 접한 모습은 빙산의 일각이겠

의료인을 꿈꾸는 연세인들, 세계를 품다

지만, 그런데도 큰 깨달음을 주신 선교사님들께 정말 감사했고, 앞으로 의료인으로 살아가며 반드시 본받아야 할 삶의 자세라고 느꼈다.

두 번째, 선입견이 사라지고 시야가 넓어졌다.

선교 투어를 가기 전, 의료선교라는 말을 들었을 때 의료시설이라고는 하나도 없는 낙후된 시설에 가서 진료를 하며 전도하는 모습이 가장 먼저 떠올랐다. 하지만 선교 투어의 하루도 지나지 않아 얼마나 좁은 시야와 선입견을 가진 채 의료선교를 바라봤는지 알게 되었다.

선교 투어 기간 동안 방문했던 의료선교 현장은 내가 생각했던 분위기와 전혀 달랐다. 깔끔한 시설에 좋은 의료장비들을 갖춘, 한국과 다를 바 없는 병원이었다. 그리고 빈맥병원의 이현규 선교사님은 이 병원에서 본인의 일을 하시며, 환자들뿐만 아니라 함께 일하는 동료, 그리고 현지에서 만난 지인들에게 조금씩 말씀을 전하고 계신다고 하셨다. 난 지금껏 환자에게만 하나님의 말씀을 전한다고 생각했기 때문에, 이 말을 듣고 내가 굉장히 좁은 생각을 가지고 있었다는 것을 깨달았다.

이후, 내가 가져왔던 '의료선교'에 대한 이미지는 의료선교의 한 모습일 뿐, 세상에는 다양한 의료선교의 모습이 존재함을 깨달았다. 비교적 좋은 환경의 의료현장에서 마음껏 자신의 역량을 펼치는 의료인으로 삶을 사는 동시에, 많은 사람들에게 선한 영향을 끼치는 것 또한 의료선교의 모습이었다. 이를 알게 되며 의료선교를 바라보는 나의 시야가 조금 넓어졌다.

세 번째, 좋은 사람들과 좋은 추억을 얻었다. 서로 다른 전공과 종교를 가진 아홉 명의 학생이, 의료선교라는 하나의 목표로 모이게 된 것은 다시 생각해도 기적 같은 일이다. 자유시간, 숙소에서의 휴식시간뿐만 아니라 차에서 이동시간마저 너무 즐겁고 행복하고 웃음이 가득했던 것은 좋은 팀원들 덕이었다. 그 뿐만 아니라 QT 시간이나 강의시간에 진지하게 임하며 서로 좋은 영향을 주고받으며 배웠다.

또한, 선교 투어 기간 내내 해맑은 우리들을 통솔하시고, 아침마다 좋은 말씀 나눠주신 존경하는 신광철 목사님, 하나하나가 모두 의미 있던 선교 투어 일정을 설계하시고, 두 번의 강의를 해주신 김시찬 선교사님, 그 선한 성품을 정말 본받고 싶다는 생각이 들었던 이현규 선교사님, 강의 내내 감동을 주시고 진정한 의료선교인의 삶을 알려주신 양승봉 선교사님, 선교 투어의 마지막까지 즐거운 추억으로 가득가득 채워주신 조재형 실장님 덕분에 너무 많은 것을 얻고 귀국했다.

단 4일간의 일정 속에서 셀 수 없을 정도로 많은 것을 얻었다. 그것들은 앞으로 내 삶 속에서 지표 역할을 하며 삶의 방향을 안내해줄 것이다. 베트남 의료선교 투어는 단순한 투어 이상으로 내게 영향을 주었다. 벌써 베트남과 우리 팀원들이 그리워지기 시작해서 정말 큰일났다. 내년에 진행되는 의료선교 투어에 기회가 주어진다면 함께해서, 이번 선교 투어에서 얻은 것들을 되새기며 다른 삶의 자세를 배워오고 싶다. 마지막으로 이런 좋은 기회를 주신 연세 대학교와 하나님께 진심으로 감사를 드린다.

하나님이 주신
선물 보따리

조원정(연세대학교 의과대학)

　나에게 베트남 의료선교는 가장 고되다는 의과대학 본과 1학년 1학기를 버텨낼 수 있었던 원동력이었다. 선교 준비 모임으로 목사님과 선교사님 그리고 함께 갈 지체들을 만나는 모임이 너무 기다려졌고 '가서 어떤 영향력을 어떻게 끼칠 수 있을까' 하는 고민으로 기다렸던 일정이었다. 정신없이 바쁘고 지쳤던 일상에서 벗어나 의학공부의 의의를 다시 새기고 하나님께서 어떤 선물을 준비하시고 어떻게 이끄실지 기대하며 그 임재 안에 깊이 거하고 묵상할 수 있음에 감사했다. 그렇게 베트남에 가는 비행기에서 열 가지의 기도제목을 나열하며 적어보았고, 그중에는 "장차 본과 공부를 할 때 버틸 수 있는 힘과 의학을 하는 이유 되찾기, 고등학교 때부터 꿈꿔온 의료선교의 꿈을 이루어 가시는 하나님께 감사하며 하나님 안에서 행복해 하기, 믿지

의료인을 꿈꾸는 연세인들, 세계를 품다

않는 동기들에게 하나님의 사랑을 흘러 보내기" 등이 포함되었다.

베트남에 안전하게 도착하고 두 번째 날 아침을 큐티로 은혜롭게 시작한 후 김시찬 선교사님의 클리닉을 참관하고 베트남에서 가장 큰 국립병원을 방문하며 많은 감정이 오갔다. 하노이의 화려한 건축물들에 감탄하고 뒤를 돌아보면 무너져가는 집들과 거리에서 노점상 등 어렵게 생활을 이어나가는 베트남 사람들을 보면서 복잡한 마음이 들었다. 특히 국립병원을 방문했을 때는 길거리와 병원에서 기다리다 지쳐 누워 있는 수백 명의 환자와 보호자들의 모습이 마지막 날 방문했던 선메디컬센터의 여유롭고 호화스러운 1인 병실이 대조되면서 베트남의 의료서비스 보급과 한계에 안타까운 마음이 들었다. 하지만 하루 동안 베트남의 의료현장과 선교현장을 직접 방문 후 말로 표현할 수 없이 복잡한 마음은 하루의 마무리를 선교사님들의 강의로 하며 얻은 깨달음들로 정리되었다.

특히 둘째 날과 셋째 날 강의해주신 김시찬 선교사님의 강의를 들으면서 하나님께서 너무나 명확하고 강렬한 깨달음을 주셔서 왈칵 눈물이 났다. 베트남의 역사와 하시는 선교사역에 대해 설명해주시며 선포해 주셨던 말씀 중에, 편안한 삶은 없으며 진정 의미 있는 삶은 내 주위를 변화시키는 삶이라 하셨다. 의학을 공부하면서 많은 순간 편안한 삶을 추구했던 내 모습을 반성하였고, 하나님께서는 지금까지 누렸던 모든 은혜는 "거저 받았으니 (이제는) 거저 주라"고 제 첫 번째 기도제목에 응답해주셨다. 더불어 선교사님께서는 "내 눈앞에서 벌어지는 일은 하나님의 축복이 예비된 것"이라 설명하시며 눈앞의 필요에 반응하라고 도전해 주셨는데, 장차 의료인이 되어 눈앞의 필요에 주저 없이 반응하겠노라고 다짐하였다. 나에게 가장 부족하고 다듬어져야 했던 "불편함을 참아내는 영성"에 대해 설명해주신 선교사님의 말씀과 같이 더욱 인내와 불편함을 감수할 줄 아는 의료인이 되길 소망한다.

또한 이병규 선교사님과 양승봉 선교사님께서 해주신 말씀도 제 뇌리에서 잊히지 않는다. 이병규 선교사님께서는 시대가 바뀌고 있기에 선교의 패러다임이 바뀌고 있는 종양내과 같은 전문의도 선교를 할 수 있으며, 내 이마에 무엇이 씌어있는지 사람들이 볼 수 있는 선한 삶을 살아내라 선포하셨다. 우리나라가 다른 나라의 은혜를 입고 의료수준이 향상 될 수 있었던 것처럼 베트남의 의료수준을 끌어올리겠다는 비전으로 선교를 오신 선교사님의 말씀은 제가 생각했던 전형적인 선교와 달라 새로웠고 같은 비전을 갖고 싶다는 생각을 하였다. 내가 현재 가장 관심 있어 하는 내과를 "해가 뜨지 않지만 지지 않는 과"라고 설명해주신 말씀은 어디서도 듣지 못할 격려이자 앞으로 학업의 방향이 되었다.

마지막으로 양승봉 선교사님의 강의를 듣고 그동안 들었던 학업적, 신앙적 의문이 모두 해결되어 마치 무더운 여름날 들이키는 냉수와 같았다. 선교사님께서는 자기를 사랑하는 사람은 안 아프고 잘 유지되지만 몇 년 후에는 심어도 싹이 안 난다 하시며 나 자신을 위해 노력하면 열매 하나만 남지만 우리가 다른 사람을 위해 내어주고 썩어지는 삶을 살면 몇 십 배의 열매가 맺어진다고 선포하셨을 때의 마음의 강렬함은 잊을 수 없다. 내 아버지께서 나를 귀히 여기시리라는 믿음과 기쁨으로 편안한 삶보다는 의미 있는 삶을 살고 낮은 곳을 찾아가고 구멍을 메우는 삶을 살겠노라고 하나님께 철저히 두 무릎으로 항복하는 듯한 깨달음을 얻었다. 또한 훗날 전공의를 선택할 때 편해서 인기 있는 과에 남들과 같이 휩쓸려 가는 게 아니라 환자를 보고 살리는 것이 가장 중요하기에 오직 하나님께서 주신 비전을 갖고 그려나가겠노라 다짐하였다.

이번 선교 투어에 하나님께서 예비해두신 선물 보따리가 궁금하였는데 열어보니 값을 매길 수 없는 귀한 경험들과 깨달음에 감격하고 행복했던 선교 투어였다. 직접 눈으로 보고 피부로 느낀 경험들을 토

대로 앞으로 학업을 지치지 않고, 선한 영향력을 끼치는 의료인이 되도록 선명한 꿈과 믿음을 갖고 나아갈 수 있는 찬란한 빛이 되어준 이번 선교 투어를 준비해주신 모든 손길과 예비하신 하나님께 영광과 감사를 드린다.

의료인을 꿈꾸는 연세인들, 세계를 품다

선교,
어땠어?

최민경(연세대학교 간호대학)

4박 6일간의 짧다면 짧고 길다면 긴 '베트남 선교 투어'의 일정이 끝이 났다. 4박 6일이라는 시간 동안 많은 가르침과 깨달음을 얻을 수 있었다. 선교 투어를 떠나기 전에 가졌던 궁금증을 해결하고자 선교 투어 내내 깊은 고민했었다. 그 때에 해결하고자 다짐했던 궁금증은 다음과 같다. 첫째로, 우리는 의료선교사의 선교를 통해 설립된 병원임에도 불구하고 학생들은 선교란 무엇인지 잘 모를까? 둘째로, 선교란 어떠한 힘을 가졌기에 지금까지 남을 큰 업적을 남길 수 있었을까? 마지막으로, 종교와 관련된 나의 의지, 그리고 마음을 이번 선교 투어를 통해 다잡을 수 있을까? 우선 결과를 먼저 말하자면 이 세 가지 궁금증들이 완전히 해소되지는 못했지만 해결을 위한 방향성은 어느 정도 결정된 것 같다.

사실 선교 투어를 떠나기 전에 선교에 대한 무지가 혹시 이번 선교 투어에서 불이익을 가져오지는 않을까 하는 생각에 잠깐 주춤했다. 하지만 나와 함께 떠나는 팀원들도 대부분 선교란 무엇인지, 그리고 크리스천이 아닌 사람들이 더 많았다. 때문에 편한 마음으로 이번 선교 투어를 있는 자체로 받아들이고 경험할 수 있었던 것 같다. 베트남 선교 투어에서 경험한 것들은 두 가지로 나눌 수 있다. 함께 떠났던 팀들이 모두 의료원 학생들이기 때문에 국립병원, 기업병원, 개인 클리닉까지 총 4곳을 방문하고 베트남 의료를 간접적으로 경험할 수 있었다.

나머지 한 가지는 선교 및 선교사 선생님들의 강연이었는데 이 강연시간에서 의미 있는 것들을 너무 많이 얻을 수 있었다. 사실 처음에는 선교 투어라고 해서 선교에 많이 치중되어 있을 것이라고 예상했었다. 하지만 선교사 선생님들은 선교를 베트남 사회, 문화, 의료에 자연스럽게 녹여서 말씀해주셨다. 때문에 이해가 잘 되었고 그들(베트남)을 더 이해할 수 있게 된 것 같다. 그중 가장 기억에 남았던 것을 한 가지 말하고 싶다. 2018년의 하노이는 상당히 많이 발전하고 있다고 한다. 하지만 군대와 경찰이 장악 중이며 거의 사회 내의 모든 일이 국가의 통제 아래 있고 부정부패도 많이 벌어진다고 한다. 사실 나는 이 이야기를 듣고 '과연 사실일까'라는 생각을 했다. 하지만 이 강연을 들은 바로 다음날 아침 호텔 주변을 걷던 중 한 운전자가 경찰에게 물질 건네는 장면을 보고 말았다. 이야기로 듣던 것을 직접 목격하니 충격이 더해졌다. 사실 국가의 성장을 위해서는 시민들의 의식 수준

의료인을 꿈꾸는 연세인들, 세계를 품다

또한 발전해야 한다고 생각한다. 물론 베트남 내에서도 뛰어난 수준의 의식을 가진 국민들도 있겠지만 아직 잘 모르는 국민들이 대부분일 것이라고 생각한다. 본 경험을 통해서 베트남 국민들이 자신의 국가의 일에 관심을 가졌으면 좋겠다. 이와 비슷한 맥락으로, 베트남에서는 선교사의 활동이 철저히 금지되어 있다고 한다. 예를 들어 선교활동을 하다가 발각되면 즉시 자신의 국가로 추방당할 수 있다고 한다. 이 이야기를 들으면서 과연 내가 지금 뵙고 있는 한국 선교사 선생님들은 얼마나 많은 고난과 역경을 겪으며 여기까지 오셨을까라는 생각이 들었다. 사실 남을 위해 일생을 바친다는 것은 절대 쉬운 일이 아니다. 선교사님들의 선교를 통해 베트남 국민들이 기독교를 믿게 된다고 해서 선교사 선생님들께 절대로 어떤 물질적인 것들이 돌아오지 않는다. 하지만 선교사 선생님들이 국가의 철저한 통제 아래에서 선교활동을 묵묵히 펼치신다는 것은 역시 그 믿음 덕분이라는 생각이 들었다. 내가 가졌던 궁금증 중 하나. 과연 나는 이번 선교 투어를 통해서 나의 믿음을 다잡을 수 있을까하는 것. 나의 마음을 다잡았다고는 말하지 못하겠지만 믿음의 힘이 얼마나 위대하고 큰 것인지는 알 수 있는 시간이었다.

이번 베트남 선교 투어를 통해서 베트남으로 가고 싶다는 막연한 생각이 들었다. 사실 물가가 싸고, 외국인이 살기 좋은 환경이기 때문인 것도 있다. 하지만 그들에게 내가 의료인으로서 도움이 되고 싶고, 또 발전해나가는 베트남의 시대를 함께하고 싶다는 생각도 들었다. 그러나 타국인으로서 베트남 국민들이 가장 안타깝다고 생각했던 점은 의료보험제도였다. 우리나라는 국가 의료보험 가입률이 거의 100%에 육박한다. 하지만 베트남은 가격이 저렴함에도 불구하고 절반도 가입이 되어있지 않다고 한다. 평소에 국가제도 중 가장 합리적이고 도움이 많이 되는 제도가 국가 의료보험 제도라고 생각했는데, 이런 기본적인 제도의 도움조차 받고 있지 못하는 베트남 국민들을 보며 조금은 안타깝다는 생각이 들었던 것 같다. 때문에 국민들에게 도움이 될 만한 제도들, 지식을 알려줄 수 있는 사람이 되어 베트남에서 봉사하고 싶다는 생각이 들었다. 지금은 아주 막연하고 계획이 철저하지 못한 생각이지만 앞으로 간호사로 활동하면서 지금 이 계획을 언젠가 실현할 수 있는 날을 기다리고 있다.

같이 선교 투어를 떠났던 팀원들 중 한 명이 이런 말을 했다. "너무 느낀 점이 많아서 어떻게 표현해야할지 모르겠다"라고. 지금 내 심정이 이렇다. 너무 느낀 점이 많아서 횡설수설하는 느낌이고, 이 지면 위에 글로 담아내지 못한 것들도 너무 많지만 나름대로의 방식으로 표현하기 위해 노력하였다.

최근에 선교 투어를 다녀오고 가장 많이 들었던 질문이 "선교, 어땠어?"라는 질문이다. 친구들은 항상 의아해했다. 캐나다, 미국 등의 프로그램을 두고 왜 하필이면 베트남 선교 투어를 선택했냐고. 그때는 나의 마음을 친구들에게 설명하지 못했다. 하지만 투어를 마친 지금 나는 누구보다 자신 있게 말하고 싶다. 내가 기대했던 것 이상을 배울 수 있었고 진정한 나에 대해 고민해보고 내가 앞으로 나아갈 방향성을 탐구할 수 있었던 엄청난 기회였다고. 또한 나의 후배들이 선교 투

의료인을 꿈꾸는 연세인들, 세계를 품다

어를 가고 싶다고 조언을 구한다면, 묻지도 따지지도 않고 당장 떠나라고 추천해주고 싶다. 하지만 아무 생각 없이 떠나기보다는 과연 나는 어떠한 것을 얻고 싶은가에 대해서 고민 해보고 떠나라고 말해주고 싶다. 앞으로 선교 투어를 떠날 사람들에게 여러분이 어떠한 것을 기대했던 그 기대보다 더 많은 것을 얻을 수 있는 그런 기회가 될 것이라고 말해주고 싶다.

통일된 한국에서의
간호사를 꿈꾸며

허종윤(연세대학교 간호대학)

베트남은 54개의 소수민족이 모여서 이루어진 나라이다. 킨(Kinh)족이 86% 이상을 차지하고 있지만, 다양한 민족이 있는 만큼 문화도 상이하다. 이 점이 베트남 내에서 지역사회 의료서비스 제공을 힘들게 하는 원인이 된다고 한다. 대표적으로, '임신을 하면 단백질을 먹으면 안 된다' 등의 신념들은 적절한 영양분 섭취를 불가하게 만든다. 또한 집의 구조가 일층에는 가축이 살고, 집 안에서는 불을 피우고 있다. 당연히 위생상으로 좋지 않고, 집 안에서 불을 때고 있었기 때문에 숨을 쉬기 불편할 정도로 답답하다고 느꼈다. 왜 선교사님께서 '선교에서 상황화(contextualization)는 얼마나 중요한 것인가'라는 질문을 던지셨는지 깨닫게 되었다. 상황화는 선교용어로, 선교를 진행하면서 기독교 복음의 정체성을 잃지 않으면서도 선교현장에 있는 사람들이

의료인을 꿈꾸는 연세인들, 세계를 품다

복음을 들을 때에 그것이 자신들의 공동체와 상관없는 것으로 여기지 않고 하나님을 믿는 것이 바로 자신들을 위한 것으로 느껴지고 받아들여질 수 있도록 만드는 것인데, 이는 참으로 중요한 일이라는 것을 깨달았다.

베트남 선교 투어를 떠나기 전에 나는 베트남에 대해서 잘 알지 못했다. 한국에서 몇 년 전부터 유행하던 쌀국수, 분짜 등의 먹거리, 혹은 막연하게나마 베트남이 공산국가라는 것만 알고 있었을 뿐이다. 또한 베트남이 공산국가라는 것을 알고 있었지만, 베트남 내에서 선교를 하는 데 있어 힘든 점이 있을 것이라고 생각하지 못했다. 오히려 아프리카와 같이 극심하게 가난하지 않은 나라이기 때문에, 왜 선교사님이 나가 계신지에 대해서도 의아하게 생각했다. 하지만 베트남을 북한에 적용하여 생각해보니 선교의 자유가 없다는 것이 이해가 되었다. 그나마 유럽과 미국의 무역과 관련된 압박으로 어떤 종교를 믿는지 여부에 대해서 금지하지는 않지만, 국가 일을 하는 공무원, 대기업에서 사원들은 승진에 제한을 받는다는 것을 알게 되었다. 또한 그 사람이 직접 종교에 대해 궁금해 하거나 물어보지 않는 이상 선교를 했을 때, 공안(경찰)에 의해 잡혀갈 수도 있다는 것을 알았다. 선교 투어 둘째 날 하노이에서 가장 많은 교인들이 다니는 리터러쳐 사원에 가서 담임 목사님을 만났는데, 베트남의 문화를 이해하고 난 뒤 그분의 역할이 얼마나 크고 무거울지 느끼게 되었고 김시찬 선교사님을 포함한 총 네 분의 선교사님이 베트남에서 아주 큰 역할을 하고 계시다는 것을 깨닫게 되었다.

베트남에서 의과대학에 다니고 있는 총 네 명의 학생을 만났다. 처음 만나는 사이였지만, 세계 보건에 대해 해박한 그들은 우리를 반갑게 맞이해 주었다. 함께 과연 세계 보건에서 중요한 것이 무엇인가와 경제적인 부분, 문화적인 부분 등 다양한 이야기를 나누면서 교류하였다. 공공의료기관과 빈맥병원의 차이에서도 알 수 있듯이 빈부격차는 정보의 격차, 의료의 격차 등을 낳고, 나아가 그들의 건강의 격차까지 만들게 된다. 과연 글로벌 시대에 가장 중요한 건강의료서비스에 있어 내가 어떤 역할을 해야 할지에 대해서 생각해보게 만드는 기회가 되었으며, 이미 외국에서는 활발하게 이루어지고 있는 세계 보건에 관한 학문에 대해 좀 더 깊이 배워보고 싶다는 의지를 가지게 되었다. 이렇게 지평을 열게 해준 베트남 의과대학생들에게 정말 감사하다.

일정을 하는 내내 김시찬, 양승봉, 운명범, 이형규 선교사님을 만났다. 선교사님들은 모두 다른 방식의 선교를 하고 계셨다. 먼저 이 선교 투어를 기획하시고, 좋은 말씀을 전해주셨던 김시찬 선교사님은 누구보다도 열정적인 분이셨다. 선교사님께서는 선교 투어 내내 문화를 이해해야 함을, 문화 감수성을 키울 것을 많이 생각하고 성숙해져야 함을 강조하셨다. 뿐만 아니라 편한 상황에 안주하지 말고 도전하고 불편함도 감수할 수 있어야 한다고 하셨다. 편안, 안정만을 추구했던 나는 일생을 하나님께 바치고 때로는 힘들지만 그 안에서 보람을 느끼는 선교사님으로부터 열정, 도전, 의지, 끊임없는 배움을 배웠다. 양승봉 선교사님께서는 네팔에서 베트남까지 본인의 선교사로서 일

의료인을 꿈꾸는 연세인들, 세계를 품다

생을 얘기하시는 강의를 하시면서 하나님 안에서 나이가 들수록 더 건강해지고 감사함을 느낀다고 하셨다. 재치 있는 강의와 일부 일정을 함께 상호작용하면서 긍정의 기운을 느낄 수 있었다. 운명범 선교 사님은 IT기업에서 일하시다가 중국에서 한의학을 공부하고, 침 하나 만으로 선교할 수 있다는 믿음을 가지고 베트남에서 선한 영향력을 끼치고 계셨다. 선교사라고 하면 무겁게만 보일 수도 있지만 모두 본인의 상황에 맞추어서 다른 방법으로 최선을 다해 하나님에 대한 믿음 하에 베트남 사람들을 섬기고 계셨다. 그 용기가 부럽고 존경스러웠다.

김시찬 선교사님께서는 베트남을 통해서 통일될 한국에서 우리가 해야 할 역할들에 대해서 강조하셨다. 나는 1학년 때 통일부 주관 통일 캠프로 중국 연변과 금강산을 갔다 왔다. 북한은 무상치료제도를 기초로 하고 있지만 의료수준이 우리나라의 70년대 수준이라 시설이나 약품이 매우 부족하고, 간단하게 치료할 수 있는 질병으로 많은 환자들이 죽고 있다고 한다. 내가 통일 캠프와 대회를 준비하면서 마음 먹었던 통일 이후 간호사로서 북한 주민들에게 할 수 있는 일들에 대해서 많이 잊어버리고 있었다. 간호사는 직업이다. 하지만 사람을 살리고 돌보는 직업이다. 누군가를 도와주면서 돈도 벌 수 있는 직업은 많지 않다고 생각한다. 그렇기 때문에 더욱 책임감 있게 공부하고, 환자를 위하며, 잘 돌보기 위해 나 자신의 능력을 최대치로 이끌어낼 것이다. 통일이 되어 평양이나 개성에서 힘든 환자를 돌보며 삶을 살 수 있다면 인생에서 너무나 값진 경험이 될 것 같다.

이번 선교 투어는 감사의 연속이었다. 오로지 우리가 하나님 안에서 더 바른 길로 나아가길 바라는 많은 분들이 시간을 내주시고, 귀한 말씀을 전해주셨다.

김시찬 선교사님께서 '나의 인생의 방향과 목적이 무엇인가'라는 질문을 하셨다. 아무런 목적 없이 살았기 때문 이 질문을 들었을 때, 당황스러웠고, 바로 답할 수 없었기 때문에 부끄러웠다. 나의 먼 미래까지는 내가 아직 직접 보고 경험한 것이 없어 정확히 단정지을 수는 없지만 나의 방향은 나와 가족을 사랑하는 것을 넘어, 한국과 세계에 대한 사랑을 바탕으로 봉사하는 삶을 살고 싶다는 생각을 했다. 비록 인생을 살면서 바쁘고 힘이 드는 일이 많겠지만, 경제적으로 혹은 나의 간호학 지식과 기술로 타인을 섬기는 삶을 살고 싶다.

하나님과 신앙을 떠난 이후 나의 인생은 고민과 피곤함 속에서 지쳐가고 있었다. 이번 선교 투어를 계기로, 내가 좋아하던 이사야 40장 31절이 떠올랐다. '오직 여호와를 앙망하는 자는 새 힘을 얻으리니 독수리의 날개 치며 올라감 같을 것이요. 달음박질하여도 곤비치 아니하겠고 걸어가도 피곤치 아니하리로다.' 내가 하나님 안에서 하루하루 노력하고 고뇌한다면 힘을 얻고 독수리의 날개 치며 올라감과 같을 것이라고 믿어 의심치 않는다.

이번 베트남 선교 투어로, 신광철 목사님, 간호대의 서동연, 최민경뿐만 아니라 의과대학의 조원정 언니, 김도훈 오빠, 이성환, 치과대학의 김태연 언니, 장윤서, 김진영, 이름만 나열해도 소중하고 지혜로운 사람들을 만나 너무나 행복하고 값진 시간들이었다. 선교 투어가 힘들 때도 서로 북돋아주고 서로의 생각에 대해서 나누면서 긍정적인 힘을 주고받았다. 잠언 13장 20절의 '지혜로운 자와 동행하면 지혜를 얻고 미련한 자와 사귀면 해를 받느니라'에서처럼 지혜로운 사람들을 만나서 나의 인생이 긍정 속에서 행복해질 것이라고 믿는다. 병원이라는 공간은 개인적인 공간이 아니다. 수많은 사람들이 상호작용하며 돕고 이해해야만 일의 과정이 수월해지고, 환자들은 더 긍정적인 영향과 양질의 의료를 받을 수 있다. 서로의 생각, 역할을 이해할 수 있는 기회를 준 하나님께 감사드린다.

4장

베트남
의료선교 투어를
마치면서

학생들과 함께한
소중했던 시간

김시찬(의료선교사)

저는 이번 학생들과 함께하는 시간이 비록 짧아 아쉬웠지만 이들이 조금씩 변화되는 모습을 볼 수 있어 하나님께 감사했습니다. 서로 다른 생각과 소망을 가지고 학교에서 열심히 살다가 이러한 귀한 기회에 자원하여 이 시간을 헛되이 보내지 않고 자신들에게 유익한 것으로 만들어갔던 열심히 참여한 학생들의 모습이 좋았습니다. 또한 베트남 하노이에서 수고하고 계신 다른 의료선교사님들이 자발적으로 참여해 주시고 귀한 나눔을 주셔서 이들에게 값으로 매길 수 없는 큰 도전을 주신 것도 감사하게 생각합니다. 이 학생들은 아직은 어립니다. 그러나 이들의 마음속에 심긴 하나님을 향한 사랑과 헌신은 계속 자라고 열매 맺을 것으로 믿습니다. 저에게는 아직도 엊그제 같이 느껴지는 저의 의대 학창시절이 겹쳐지면서 이들의 인생에 개입하시는 하나님의 선한 손길을 보며 또 기대하고 기도하게 됩니다.

저는 본과 2학년말 기적적으로 하나님을 만난 후 모교에 대한 선교의 뿌리와 그리고 거기서 배우고 있던 제 자신이 깊이 연결되어 있음을 비로소 알게 되어 감격했던 그때 그 이후 40년 가까운 세월을 한번도 한눈팔지 않고 저의 좋으신 하나님을 섬기는 기쁨 속에서 사는 축복을 경험 했었기에 이들의 변화과정이 세월의 간격을 뛰어넘어 저의 가슴을 다시 뛰게 했던 것 같습니다. 앞으로는 이들 학생 중 몇 명은 YGHLC(Yonsei Global Health Leadership Course)에 참여하여 전 세계의 의료적 문제의 종합적인 접근을 위한 도전적인 group study 를 시작하여 폭넓은 시야를 가진 의료인으로 그리고 global citizen 으로 훈련받게 될 것으로 기대합니다(이러한 프로그램이 좀 더 잘 디자인 되어 학생들의 선교에 대한 관심과 헌신이 지속적으로 자랄 수 있게 되기를 기도합니다).

이번에 이러한 의료선교투어 프로그램을 계획하신 원목실의 여러분들과 이 선교 투어를 위해서 특별히 많이 수고해 주신 신광철 목사님께도 감사를 드립니다.

썩어지는
삶

신광철(연세대학교 의료원 원목실, 목사)

베트남은 작년에 다녀온 몽골과는 매우 다른 형태의 정치체제를 가졌다. 베트남은 공산주의 국가라 선교의 자유가 없는 나라이다. 몽골에서는 종교가 자유로운 나라라 여러 종교가 혼재되어 있을 정도였다. 집에 들어가면 부처님도 모시고, 예수님도 모시고, 조상신도 모실 정도로 종교의 자유가 있는 나라였지만, 공산당의 지배하에 있는 베트남은 선교의 자유가 허락되지 않는다. 따라서 의료선교라고 하지만, 공식적으로 허락된 것은 의료이지 선교행위는 엄격히 금지되어 있는 나라였다.

공산당 공안(경찰)은 이러한 외국인 의사들에 대하여 감시하고 있고, 만약 그들이 베트남인에게 기독교를 전파한다면 바로 추방하는 실정이다. 그러한 상황이었기에 우리의 투어는 기획부터 과정까지 신경써야 할 것들이 존재하였다. 이민족 부족을 방문하기 위해서는 그에 대한 협조 공문을 보내야했는데 원목실 이름으로 보내면 이러한 공문이 반려가 되기에 세브란스병원의 다른 부서의 이름으로 보내는 수고도 해야 했다.

베트남의 의료현실은 한국과 비교해서 많은 부분에서 부족하였다. 국립병원 중에 하나인 백마이국립병원을 방문하였는데 이곳의 경우 시설이 너무 빈약했다. 병원에서 진료를 받기 위해서는 대기표를 뽑고 며칠이고 기다려야만 했으며, 그렇다고 대기실이 제대로 마련되어 있는 것도 아니었다. 무더운 여름에 에어컨은커녕 습하고 더운 복도에서 기다려야 했고, 대부분은 외부의 그늘에서 하염없이 기다리고 있었다. 겨우 자신의 차례가 되어서 진료를 받고 입원을 하면, 병실의 침대가 부족한 판국이라, 환자는 침대에서 계속 있지 못하고 다른 환자와 교대로 침대에서 누워있어야 했다.

물론 베트남에도 좋은 병원이 있었다. 바로 우리 팀이 방문한 빈맥병원이 그 병원 중에 하나인데 베트남의 삼성이라고 불릴 정도로 초대형 기업인 빈그룹에서 지은 최신식 병원이었다. 이 병원에서는 최신의 기계와 외국의 의사들을 스카우트해서 진료를 하고 있었다. 인테리어까지 신경을 쓴 병원에는 시원한 에어컨 바람이 불고 있었고, 1층에는 라이브로 음악을 연주하고 있었다. 그런데 앞의 국립병원이 환자들로 북새통을 이루었다면 이 병원에는 환자가 그렇게 많지 않았다. 한산해 보였고 복도에서 진료를 기다리는 환자도 그다지 많아 보이지 않았다. 왜? 그 이유는 바로 진료비가 엄청나게 비싸기 때문이었다. 빈맥병원의 경우 1인실의 입원비가 한국 돈으로 20만 원이 넘었다. 한국에서 1인실 비용이 한 40~50만 원이라는 것을 생각하면 별것 아니네라고 할 수 있을지 몰라도, 베트남 사람들에게 20만 원이라는 돈은 거의 한달 월급에 가깝다는 것을 생각하면 엄청나게 비싼 의료비라는 것을 알 수 있다. 따라서 이 병원에 진료를 보고 수술과 입원을 하는 사람은 베트남에서도 상류층만 가능하다는 것이다. 이러한 빈부격차와 환경 때문에 베트남의 의료는 한국에 비하여 수준이 낮을 수밖에 없다.

이러한 베트남의 의료환경은 한국처럼 의료보험이 잘 되지 않기 때문이기도 했다. 한국에서는 국민들에게 의료보험료를 상당 부분 걷어서 이를 의료비에 충당하지만, 베트남의 경우 이러한 의료보험비로 정부가 가져가는 돈이 매우 적다. 이 말은 막상 환자가 입원하면 정부에 도움을 받을 수 있는 범위 또한 적다는 말이기도 하다. 그렇다고 정부가 돈을 많이 걷고자 하면 이에 대하여 불만이 많다고 한다. 결국, 소액의 보험료를 내고, 적은 혜택만 받을 수 있다는 것이다. 정말로 최소한의 의료적 지원 빼고는 자비로 충당해야 하고, 이는 자신의 돈으로 의료혜택을 받아야만 한다는 것이다.

우리 선교 투어를 물신양면으로 도와주신 김시찬 선교사님은 이들을 위하여 수십 년간 베트남에서 의료선교를 하고 있었다. 그들에게 낙후된 의료를 개선시키려 하고, 의료혜택을 받기 힘든 사람에게 도움을 주려고 했던 것이 바로 선교사님의 비전이었던 것이다.

저녁마다 선교사님의 강의를 들으면서 많은 생각이 들었다. 한국에서 의사라는 직업은 재물과 명예가 보장되는 직업이다. 한국의 대부분의 학생들은 의사가 되고 싶어서 시간과 돈을 들여서 공부를 하고, 부모들의 꿈 또한 자식들을 의사로 만드는 것이 꿈이다. 실제로 의대 학생들의 대부분은 그들의 미래에 대하여 전혀 걱정하지 않는다. 졸업하면 취업의 문이 활짝 열려있고, 연봉도 기본이 1억이 넘으며 좋은 조건으로 결혼을 할 수 있는 것이 그들이기 때문이다.

하지만 의료선교사들은 이러한 것들을 전부 버려두고 환영하지도 않는 곳으로 가서 희생을 하고 있다. 인정받는 것이 아니라, 오히려 동료들에게 혹은 다른 이들에게 바보라는 소리를 들으면서 묵묵히 하나님의 일을 하는 것이 바로 의료선교사들이다. 도대체 무엇이 그들을 희생과 헌신하게 만들었을까?

베트남에서 저희에게 강의를 해주셨던 선교사님 중에 한 분은 바로 양승봉 선교사님이셨다. 『의료선교의 길을 묻다』, 『네팔에 희망을 심다』를 쓰신 선교사님은 원래 외과의사지만 시편 116장 12절의 "하나님께서 내게 주신 모든 은혜와 사랑을 무엇으로 보답할꼬"라는 말씀을 붙잡고 생선의 가장 맛있는 중간 토막을 드리듯 일생에서 가장 젊고 힘이 있는 청년의 때를 하나님께 온전히 드리겠다며 서원하셨다고 한다. 그리고 자신의 인생을 네팔에서 의료선교사로 헌신하시고, 이제는 만 60세가 훌쩍 넘어 은퇴할 나이가 되었음에도 두 번째 선교지인 베트남으로 와서 새로운 의료선교사로 헌신하고 있었다.

그분이 하신 말씀 중에 가장 마음에 와 닿던 말은 "자기를 사랑하는 사람은 아프지 않고 잘 살아가지만, 몇 년 후에도 그 싹을 피지 못

의료인을 꿈꾸는 연세인들, 세계를 품다

한다. 하지만 다른 사람을 위해서 썩어지는 삶을 살면 결국에는 몇십 배의 열매를 맺고 하나님께서 귀히 여기시는 기쁨을 얻을 수 있다"라는 말이었다. 우리가 우리의 삶에만 초점을 맞추고, 나와 나의 가족의 인생만 안위하며 다른 이를 돌보지 아니하는 인생은 평안한 삶을 살지만 결국에는 열매 맺는 것이 아무것도 없다는 것이 그분의 말씀이었다. 하지만 현재의 삶이 다른 이들이 이해하지 못하는, 손해를 보는 삶을 산다는 것은 곧 내가 희생하여 다른 이들의 삶을 살린다는 것, 그것은 하나님께서 기뻐하시는 삶이라는 것이다. 그러한 믿음과 신념이 있기에, 현재의 삶이 고단하다고 한들 선교사님에게 기쁨과 보람이 넘쳐나게 한 것이고, 지탱할 수 있는 힘이 되는 것이다.

나는 이러한 선교사님들의 이야기, 그들의 실제 생활을 바라보면서 많은 부끄러움을 느낄 수 있었다. 나이가 60을 넘어서 은퇴할 시기인 그분들이 아직도 가지고 있는 정열, 그리고 타인을 위한, 하나님을 기쁘게 하기 위한 헌신. 그것은 제가 가지지 못한 것이었기 때문이다. 자신이 가진 모든 것을 버리고, 자신이 가질 수 있는 것 까지 버리고, 하나님의 일을 위하여 희생하는 가운데, 즐거움을 느끼시는 모습을 바라보면서 스스로 많이 돌이켜보는 계기가 되었다.

그리고 돌아오는 비행기에 몸을 실으면서 스스로에게 되물었다. 나는 누군가를 위해서 썩어지는 삶을 살아가고 있는가?